JN097632

城壁

じょうへき

棟葉英治

Shimba Eiji

解説＝和田敦彦

文学通信

目次

一章

1

冬の靄（もや）のなかに、城壁が現われ、朝陽が斜めに壁の凹凸の影をつくった。高さ二十メートルの城壁のしたには、灰色の軍服が折りかさなっていて、その辺からは人間の焼けるいやなにおいが、つめたい微風にのってながれてくる。城壁の上からは、中国兵が逃げようとして使ったらしい縄や、つないだ布などがさがり、壁の上にも死体がみえる。市内の銃声は散発的になっていた。南京の街の空を生きもののようにうごいているのは、弱い陽をさえぎる火災の煙である。

その煙がながれてくる漢中路の街角に、日本軍の最初の部隊がいた。腹這いになった一人は軽機関銃の照準をつけ、そばに銃に日の丸の旗をつけた兵が膝を立てている。双眼鏡で前方の市街地を偵察しているのは小隊長だ。

街には、人影はない。砲弾が落ちて敷石が散乱した通りで、横倒しになったトラックが黒い煙をあげて燃えている。野砲の砲弾は後ろの城壁にも白い煙をあげ、そのまるい綿菓子のような煙がゆっくりとうごいた。

背の高い小隊長の双眼鏡には、瑠璃（るり）瓦の屋根の長方型のビルと、葉を落した立木が映り、梢のあいだに、アメリカの国旗が垂れている。長方型の建物の窓には、敵兵の灰色の軍服がちらちらした。小銃の火もみえる。少尉は図嚢から地図を出した。この先は上海路で、百メートル先のあのビルには、まだ相当数の敵兵がいる。

軽機関銃の照準をつけた寺本伍長が、そばに立っている倉田軍曹に話しかけた。

「班長、おれたちは、南京一番乗りらしいぞ。敵さんは、もう、撃ってこないらしいな」

「油断をするな。昨夜の戦闘を、忘れるなよ」

拳銃を手にした倉田軍曹は、部下たちにいった。江藤少尉は無言で双眼鏡の視野を横にすべらせた。後ろで、立ったり片膝を立てたりした兵隊が、小声で話した。

「まったく、昨夜はひどかったよ。おれは、小隊は、全滅かと思ったよ」

「おまえ、渡辺伍長の死体を見たかよ?」兵隊は声をひそめた。「見られたもんじゃなかったぜ。顔が半分なくなってるんだ……」建物に身をよせた兵隊は、気持悪そうにツバをした。

小隊長とならんだ倉田軍曹も、そして五十名余りの兵たちも、服は泥と血でよごれ、髭がのび頰のこけた顔に血ばしった眼が光っている。

兵隊が通りを見て話した。

「支那人は、一人も見えねえな。何処へいったんだろう?」

「油断をするな。隠れてるかもしれんぞ。いよいよ、南京陥落か。内地じゃ、提灯行列だな。おい、今夜は、米の飯がくえるな、きっと……」

「おれは、眠りたいよ」

江藤少尉が双眼鏡を首に吊ったサックにしまい、手をあげ、ふりかえった。

「よし。各個に、前進……みんな、建物につたわってゆけ。軽機分隊は、おれといっしょにこい」

横通りを見た兵隊が知らせた。「あ、隊長どの。人がきます。白旗をもってます」

「待て。射つな」

小隊長は後ろの機関銃手にいった。中国人の死体が二つか三つ見える敷石が散らばった横通りを、二人の男がこちらにくる。外国人だ。片手に小さな白旗をもった一人は裾の長い黒い服を着た宣教師で、長靴をはいた肥ったもう一人は、背広に腕章をつけている。近くへくると、それが赤と白の地に黒の卐（ハーケンクロイツ）を染めたナチスの腕章であることが、少尉にはわかった。

宣教師はいくらか青い顔をし、背広の外国人は笑っている。肥った男は少尉のそばにくると立ち止り、片手をあげてナチス式の敬礼をした。少尉も答礼をした。ドイツ人は少尉に握手をもとめた。背広の胸に勲章をつけている。小柄の軍曹も兵隊も、おどろいて外国人を見まもった。なかには口をあけている兵隊もいる。

背広の男が英語で話すのを、宣教師がかなり上手な日本語で通訳した。

「ワタクシハ、ドイツ人ノヨーン・ラーベデス。私タチハ、南京ノ外国人ノ委員会ヲ代表シテキマシタ。私タチハ、日本軍ニ敬意ヲハライマス。ワタクシタチハ、日本軍ノアナタガタヲ、今日、初メテ見マシタ」

口のまわりと顎に茶色の髭を生やした背の高い宣教師は微笑した。「ワタクシハ、アメリカ人ノミルス神父デス」

「自分は、先遣部隊の江藤少尉です」

草色に塗った鉄帽のしたに黒縁の近眼鏡が光るやはり背の高い少尉は、いまいったことをつぎに英語でいった。二人の外国人の顔には、安堵と親しみがうまれた。同時に宣教師の緑色の眼とドイツ人の水色の眼とが、英語を話す日本の若い将校をいくらかおどろいて見まもった。

ラーベというドイツ人はポケットから地図を出し、肥った指でおさえて、英語で説明した。

「あれは、米国大使館です。その向い側にある建物——あれは、金陵大学です。この地域は、南京の一般市民を収容した難民区——非武装区域です。そしてこの赤い印をつけた三カ所の病院は、赤十字病院であります」

少尉はうなずいたが、手をあげて、「交通銀行大楼」と金文字で書いた建物を指さした。

「しかし、あそこには、中国兵が……」

「アノ人タチ、戦ウ考エ、モウ、アリマセン」

そばから宣教師が日本語でいった。ドイツ人はドイツ風の発音の英語でつづけた。

「われわれの国際委員会は、一昨日から、難民区に逃げこんできた中国兵の武装を解除した。彼らがまったく戦意を失っていることも、あわせて日本軍の上層部へお伝え願えないだろうか？……」

「よろしい。そのように報告します」

若い少尉は地図と翻訳文をつけた文書を受けとった。二人の外国人は横通りをもどっていった。

少尉は図嚢から出した紙に走り書きして、そばの兵隊を呼んだ。

「鈴木上等兵、本部へ伝令だ。これを持ってゆけ。よし、小隊、前進！……」

2

柳川兵団××部隊の先遣隊であるこの江藤小隊は、ひと月前の十一月五日に、杭州湾に敵前上陸をした。そのときに渡された食糧は六日分であった。敗走する敵と戦いながら、毎日行軍をつづけた。

江藤小隊は、はじめは六十名であった。機関銃分隊と擲弾筒（てきだんとう）班をもっている。小隊長の江藤清少尉は甲種幹部候補生出身で、大学の法科を出ていた。小隊には、専任下士官の倉田徳平軍曹がいる。江藤少尉より一つ年下の倉田軍曹は大隊本部で曹長勤務をしていたが、上陸作戦のために、軽機分隊とともに、戦闘小隊に配属された。江藤少尉は黙認していた。彼が腰のサックにいれている十四式拳銃は、曹長勤務時代の私物をそのまま持ちこんだもので、江藤少尉は黙認していた。

関東地方出身の彼らは、宇都宮の第一一四師団に召集され、五島列島に集結してから、新編成の柳川兵団の指揮下にはいった。

雨つづきのぬかるみを、敵を追ってすすむ部隊には、弾薬も食糧も輸送が追いつかなかった。兵隊は泥だらけになり、髭ののびた頬はこけた。道には敵の武器や弾薬が散らばり、ドイツ風の鉄兜まで数多く棄ててある。

「奴らは、鉄砲を後ろに担いで射ちやがる……」と、もとは印刷工で、ときどき面白いことをいう木村上等兵が、退却する敵兵を笑った。

中国軍は退却をしながら、川やクリークの橋を破壊し、部落を焼きはらった。日本兵はつめたい水に胸までつかって渡った。濡れてブヨブヨになった乾麵麭(かんパン)をたべ、生米をかじった。二日間、何も食わないこともあった。上陸後半月で、兵隊の頬は肉が落ちた。「南京へ、南京へ……」という言葉が将兵の合言葉になっていた。その南京には、この雨のなかを、いったい何日あるいたら辿りつけるのか、重たい銃をかついだ兵隊は、外被の頭巾や雨合羽をかぶり、前をゆく兵隊の泥にはまりこむ靴と、水溜りに絶間なく落ちる雨滴とを見てあるいた。

「おい、とまれ……」

先頭を歩いていた倉田軍曹が立ちどまり、横の江藤少尉を見た。「小隊長どの……」

道ばたに、五つ位の男の子の死体が雨にうたれていた。そばに茶碗と箸が棄ててある。

「よし。小休止……」江藤少尉はうなずいた。

頭巾を後ろにあげていた倉田軍曹はまつ毛に雫のついた眼で、立ちどまった兵隊たちを見た。

「おい、誰か、この子供を埋めてやれや」

三人の兵隊が小さな円匙(えんぴ)をもって、前に出た。三人が穴を掘っているあいだ、ほかの兵隊たちは合羽のしたで首をちぢめ、今夜は屋根の下に寝たいものだ、米の飯はあるだろうかと心細い気持で考えていた。

「寒い。死んだ子供なんか、どうでもいいじゃないか。軍曹も、もの好きだな」と兵隊の一人が、軍曹に聞えないように不平をいった。ぬれた泥を掘りながら、寿司屋だった鈴木上等兵がいった。

「可哀そうにな。うちの坊主を思い出すよ」

「ついでに、かあちゃんもか。出発の時に面会にきていたじゃないか。おめえのかあちゃん、なかなか別嬪だな。さだめし、あそこもよかっぺえ。なあ、鈴木の旦那……」独身者の印刷工が泥をほうった。

「ばか野郎。変なとこで、女房の話をするな。こっちは睾丸まで縮こまってらあ。腹はへるしよ」

「どこまでつづくぬかるみぞ……。さあ、坊や、埋めてやるぜ」

埋めた上に、別の兵隊がそこらで拾った破れ傘を立てかけ、「ナムアミダブツ……」と拝む真似をした。二、三人が低く笑った。

「前進……」

小隊長の澄んだ声がした。江藤少尉は歩きながら、現役志願の倉田徳平軍曹には、なかなかいいところがあるなと考え、初めて親しみの感情をもった。

まだ戦闘らしい戦闘のないことが、彼らにとっては救いであった。この分なら、南京陥落もたいしたことはないかもしれない。

ところが、南京に近づくにつれ、それの目算違いであったことがわかった。土壁の民家から、とつぜん、撃ってくる。中隊で迫撃砲や擲弾筒、歩兵砲などをうちこんで屋根や壁がくずれ落ちても、その廃墟になった部落からは相変らず敵弾がとんでくる。占領して踏みこむと、農家のなかには土嚢がつんであって、床下にはコンクリートの機関銃座があり、何人かの少年兵が死んでいる。日本の将校や兵隊は、敵兵の抗戦意識のはげしさを知らされた。

ここは戦場であった。田圃や麦畑のある内地によく似た田園風景のなかにも、丘や藪に堅固なトーチカが隠されている。

田のなかをながれるクリークにかかった土橋のそばに、ひとりの女が死んでいた。そばに荷物が散らばっている。逃げる途中で、流弾にやられたのだろう。晴れた日で、黄色いクリークには雲が映っている。

「おい、女が死んでるぞ」

二列縦隊の先の方で、兵隊がいった。隊列はそこでとまり、後ろからきた兵隊もかたまった。一人が珍しいものでもみつけたように後ろに教えた。

「おい、女だ。赤ん坊を抱いてるぞ」

「ばかな女だ。こんなところをうろうろ歩いてやがるからだ」

うつ伏せに倒れた母親の腕のしたで、赤ん坊が手をうごかし、大きな眼をあけていた。男の子か、頭を剃り、両耳の上にだけ毛の房を残している。

倉田軍曹が靴先で女の顔を仰向かせた。女は眼をひらき、口からながれた血の筋が乾いている。倉田軍曹もかたまった兵隊も、褌子(クンツ)の割れ目から小さなチンポコを出した小さな子に視線をおとした。両手をうごかしている赤ん坊の黒い瞳には、青空と白い雲が映っているようにみえた。前線から、せかしたてるように砲声がきこえる。

「おい、射ってしまえ。生かしといても仕様がないぞ」

倉田軍曹が兵隊をふりかえっていった。兵隊は顔を見あわせた。

「何だ？　軍曹……」

ゆき過ぎた江藤小隊長がもどってきて、倉田軍曹にきいた。

「はあ、どうせ残しといても、同じじゃないですか？　かえって可哀そうです」

軍曹と少尉の眼が合った。二人はそれ以上は何も話さなかった。倉田軍曹の細い眼は、江藤少尉の眼鏡の奥に複雑な感情を見た。ためらいと、一方では軍曹のいうことを半ば肯定しながら、相手を非難する眼である。江藤少尉は頬がこけた軍曹の茶色の眼に、はじめて冷酷な光を見た。

「小隊長……」

どうしますか？　と問いかけられて、江藤少尉はぐるりと見まわした。眼にはいるものといえば、刈りとられなかった稲が腐って倒れている田圃と、部落のこわれた土塀や、焼け焦げた家の残骸だけである。少尉は決心しかねて、いいかけた。

「しかしだな、軍曹、後からくる誰かが……」

「よし、おれがやる……」

そのとき、そばからすすみ出た大男の寺本伍長が、銃先を無造作に赤ん坊のくりくり頭にむけた。銃声と青白い煙のなかで、それは柘榴か小さな西瓜をたたき割ったようになった。寺本伍長は倉田軍曹をふりかえり、髭面の白い歯をみせて笑った。青い顔になった少尉が寺本のそばへきたが、相手の眼を瞶めただけで、なにもいわなかった。

母子の死骸を息をのんで見まもっている兵隊のなかで、二人の子持ちの鈴木上等兵は、戦闘帽を脱いで額に浮いた冷汗を袖でふき、つぶやいた。「むごいことをしやがる。だけどな、これが戦争というものだ。おれたちは、いま、戦場にいるんだ……」この召集兵は終りのほうは自分に言い聞かせた。

今度は、死体を埋めてやろうという者はなかった。

3

江藤小隊はいつも最前線にいた。そのことにも馴れた。敵と遭遇し、これを撃破して進む。毎日がそのくりかえしだ。戦闘が終ると、まず部落にはいって食糧探しだ。馬喰うだった寺本伍長とその腰巾着のもと印刷工の木村上等兵の二人組は、食糧探しの名人だ。

川の畔の草原に三つの幕舎が張られている。部隊の幕舎が点々とみえ、炊さんの青い煙がところどころからあがって、馬や驢馬の嘶く声がきこえる。田や畑のなかに網の目のようにクリークがつながっていて、黄色くなった背丈ほどの葦が風にそよぎ、乗り棄てた舟のそばを、十羽ほどの家鴨が啼きながら泳いでいる。その水面に夕焼け雲が映っている。米の飯とアヒルの焼鳥で久し振りに満腹した兵隊たちは、つめたい水で体を洗ったり、拭いたりしたあとで、脱いだシャツのシラミをとっている者や、仰向けに臥ころがって何となく夕空をながめている者もいる。周囲は黒々とひろがった地平線だ。

「支那は、広いなあ」

水で体を拭いていた兵隊が、感心したように見まわした。

することがなくなると、暗くなるまえに、兵隊たちはそれぞれ写真を出して眺めた。満足すると、胸ポケットの手帳や、千人針の腹巻に大切にしまいこんだ。

天幕のそばで、焚火が燃えている。六、七人の兵隊があつまり、木のはじける音と笑い声がした。兵隊たちの話は、家族か、女か、食いもののことしかない。彼らは戦争を忘れたかった。明日は死ぬのかもわからないのだ。いつも話の中心になるのは、第三分隊の寺本寅吉伍長だ。

馬車輓きをやっていた寺本伍長は上衣を脱いだシャツの腕まくりをし、白い太い腕に花札の桜の刺青がみえる。寺本は荷馬車輓きのかたわら、農家を相手に、牛や馬の売り買いの馬喰うの商売もやった。

寺本は話した。

「百姓の女房は、昼飯どきにゃあ、たいてい家にいるもんだ。おれが、今日は、いいお天気だね、おかみさん……といってはいっていくと、たいてい、どこでもお茶ぐらいは出してくれたよ。おれは、しちめんど臭く口説いたことなんかないぜ。助平話をするんだ。いやだね、このひと……なんていいながら、顔を赤くして聞いてるから面白えよ。おれは、ぜったい手荒なことはしなかったな。そんなことをしたら、村じゅうの男に半殺しにされる。なに、場所か？　場所は、納屋でも、裏の縁側でも、何処にでもあらあ。相手次第よ。あとは、おれもおかみさんも、何食わぬ顔よ。つぎにゆくとな、女の方が待っていてな。寅さん、あっちへいこうよ、って眼で合図しやがる。あんたあ、待ってたよ。ちっともこなかったね。ほかにいいひとがいるんだろ、ねえ、寅さん……」

寺本伍長はニヤニヤ笑って、村芝居の役者みたいな声色を使った。陽がうすれた地平線の向うで、鈍い砲声がしている。

「よう、色男！」

「たまらねえな。おれもやってみたいよ」

「まったく、伍長どのは、話がうまいな」

若い兵隊たちは戦場にいることも忘れて、寺本伍長の髭面を見守った。寺本は得意な顔で皆を見まわす。

「そうよ。おれは浪花節語りになりたかったんだ。まあ、こんな女が、おれが商売にゆく村にゃあ、たいてい一人ぐらいはいたな。山で草刈りをしていた娘に、うまく話しかけてよ。五円札を見せてやったら、娘はまっ赤になって下を向いてな。それでも、自分で腰巻をひらきやがった。百姓娘の赤い腰巻って、いいもんだぜ」

膝をかかえたり、臥そべって両手に顎をのせたりした兵隊たちは生唾をのみこんで、その赤い腰巻や、百姓娘を頭にうかべた。寺本伍長は枝で火をかきたて、いつもと違っておとなしい言い方になった。

「女って、情が深いもんだよ。百姓の女房なんて、朝から暗くなるまで、田圃や畑を這いずりまわって、楽しみちゅうものがないんだな。そこへいくと、現金をもって、ぶらぶらしているおれなんかが、よっぽどよく見えるんだな。おれが、初めて女を知ったのは、十五のときよ。相手は、おしげっていう後家で、子供相手の一文商い(あきない)をやっていた。寅ちゃんは、もう、一人前だって感心したぜ。おれは、女って、こんなにいいものかと思った。ふっくらしてよ、おふくろに抱かれたみたいだ。おれのおふくろは、おれが赤ん坊のときに、男と逃げちまった。おれは、親父の顔を知らねえ。何でも、行商人だったそうだ。おれは、祖母(ばあ)さんに育てられた。高等科を出て、浪花節語りにでもなるべえかと、素人(しろうと)芝居に出たりよ、祭りの角力(すもう)で小結びになったりよ、ぶらぶらしてるときに、馬喰うの親方にひろわれたんだ……」

珍しく周囲に敵のいない戦場で、焚火をかこんだ兵隊たちは戦場にいるのを忘れていた。

「馬喰うって、いい商売だぜ。皮靴をはいて、コール天の乗馬ズボンでよ、鳥打ち帽をかぶってな。旦那衆とも、酒を飲むしな。馬市じゃあ、軍馬買上げの将校とも気易く話をするしよ。まったく、馬喰うほどいい商売はないと、おれは思うぜ。誰にも使われないしよ。自分のやりたいことができるものな。おれが知ってるのは、牛や馬と、女だけだ……」

兵隊たちは笑った。寺本寅吉もまわりの顔を見まわし、大きな口の金歯をみせて笑った。「おまえら、淫売しか買ったことがないって面をしてるな。情けねえ奴らだな。しろうと女でも、たいていの女は、男が手を出すのを待ってるんだぜ。いちばん面白えのは、ひとの女房よ……」

本所で小さな寿司屋をやっていた鈴木上等兵は、寺本らの話には興味がない。焚火からはなれた枯草に臥ころがって、写真を見ていた。手がくたびれると胸の上におき、またしばらくしてから、とりあげた。三十五の鈴木初太郎上等兵は思い出にひたっているのだ。焚火のまわりの笑い声はきこえなくなり、盛り場の表通りをあるくにぎやかな下駄の音がきこえる。手拭いで鉢巻きをした彼は、表の格子戸が開くと、「……しゃい」といい、まず台をふく。お美津が湯呑みに茶をついで出す。朝はやく、河岸へ種の仕入れにゆく。お美律がゆくこともある。十二時に店をしめると、彼は銭湯へゆき、二間の二階で、女房を相手にお茶をのむ。恋女房なのだ……

「おい、鈴木、おまえ、また、写真を見てるのか」

鈴木よりは十も年下の渡辺伍長がきて、そばにあぐらをかいた。

「しまわなくてもいいよ。ちょっと見せろ。ほう、鈴木の奥さんは、なかなか美人だな。子供は二人か。この男の子、いくつだ?」

「五つですよ。名前は、正太郎です。家内は、正坊って呼んでますがね」

「この赤ん坊は、女の子だね。ふうん、可愛いな」

起きあがった鈴木上等兵は得意そうだ。「はあ、去年、生れて、君子っていうんです」

羽織袴で立った自分の横に、丸まげに結った妻が赤ん坊を膝にのせ、背広を着てハンチングをかぶった男の子が立っている写真をもう一度見てから、軍隊手帳にはさんで胸ポケットにしまった。渡辺伍長は枯草の茎をくわえて、考えこんだ風にきいた。

「鈴木の家は、本所だったね？　本所というと、寺島町とは近いのか？」

「寺島町というと、玉ノ井ですね。同じ川向うですから、近いといえば近いな。渡辺分隊長は、玉ノ井に縁があるらしいな」年かさの上等兵は髭面でニヤニヤ笑った。

「いや、ちがうよ。ただ訊いただけさ。鈴木上等兵は、その奥さんと、好きで一緒になったんだろ？」

「ええ、まあね」

「奥さんは、何をしてたんだ？」

「白雲閣という料理屋で、女中をしていたんです。あたしの親方の店の近くでね。それでまあ、蛇の目寿司の看板を分けてもらって、あいつと世帯を持ったというわけですよ。自分が二十八の時です。間口一間半のちっぽけな店ですよ。分隊長どの、帰還したら、ぜひ、きてくださいよ。蛇の目寿司っていうんだ」

「鈴木、料理屋の女中というと、やっぱり、客の相手をするのか？」

「分隊長、それは、どういう意味ですか？」鈴木上等兵は怒って顔を赤くし、年下の伍長を見返した。

「いや、すまん。そんなつもりで、訊いたんじゃないんだ」

「じょうだんじゃないよ。仮りにも、そんなことはいわないでくださいよ。お美津は、堅気な仲居で、御主人にも信用されていたんだ。玉ノ井あたりの淫売たあ、ちがいますよ」

「鈴木、怒るなよ。勘弁しろよ、な。そうか。鈴木の奥さんは、仕合わせだなあ。鈴木みたいな亭主をもって……」

「まあね」上等兵は機嫌を直した。「でもね、あいつ、留守のあいだ、店をどうしてやっていくか、自分は心配です。いつも写真を見ちゃあ、考えてるんですよ。まあ、親方が面倒を見てくれるけど、やっぱりね」

「まったくな。おれなんか、現役志願で、好きで軍隊にはいったんだからいいけど、お前らみたいな召集兵は、気の毒だよ」

「なあに、お国のためですよ」

鈴本上等兵は人の善い顔で笑った。渡辺伍長は真剣な顔になった。

「鈴木、お前、ほんとに、そう思ってるのか?」

肥った上等兵はびっくりして伍長をみつめた。おとなしい渡辺伍長はいつになく、はげしい口調でいった。

「おれなんか、食えなくて、軍隊にはいったんだ。小学校を出ただけじゃ、就職なんか無いもんな。巡査になるか、どっちにしようかと考えたんだ。鈴木は、いいよ。好きなおかみさんがいるし、腕に職があるものな。おれたち小作人の倅には、今の世の中じゃあ、どうすることもできないんだ。おれは、中学にはいりたかったよ」

「でも、分隊長は、教導学校で最右翼だったそうじゃないですか」

「へっ、頭が禿げて、やっと万年少尉か」

渡辺も鈴木も、中隊本部の兵隊あがりの口喧ましい魚住少尉を思い出した。渡辺伍長は草の茎をぺっと吐きすてた。空の夕映えは消え、焚火の焔が明るくなった。夕闇に火の粉がとび散った。

「奴ら、豪勢な焚火をしてやがる。懲罰ものだぞ」

「敵は、ここいらには、いないですよ。とっくに逃げちまった。珍しく静かな晩だなあ」

「寺本の奴、また、ワイ談をやってやがる。あいつは、バクチと女の話のほか話すことがないらしいな。

寺本も、根はいい男だよ。馬喰うなんていうと、村のまともな家じゃ、人間並には扱われないがな。戦争へきて喜んでるなあ、あいつぐらいのもんだよ。寒くなってきたな。鈴木上等兵、寝るか。体を休ませとくんだ。明日あたり、戦闘があるかもしれんぞ。敵はゲリラ作戦をとってるからな。お互いに、死んじゃあ、つまらんよ」

　立って伸びをした渡辺伍長は、月光をうけた白い雲がたなびいている地平線のほうを見た。鈴木上等兵も立って星空を仰ぎ、小便をした。彼は無意識に自分のものをつよくにぎった。妻を思い出した。

「ああ、お美津、いつ、おまえと会えるかなあ。あのときみたいに、おまえと寝たいよ」彼は空と地平線を見て、考えた。支那は広いものなあ。敵を追っていったって、二、三年はかからあ……。

　鈴木上等兵は天幕にもぐりこみ、枯草の上で一枚の毛布にくるまった。胸に手を組み、眼をあいていた。まわりでは、いびきがきこえている。焚火も消えた。

　出征前に、美津江が面会にきたときに、外出許可をもらって、町へ出た。小料理屋の二階へあがった。あの時だけは、子供をつれてきた女房に腹がたった。「おい、お美津、何とかしねえか」眼配せしておれはいった。美津江は白粉の濃い顔を赤くして、下に手水に降りていった。年増の女中があがってきて、隣の部屋に蒲団を敷いてくれた。お美津は先に寝て、子供には、「お母ちゃん、ポンポン痛いんだよ。坊やは、本を見ておいで」といった。子供はキャラメルをしゃぶり、絵本を相手に大声でしゃべっていた。しばらくして襖が開いた。口の脇を飴だらけにした子供が不審そうな顔で立っていた。「父ちゃん。父ちゃんも、ポンポンいたいの？」お美津の顔がぽうっと赤くなった「いやだ。正坊、あっちへいっといで」……

　そのはずかしそうな声まではっきりきこえると、鈴木初太郎上等兵は低く笑い、同時に涙が出そうになった。枯草の音をさせて、臥がえりをした。

「それにしても……」と彼は考えた。「渡辺伍長は、なぜ、あんなことを訊いたんだろうな？　いかにも、おれの女房がへんなことをやっていたみたいないいかたをしやがった……」

歩哨線のほうで、声がした。江藤小隊長だ。

「歩哨、異状はないか？　あの山のほうで、ノロシでもあがったら、すぐに知らせろ。あの山の向うに、部落があるんだ」

4

江藤小隊は敵に包囲された。本隊の尖兵小隊となり偵察しながらゆくうちに、後方で本隊と敵が交戦するはげしい銃声を聞いた。江藤少尉は近くの小高い丘に壊れた廟（びょう）をみつけ、いそいでそこに兵を配置した。まわりは禿山と高粱（こうりゃん）畑で、近くの部落の土塀の陰や丘の上から、敵は撃ってくる。夕方になって雨が降りだした。小さな関帝廟は屋根が吹きとばされていた。長い顎髭を垂らした泥でつくった大きな関帝像が濡れているそばで、土塀に軽機をすえた渡辺伍長の横に、倉田軍曹はついていた。もし敵の大部隊が攻撃してきたら、全滅であった。頼みは本隊が前進してくることだけだ。上陸いらい、江藤小隊は初めてこんな目にあった。

「渡辺、弾丸（たま）は充分あるか？」

江藤少尉が暗くなったなかをそばへきた。雨の音がしている。

倉田軍曹がいった。「はあ、あります」

「敵は、本隊に攻撃を集中しているようです。こっちには手が廻らんのかもしれません。さっきから、火線がだいぶ北へ移ったようです」

「本隊は、大丈夫かな？」

暗闇のなかで、少尉はいった。倉田軍曹も雨にうたれながら、闇のなかを見た。平地のあたりで、銃火がひらめいた。

「まっ暗闇だし、小隊長、小隊は、ここで本隊を掩護しましょう」

「そうするか。おれは兵隊を見てくる」

雨のなかを、靴音が遠くなった。

夜ふけには、敵の銃火はすくなくなった。雨は降っている。緊張がゆるんだのか、倉田軍曹は土塀にもたれて、ついうとうととした。眼がさめると、夜が明け、雨はやんでいた。雲のあいだに青空もみえる。小鳥が啼いていた。昨夜は気がつかなかったが、屋根が焼けた廟のまわりは木立で、霧に朝陽が筋になっている。倉田軍曹は自分ののばした脚に外被がかけてあるのに気がついた。彼は見まわした。昨夜のままに、軽機を土塀にすえた渡辺伍長の軍服の背中が濡れていた。

「おい、渡辺……」

呼びかけて立つときに、倉田軍曹はふいにながれ出た涙を片手で頰からはらい、土塀のそばに立っている渡辺伍長の後姿に笑いかけた。

「異状はないか？　戦闘中に仮眠するなんて、演習中だったら、懲罰ものだよ。隊長は？」

「地形を調べに出てゆかれました」

「おれのことを、何にもいわなかったか？」

「軍曹は疲れてるんだ。そっとしておけ、といわれたですよ」

そこへ、濡れた銃をさげ、雨外套に泥をつけた寺本伍長があがってきた。

「やれやれ、昨夜は、もう、いけねえと思ったぜ。雨は降るしよ。ほう、これは、何の神様だ？　ナムアミダブツ、おかげさまで、昨夜は、命拾いをしました……」

寺本は片手で拝む真似をした。双眼鏡を手にした江藤小隊長があがってきた。

「よし、小隊、前進！　敵は退却したらしい。本隊へ合流する」

廟の丘を降りる前に、倉田軍曹は渡辺伍長の肩を叩いた。

「おい、渡辺、昨夜は、有難う」

渡辺伍長は何のことかと考える顔をしたが、おとなしく笑った。「いや、軍曹どのがよく眠っていたもんですから、濡れるといけないと思って……」

有力な敵を撃退した本隊に合流した江藤小隊は、小川のほとりで飯をたべた。

弾薬箱に腰かけて煙草を吸っている渡辺伍長のほうへ倉田軍曹がゆくと、渡辺は写真をながめていた。

倉田はその肩をたたいた。

「おい、渡辺、おまえの恋人(スーちゃん)の写真か？　美人じゃないか。どれ、見せろ」

渡辺は不機嫌に黙って写真を胸ポケットにしまった。べつのことをいった。

「軍曹どの、昨夜は、自分はもう、やられるかと思ったですよ」

軍曹は部下の前にあぐらをかいた。

「そうだな。小隊は、孤立してたものな。攻撃をくったら、全滅だったよ」

渡辺伍長は改まった口調になった。「倉田軍曹どの、もし、自分が戦死したら、頼みたいことがあるんです。渡辺には、姉がいるんです。いまのは姉の写真です。自分のことを、この姉に話してやってほしいんです」

「渡辺、縁起でもないことをいうなよ」

渡辺伍長は笑った。「どうも、自分は生きては帰れない気がするもんですから……」

「それは、おれだって同じだよ」

「姉の住所は、これです」

渡された紙片をみて、倉田は渡辺正一の顔を見た。それには東京市向島区寺島町七丁目四十六番地(二部) 菊川うめ方、渡辺ユキと書いてある。倉田は若い部下の横顔を見てきいた。

「寺島町というと、玉ノ井じゃないのか？」

渡辺はうなずいた。「ええ。姉は、十年前から、十八の時から、この商売をやってるんです。自分らきょうだいは、姉の力で大きくなったんです。自分の家は小作人で、親父の体が弱くて、きょうだいが多いもんですから……。自分は長男です。倉田班長どの、自分には姉の借金を払う金は、とてもできそうもないです。戦地へ来ても、このことが気になって……」

「わかったよ。このことは、誰にもいわんよ。玉ノ井か。おれも、一度か二度、いったことがあるよ。なに、その姉さんも、いい亭主をみつけるよ」

「鈴木上等兵みたいな男をみつけるといいけどな。もし、自分が戦死したら、その一時賜金で、姉の借金の一部でも返してやりたいんです」

「解ったよ。そのように手続きをとってやるよ。おいおい、渡辺、おまえ、変だぞ。さっきから、縁起でもないことばっかりいってるぞ」

色白な伍長は微笑した。「ここは、戦場ですから」

「渡辺、元気を出せよ。寺本をみろ。奴は戦争にきて張り切っとるじゃないか」

水藻が透いてみえる川を見ている渡辺正一に、倉田は慰める口調で話した。

「渡辺、おれの家も小作人だよ。家は、多摩川のそばだ。おれのおやじは、怠け者でな、遊ぶことばっかり考えてるんだ。おふくろが、八百屋をやってるんだ」

彼は町はずれの埃っぽい街道沿いにある藁葺(わらぶ)き屋根の家と、しなびた茄子(なす)や胡瓜(きゅうり)をならべた小さな店とを思い出した。ちびた藁草履(わらぞうり)をはいた自分は、町の小学校へかよった。「おれは、小学校の成績はよかったよ。運動会でも、いつも一等賞をとったよ」

しんみりと話す倉田の肩で、一本の金線と、二つの星が夕陽に光った。「同級に、大野健太郎という大地主の息子がいたよ。みんなは、健太郎さまと呼んでいたがね。おれは、大野君と呼んでやったよ。健太郎は、おれのことを、徳、徳って、呼び捨てにしやがる。小作の息子だもの、仕様がないな」

彼はくわえた草を吐きすて、白い歯をみせて笑った。

「健太郎は、徳平は生意気だといって、おれを野球のチームに入れてくれねえんだ。おれは、ピッチャーで、いい球を投げたんだ。おれは、布でグローブとミットを作ったよ。棒を削ってバットをこしらえたよ。それで別の仲間で、チームをつくってやった」

彼は中国大陸の遠くに眼をやり、いつもに似合わない感傷的な口調になった。

「おれは、藁草履か、指の出たゴム靴をはいてたんだ。おれは、中学へいきたかったよ。渡辺もそうか。大野健太郎は、大学にはいったよ。おれが田園で草とりをしてると、角帽をかぶったあいつが通るんだ。おれは百姓をやめて、現役志願をしたんだ。一生、兵営で暮すつもりで、軍隊にはいったんだ。おれは、外出日でも、村には帰らなかったよ。出征のときにきてくれたのは、おやじと、おふくろだけさ……」

倉田軍曹の日焼けした顔には、とつぜんに怒りがもえた。肉のうすいこめかみに血管が浮き出た。その怒りは、縁側にあぐらをかいて投網の手入れをしている白髪頭の父と、町会議員の大野の旦那とにむけられた。その旦那に這いつくばるように頭をさげる父、トラホームで眼を赤くした母。白壁の塀をめぐらした大野の家と、白絣に黒絽の羽織を着て、パナマ帽子をかぶった大野の旦那の八字髭を生やした顔まで、かれの記憶の底から鮮明にうかびあがった。

ここが中国の戦場であることを思い出した倉田軍曹は、立って、いつもの口調で命令した。

「渡辺、弾薬を調べておけ」

「はッ」

伍長も立って、立ち去る軍曹に敬礼をした。

5

南京までは、あと二十キロだ。敵状偵察の任務を受けた江藤小隊は、行動を秘匿しながら、本隊の数キロ先を進んでいた。畑のなかの道で、一人の女に出会った。農民の女房とみえる女は、町にでもゆくのか、晴衣らしい桃色の繻子（しゅす）の大褂児（タークワル）を着、黄土の埃のたつ道を大きな臀（しり）を振って歩いていた。風呂敷包みをさげ、腕にかけた籠に一羽の家鴨（あひる）といくつかの卵をいれていた。枯れた高粱畑の向うに、部落の土壁がみえる。江藤少尉は女を呼びとめた。この辺の地理と、目標の町へ通じる道をたずねた。はじめは慄えていた女は、少尉の笑顔を見て、くわしく教えた。

「謝々（シェシェ）、太々（タイタイ）……」

少尉は軽く敬礼してはなれた。

「小隊長……」倉田軍曹がそばへきた。「この女を、放していいんですか？」

江藤少尉はしばらく考えていた。眼鏡をかけたその顔を、倉田軍曹は非難する眼でみつめた。片腕に籠をかけた女は不安な顔になった。その日焼けした血色のいい頬には、ほつれ毛が汗でくっついていて、髪油と、ふくらんだ胸のあたりからは乳のにおいがした。

「しかしだな、軍曹……」

「小隊の行動は、秘匿する必要があります。本隊がきます」

江藤少尉をみつめる倉田軍曹の茶色がかった細い眼は、「小隊長は、作戦要務令を知らんのですか？」といっている。高粱畑の脇に身を隠した兵隊たちも、どうなることかと見守った。

「わかったよ、軍曹……」江藤少尉にも倉田軍曹のいうことはよく解った。どうしようもない。ここは戦場だ。少尉は横をむいた。「……お前に任せる」

少尉はそこをはなれて、白い雲の流れる空を見ていた。倉田軍曹は私物にして持っている十四式拳銃をひき抜いた。女はガクガクと膝をつけて手を合わせ、何度も頭をさげた。早口でいった。「私には、子供がいます。家で小孩児（シャオハイル）が待っています。私は、悪いことはしません……」

女がなにをいっているのかは、軍曹にも兵隊たちにも解った。軍曹は女のこめかみに銃口をむけ、眼をつぶって撃った。血のたまりに、女はうごかなくなった。逃げだした家鴨が高粱畑で啼きたてた。

「おい、こいつを隠しとけ」

拳銃を腰のサックにいれ、倉田軍曹がいった。兵隊が女の桃色の布靴を両手にもってひきずった。死体は黄色い土の上を両手をひろげてひきずられていった。

銃を腕にのせ伏せた兵隊が、横に話した。

「やるな。班長は……」

印刷工だった木村上等兵が大声でいった。「仕方がねえさ。おれたちは、盆踊りにきてるんじゃねえんだ。あの女は、運が悪かったんだ。ほんとにあの女がしゃべったら、後からくる奴らは全滅だもんなあ、おい……」

倉田軍曹は木村上等兵をふりかえり、青い顔で笑ってうなずいてみせた。

「小隊は、本隊に連絡のうえ、あの山の陰で、夜まで待機する。町は近いから、警戒を厳重にしろ」

江藤少尉が気をとり直した風に命令した。兵隊の一人が出発しがけに、籠の卵をポケットにいれた。

戦線は南京に近づいた。焼かれた部落の立木に、日本兵が三人、縛りつけられていた。斥候に出て捕まったらしい。戦線はそのように入り組んでいた。三人の日本兵は眼玉をえぐられ、耳と鼻をそがれた赤い顔を垂れていた。兵隊に知らされて駈けてきた倉田軍曹は縄をとき、涙をこぼし歯がみをしていった。「ちき生ッ！　お前らの仇はうってやるからな。待っていろ。つらかったろうなあ」

軍曹は穴を掘らせて三つの死体を埋めると、煙草を一本ずつ供え、合掌した。こんな倉田軍曹に小隊の下士官や、兵が心服するのは当然といえた。一方で、彼らは口にこそ出さないが、陸士出ではない大学出の甲幹の江藤少尉を、内心では軽くみていた。おとなしいインテリ少尉を尊敬しているのは、機関銃手の渡辺伍長と江戸っ子の寿司屋上等兵ぐらいのものだ。倉田軍曹はこの小隊に配属された初めから、一つ年上の甲幹出の少尉には対立意識をもっていた。馬喰うあがりの寺本伍長は、おおぴらにいった。「うちの小隊は、倉田軍曹でもっているようなもんだぜ。大学出に、戦争ができるかよ」

そんな反感や陰口を知っているのか知らないのか、少尉は黙々と自分の任務にしたがっている。あたえられた運命にしたがっているといったほうがいいかもしれない。


日本軍は、三方から南京に迫った。堅固な城壁にかこまれたこの首都は、蔣介石の抗日作戦計画で、昭和十年から五千万元の金をかけ、一個の巨大な要塞と化していた。市街をとりまく山や丘には、ヘトンで固めたトーチカが何重にもつくられている。

なかでも西門外にある寺院の名所として知られる雨花台は、近代式の要塞陣地で、日本軍の攻撃を釘づけにした。江藤清少尉の指揮する江藤小隊も、この小高い丘の一角にとりついたまま、まる一昼夜のあいだ、進めないでいた。敵のトーチカのコンクリートはまだ生乾きで、近くで敵の将校の号令や兵の話声がきこえる。間断なく撃ち出される砲火や照明弾が、急いで掘った壕にいる味方の将校や兵隊の鉄帽を照らしだす。まわりでは、機関銃の火がひらめいた。戦車砲や擲弾筒の空気をひき裂く音。そのなかに、チャルメラに似た中国軍のラッパの音がまじる。

「おい、にぎやかだな」

壕の上に軽機関銃をすえた渡辺伍長に、倉田軍曹がいった。その顔を青白い光が照らした。緊張した顔の若い伍長は無言でうなずき、軽機の引金をひいた。倉田徳平軍曹には戦闘中の快い陶酔がおこった。彼は愛用の私物の拳銃を下腹の帯革にはさみ、小銃の狙いをつけた。

「おうい、兵隊……」近くの壕で、声がした。部隊長だ。五十半ばの大佐はいった。「お前ら、犬死にをするな。頭を出すなよ。戦争は永いぞ」

倉田軍曹はさけんだ。その頬に涙が光った。

「聯隊長どの、さがってください。敵は、自分らがやります」

近くで迫撃砲弾が炸裂した。頭を伏せた軍曹が土埃りのなかで顔をあげると、渡辺伍長は軽機の上におおいかぶさっていた。

「おい、渡辺、どうした？　大丈夫か？」

抱き起した渡辺伍長の顔の半分がつぶれ、黒い綿みたいなものが垂れていた。倉田軍曹は気をとり直すと、血でべとべとする軽機を持った。

その夜、犬死にをするなといった部隊長も戦死した。

丘が白んでくる頃に、敵の抵抗はやんだ。いちめんの霜だ。兵隊は壕から躍り出て、各個に前進をした。その靴の跡が黒く点々とつづき、砲車や戦車も畑の霜柱をくだいて轍の道をつくった。

丘の上で、兵隊がどなった。

「おうい、見ろ！　城壁だ。南京へきたぞ！」

丘にあがった江藤少尉の双眼鏡にも、市街をとりまく城壁と、銃眼の向うにうごく灰色の軍服が映り、その怪物のようにうねる城壁は、靄のなかに、しだいに姿を現わしてきた。

二章

1

昭和十二年（一九三七年）の七月七日に、蘆溝橋（ろこうきょう）で、日本と中国との戦争がはじまった。ひと月後の八月九日には、上海（シャンハイ）で海軍陸戦隊の大山大尉が射殺されたことから、戦争は上海にもひろがった。

日本軍は華北の山岳地帯と、上海のクリーク（運河）で戦っていた。

十一月の初旬に、上海派遣軍が正面から攻撃し、一方で「覆面兵団」といわれた柳川兵団が杭州湾に上陸して中国軍の側面をつき、後方を遮断したときに、南京の陥落はもうきまったのも同様であった。

南京の市内は、前線から退却してくる軍隊や、戦火に追われる避難民で混乱した。

国民党政府は、武漢に移っていた。

外国の居留民は、十一月中に、揚子江を船でくだって避難していった。各国の外交機関も引揚げた。

そのあとに、二十何人かの外国人がのこった。この人たちは、大使館や領事館の勧告にしたがわないで、自分たちの意志で、南京にとどまったのである。これらの外国人は、「南京市難民区国際委員会」を組織した。委員長には、ドイツ人のヨーン・ラーベがなった。彼はシーメンス洋行の支配人であった。ほかに委員には、宣教師、大学教授、医師、商社員、女教師などがいた。

これよりさきに、上海で、ビサン神父が南市に難民区を設け、日本軍と交渉して二十五万の難民を保護した。南京の外国人も、これにならおうとしたのである。

国際委員会の目的は、「日本軍と中国側の双方に交渉して、難民区の中立的地位を承認させ、区域内には、軍隊の駐屯、軍事機関の設立をおこなわず、この地区を、南京に残留した二十万市民の避難所とすること」であった。とりあえず市の東南地区を難民区に設定したが、広大な区域だし、柵のようなものがあるわけでもない。それでも安全地帯だというので、戦火におびえた避難民はここにあつまってきた。難民区は中山路と上海路に面した二哩平方の地域で、空地もあるが、大体は家屋や店が密集している。

南京市長の馬超俊は、十二月一日に、「難民区」の行政責任を、この外国人の「国際委」に交付し、治安のために、四百五十名の警察官を派遣した。そして三万担（タン）の米、一万担のメリケン粉、ほかに塩、助成金八万ドルをあたえた。

南京は、首都衛戍（えいじゅ）総司令の唐生智将軍が守備していた。唐総司令は難民区に指定された地域から軍事施設をとりのぞいたが、それでも西南の角には、小型の高射砲陣地がまだ残っていた。

日本軍と中国軍は、市外の雨花台の陣地で戦っている。これはのちに、近代戦史上、ベルダンにつぐといわれた激戦であった。

十日には、紫金山に日本軍砲兵隊の観測気球があがった。南門の外の重砲陣地からうつ砲弾が、城内の各所に落ちはじめた。難民区のなかの大きな建物は、逃げてきた避難民でいっぱいになった。街のほうぼうでは火災がおこっている。

この日に、日本の中支派遣軍司令官は、中国軍に不戦撤退を勧告し、「日本軍は、抗日分子に対しては苛酷なる態度をとるが、非武装の良民と、敵意なき中国兵に対しては、寛大なる態度をとる」と布告した。

その回答がないので、日本軍は、十日の午後一時より、南京城の総攻撃を開始した。

十二日の午後になると、前線の中国軍は総退却をはじめた。武器をもった敗残兵が、南門から城内に逃げこんできた。

「中山陵は砲撃すべからず」という命令が出ていた。日本軍はこのために作戦上の不利をも忍ばなければならなかった。

日本軍の飛行機が低空をとんで、街に伝単を撒いた。それにはこう書いてあった。

〈日本軍は、善良なる市民を極力保護し、人民を安居楽業せしむ〉

前線では、まだ激戦がおこなわれている。中国軍のチェッコ機関銃の軽快な音にまじり、日本軍の重機関銃の重量感のある音が近づいた。南京守備の唐生智将軍は、外国人の国際委員会を通じて、日本軍に一時休戦を申し入れてきた。ドイツ人のシュペリングがその交渉にでかけた。しかし彼には日本軍と連絡がつかないでいるあいだに、その夜、唐生智は南京から脱出した。市内は電燈が消えてまっ暗になり、水道もとまった。

中国軍の将兵は、揚子江を渡って逃げようとした。埠頭の下関（シャーカン）や江岸は、彼らが棄てた銃や弾帯、軍服などで足の踏み場もないくらいで、トラックや貨物などが燃えている。揚子江に通じる城門はすでに閉鎖されていた。日本軍に追われる中国兵は縄やゲートルや布などを手当り次第につないで城壁をよじのぼって逃げようとし、なかには落ちてうごけなくなる者もいた。江岸では、狂気したような兵隊たちが民船におし合い、転覆する舟もあり、中国兵は濁流にのまれた。木筏を組んで渡河しようとして、やはり同じ運命にあう者もいた。

このあいだにも、日本軍の砲弾は、城壁や市街に煙をあげた。

城内から脱出できなかった敗残兵が続々と難民区に逃げてきた。なかには武器をもっている兵隊もいた。

2

国際委員会の事務局の会議室では、十二日の午後から、会議がひらかれていた。

この事務局は中山路の大通りに面していて、ここはもとは張群外交部長の公館であった。白亜の二階建ての瀟洒(しょうしゃ)な建物で、正面に円型の階段が張り出している。

会議室で、ヨーン・ラーベ代表以下十五人の委員は協議した。ラーベの後ろの壁には、蔣介石の写真がかけてある。

もう二時間にもなるのに、なかなか会議はまとまらない。委員の意見は、二つにわかれていた。ラーベ委員長は初めにこういった。

「一般市民を収容する難民区に、敗残兵を入れることは危険です」

「ラーベさんの意見に賛成です」

同じドイツ人のシュペリング技師がいった。スタンダード石油公司のチャールス・リグスがうなずいた。金陵大学のルイス・スミス教授も、眼鏡をかけた顔で大きくうなずいた。

「彼らは、武器をもっていますからね」

ラーベの隣にかけたミルス神父は、ただひとり、最初から黙ってその黒い袖をテーブルの上に組んでいた。前には、日本軍の伝単が一枚おいてある。

「神父(ファーザー)、あなたの御意見を聞かせてください」

ラーベが催促した。神父は口をひらいた。

「日本軍の軍司令官は、敵意なき中国兵にたいしては、寛大な態度をとると布告しています。この伝単にもあるとおり、日本軍の仁慈な処置を、私たちは期待しましょう」

茶色のとがった顎髭を生やした痩せた顔で皆を見まわし、ミルス神父は同意をもとめた。

委員たちは黙りこんだ。それからそれぞれの考えをいった。ラーベ委員長は黙って聞いている。こんな会議をひらいている窓の外にも、持てるだけの荷物をもった避難民があつまってきた。その群衆のさわぎと、遠くできこえる機関銃の音や、砲弾の炸裂する音に、委員たちの言葉はとぎれがちになった。

「上海では、どうだったのでしょう?」

たった一人の婦人委員のミニー・ボートリンが亜麻色の断髪を細い指でかきあげ、碧い眼で見まわした。このことについては、知っている者はいなかった。石油会社の駐在員でいちばん年長のデンマーク人のハンソンが、とがった禿頭を左右にまわし、ハンカチを出して音をたてて洟をかんでから、かすれ声でいった。

「しかしですね。実際問題として、彼らを市民のなかからさがし出すことは、不可能じゃないですかな?」

ミルス神父がうなずいた。「迷っていても、しようがありません。皆さん、私たちはここで、もう一度、上海で、ビサン神父がやったことを思い出そうではありませんか」

赤十字代表であるメージス牧師もうなずいた。

「よろしい。いつまでも議論していてもしようがない。私が決をとります」最後にラーベ委員長が肥った赤ら顔をあげた。「私の責任で、難民区に中国敗残兵も収容することにします」

ミルス神父が緑色の眼をあげた。

「いや。責任は、委員の全部にあります。私たちは、神の思召しにしたがうだけです」

この十六人には、このときの決定が、のちにどんな重大な意味をもつかは、判らなかった。

中国兵のなかには、便衣に着かえ、市民にまぎれこんでいる者もいた。その数も不明である。

委員は町のなかを説いてまわった。避難民は道路にまであふれている。ミルス神父は軍服の男にいった。

「武器をすてなさい。非武装ならば、私たちは、あなたたちの生命を保証しよう。この難民区には、一梃の武器もおいてはなりません……」

　飛行機が低空をとんだ。

　せまい道路に腰をおろした避難民のなかに、ミルス神父は四人の兵隊をみつけた。若い四人は小銃をしっかりと抱えこんでいた。神父は中国語で、「武器を渡すように……」といった。

「いやだ！」頬の赤い一人が首をふった。

「君たちは、何処の出身かね？」神父はたずねた。

「広東です」中学生みたいな別の一人が答えた。「僕らは郷里から歩いてきて、抗戦に加わったんです。この銃は渡せません」

「それなら、君たちは、ここを出ていってもらいたい。ここは、非武装を宣言した中立地区です。君らのような兵隊がいたら、ほかの全部の人が迷惑します」

　ミルス神父はやさしく諭（さと）した。同郷の四人の兵隊は相談をしていた。四人とも不承不承に銃を渡し、肩から弾帯をはずした。

　別の場所には、一人の下士官がいた。この男も大きな拳銃を腰にさげていた。がっしりした体格で太平洋の島の土人のように精悍な顔をした男は、北方出身だと話した。下士官はミルス神父にきいた。

「牧師さん、自分らは、どうなるんですか？」

「それは、私たちに任せてください」

「ほんとに、大丈夫ですね？」

　下士官は黄色い飾り紐のついた拳銃を渡すときにこう念をおし、ミルス神父の眼をみつめた。下士官の黒い眼には、諦めと不安とがまじっていた。ミルス神父は茶色の顎髭を片手でなぜ、うなずいて微笑してみせた。

十三日の明け方になった。冬の靄と火災の煙とが、兵士のほかには人影のない市内をうす暗くしている。火山の噴火のような三条の大きな黒煙があがっていた。

南側の城壁を占領した日本軍は、光華門、中山門、中華門を破って市内に突入した。メインストリートの中山路では、はげしい市街戦がつづいている。

中華門のほうで、日本軍の先頭部隊を見たという中国人の知らせで、ラーベ代表とミルス神父の二人は、急いで上海路へいった。

そこで、英語の話せる若い将校に、日本軍にあてた最初の公式文書を手渡した。

3

それから二時間後の午前八時に、江藤小隊は上海路の交通銀行大楼を占領した。そこに逃げこんでいた中国兵は、外国人の宣教師がいったとおり、もう戦意を失っていた。戦死した渡辺伍長に代って軽機関銃をもった寺本伍長が先頭に立ち、中国兵を建物の外に追い出した。八十三名の捕虜は彼らがはいている巻脚絆やそこらにあった綱で後ろ手にしばり、前の道路に坐らせ、兵が警戒した。

私物の拳銃をもった倉田軍曹は建物のなかを調べてまわった。中国兵の戦闘帽や小銃や軽機関銃や血に染んだ薬莢が散乱し、手榴弾もころがっていて、危険だ。レコードをのせた大きなラッパの蓄音器もあった。窓際に土嚢がわりに積まれた麻袋を、軍曹は短剣で切り裂いてみた。小柄の軍曹は、大声で兵隊を呼んだ。

「おうい、みんな、きてみろ。こりゃあ、米だぞ！」

「なに、米？」

「班長どの、ほんとですか？」

やはり髭がのび頬の肉の落ちた兵隊たちが集まってきた。彼らはこぼれた白米を両手ですくった。

「米だ。おい、米の飯がくえるぞ！」

倉田軍曹がいった。「命令がありしだい、炊さんだ。裏に穴を掘って、薪と水を探しておけよ」

本部へやった二度目の伝令がもどった。

「江藤小隊は、現地点で別命を待て。敵兵は粛清せよ」との下達だ。命令書を片手にもった江藤少尉は、癖で何度も片手で眼鏡をおしあげた。入口のひろい階段に立った少尉は、「おうい、倉田軍曹。誰か、倉田軍曹を探してこい」といった。

拳銃をもった倉田軍曹が建物から出てきた。彼の細い茶色の眼は、少尉の手にある紙片にとまったが、せかせかした口調で、別のことを報告した。「何ですか？　隊長……。少尉どの、食糧をみつけました。たいへんな米です。奴らは弾丸除けに米袋を使っていたんです。兵隊に飯を食わせたいんですが……。地下室には、罐詰や支那の酒などもあります」

「軍曹、それよりも、これを読んでみろ」

命令書を読み、倉田軍曹も考えていた。

「その粛清せよ、という意味だがな。軍曹は、どう考える？　もう一度、訊きにやるか？」

「その必要はないでしょう。わかっています。よし、自分がやります」

「待て、倉田。まだ、おれの意見はいってないじゃないか……」

江藤少尉は道路の植込みの内側に並んで腰をおろしている八十何名かの捕虜のほうを見た。壁にもたれて膝を立てたり足を投げ出したりした彼らは、通りを進撃してくる日本軍部隊をうつろな眼で眺めている。なかには脚に血に染まった繃帯を巻いている者もいる。江藤少尉は学生時代に国際法で習った「ハーグ条約」を思い出した。捕虜の取扱いは国際法で定められている。この戦意を喪失した無抵抗な捕虜を、どうしろというのか？　捕虜を見ると、みな同じ東洋人の顔で、今朝まで、はげしく抵抗していた敵兵とは思われない。江藤少尉は決断にせまられた。軍曹と話している自分の顔に、捕虜たちの眼がそそがれているのを感じた。少尉には自分の意見がいえなかった。

「小隊長、早く片づけましょうや。兵隊は飯を待っています」

倉田軍曹はじれったそうにいい、捕虜たちを、まるで自分と同じ人間ではないものを見るような眼でみた。江藤少尉は一つ年下の現役あがりの下士官から眼をそらした。この軍曹のなかに、自分の言葉や力ではこわされない頑強な何ものかを感じた。戦闘帽をきちんと被った眉の濃い長身の少尉は、ひろい石の階段に立っていた。そばにいる倉田軍曹から或る圧迫感をうけた。高粱畑の道で中国女を殺したときいらい、少尉は、戦場では、この軍曹には敵わないという変な潜在意識に悩まされていたのだ。

それでも江藤少尉はまだ決断をくだすことができなかった。この一カ月あまりの戦闘で、八十名もの捕虜をつかまえたのは、これが初めてだ。命令書が「粛清せよ」というのは、抵抗する敵兵にたいしてのことかもしれない。「殺せ」とは書いてない。この自分に、無抵抗な捕虜を殺せとは、いくら何でも命令してこないだろう……

「おい、篠原……」少尉は若い一等兵を呼んだ。「おまえ、本部へ伝令にいってこい」

少尉は紙に書いた。「捕虜八十三名、本部へ送ります。部隊長殿の御指示を頂きたし。江藤清少尉」

銃をさげ、かけてゆく伝令を見送っていた江藤は、ふと倉田軍曹を見た。軍曹は笑っていた。自分をからかい、軽蔑している笑いにみえたが、江藤はそんなことはかまわず、伝令をやった城門のほうを度々、見た。

伝令がもどった。命令書には、

「その必要なし。その場で、粛清せよ」と書いてある。江藤はそばにいる軍曹に、黙ってその紙を渡した。

「倉田、おれは、これから報告書を書くからな」

倉田軍曹は待っていたようにいった。「は、わかりました。隊長、自分に任せてください」

軍曹は敬礼をして、建物にはいった。江藤少尉も捕虜を見ないで、後からはいった。背中に市街の静寂が急におしよせてくる感じがした。その妙に静まりかえった外から逃げるようにドアを開け、小部屋にはいると、ドアを閉め、ノブをまわした。外のもの音はきこえなくなった。彼は図嚢から軍用箋を出し、ナイフでていねいに鉛筆をけずった。

「おい、お前ら……」

裏庭に溝を掘り、薪を割って、笑ったりしゃべったりして、にぎやかに飯盒炊さんの用意をしている兵隊たちを、倉田軍曹は呼んだ。

「飯には、まだ、早いぞ。第一分隊、それに寺本伍長、お話も、きてくれ。みんな、銃をもってこい。弾薬もだぞ」

兵たちは顔を見合わせた。寺本伍長がきいた。

「何です？　倉田軍曹……」寺本は軍曹の顔を見て、うなずいた。「そうか。やるのか。よしきた。おい、お前ら、何をグズグズしてる？」

武装して整列した二コ分隊の兵隊に、倉田軍曹は重々しく命令した。

「捕虜を、十人ずつ連れてこい。残った捕虜は、騒がぬように警戒しろ。寺本、抵抗したり、逃げたりしたら、射っていいぞ」

彼は先に立って、裏庭から空地のほうへ出ていった。

小部屋では、少尉は軍用箋に、「捕虜、ハーグ条約、戦争……」と落書きしながら、一方で外に耳を澄ました。立って、せまい室を歩きまわった。

寺本伍長は、捕虜のところへいった。

「お前ら、こい！」

と、十名を縦に並ばせた。

手を前や後ろでしばられた中国兵たちは青ざめた。それでも彼らは裏の空地までいった。そこには銃に剣をつけた二十人ほどの兵隊と軍曹がいた。逃げ道にも兵隊が立っている。十人の中国兵は観念したようだ。かれらの顔を、小柄な軍曹は一人ずつ見てあるいた。前に立っているのは、さっきまで戦っていた敵兵だ。軍曹は、顔の半分がぐちゃぐちゃになった渡辺伍長や、今までに戦死した部下や、昨夜の戦闘で、名誉の戦死をしたという老聯隊長の顔、部落の立木にしばりつけられ、真赤になった顔を垂れていた三人の斥候と、その三人の眼玉をくりぬかれ、鼻をそがれた化物みたいな顔をはっきりと思いだした。倉田軍曹の細い茶色の眼は別人みたいになり、彼はまるで気でも狂ったようにさけんだ。

「きさまらだな。日本の兵隊を殺しやがったのは……。おい、お前ら！」

軍曹はやはり青ざめ、途方にくれた顔で立っている部下をふりかえった。

「何だ、お前らの、その顔は！　昨日までの戦闘を忘れたのか？　いいか、お前ら、刺突の要領でやれ。だてに銃剣術を習ったんじゃないぞ。渡辺伍長や、死んだ戦友を思い出せ。よし、構え！　戦友の仇だ！　一歩前え、突けッ！」

兵隊は号令どおりにやった。中国兵の灰色の軍服の胸は血で真赤になり、彼らはわからない言葉でわめき、憎悪の眼で日本兵をにらみつけ、なかには胸に刺さった銃を掴む者もいた。彼らは重い音で倒れた。手足が痙攣した。綿入の服から銃剣が抜けなくて片足で踏ん張っている初年兵に、寺本伍長がそばから気合をいれた。

「腰ぬけ野郎！　それでも、貴様は日本の兵隊か？　とどめを刺すんだ、とどめを……。この腑抜け野郎！」

倉田軍曹の細い眼はすわっていた。

軍曹は倒れた敵兵のあいだを歩きまわった。それが弱気になった兵隊たちには頼もしくみえた。軍曹は検死でもするようにゆっくりと歩きまわり、死体の顔を見たり、生きてはいないか靴でうごかしてみた。軍曹は考えた。中国人を殺すなんて、やってみれば、何でもないことだ……。軍曹は自分に弁解する風につぶやいた。「おれは戦場にいるんだ。盆踊りをしにきてるんじゃねえんだ……」

軍曹は青い顔をあげた。

「おい、こいつらを見えないところへ片づけろ。つぎを連れてこい」

つれてこられたつぎの十人には、血溜りを見て動けなくなる者も、嘔吐する者も、顔をあげ唾を吐きかける兵士もいた。倉田軍曹はぼんやりして立っている部下から、銃をとった。

「よこせ。おれが模範を示してやる」彼は唾を吐きかけた中国兵の前に立った。「日本の兵隊の眼玉をくり抜きやがったのは、お前らだな。そんなに死にたいのか？　よし、おれが殺してやる」

彼は足を前後に踏ん張り、銃剣術で教えたとおりの型で、銃剣をまっすぐに突き出した。そのとがった先は服に刺さるのが判る速さで胸の心臓部にとまり、灰色の服に血の色がひろがり、剣を抜くと、相手は重たい袋のように倒れた。

大男の寺本伍長は髭面にうす笑いをうかべていた。

寺本寅吉は足許に倒れてまだうごいている敵兵を見おろし、そばの兵隊にいった。

「軍曹も、気が小せえな。見損ったよ。なにも、お題目をならべることはいらんじゃないか。おれは、牛や馬を殺したことがあるぜ」彼は靴で死体を蹴った。「こいつらも、牛や馬だと思やいいんだ。こいつらは、人間じゃねえ。チャンコロだ。おれたちは、日本人だ。お前ら、こいつらに、日本人とはどういうもんかみせてやれ」

血を見ても顔色ひとつ変えないのは、この大男の伍長だけだった。

一時間後に、倉田軍曹は小部屋のドアをノックした。

「倉田軍曹です。はいります」

「ああ、はいれ」

倉田軍曹がはいると、江藤少尉は机に向っていた。振り返ったが、立っている軍曹から眼をそらした。

「隊長どの、命令どおり、捕虜を全部、処分しました」

「そうか……」少尉は下士官から眼をそらしていた。「あとはどうした？」

「片づけました。案外、簡単にすみました」

二人はしばらく黙っていた。少尉はちらと軍曹を見ると、眼鏡をはずし、書きかけの軍用箋の上においた。突っ立った倉田軍曹は、自分をちらと見た江藤少尉の眼に嫌悪と侮蔑があったのを本能的に感じたが、やはり子供の頃からのように薄笑いをその骨ばった頬にうかべて、椅子をひきよせた。

「いま、飯を炊かせています」

「そうか……」眼のあいだに眼鏡の蔓の赤い痕がついた少尉はまた何か問いかけるように軍曹を見たが、何もいわなかった。江藤少尉には、椅子にかけて微笑している倉田軍曹が、たったいま、多くの人間を殺してきた男とはみえないのが不思議に思われた。そんな眼で軍曹を見たのである。

倉田軍曹はせまい額に略帽の痕がついた日焼けした痩せた顔で白い歯並をみせ、江藤少尉に笑いかけた。

「江藤隊長は、英語がうまいですな。さっき、自分はおどろいたですよ」

高等小学校出の下士官は尊敬の眼で少尉を見ると、煙草に火をつけた。八十何名かの捕虜を殺したことは、もう忘れているらしい。

「ああ、おれは……」母がクリスチャンで、小さい時から、日曜学校に通わされたんでね……と説明しようとして、少尉は口をつぐんだ。おれは、大学では、外交官試験の勉強をしていたんだ。江藤はふと自分の回想に落ちこんだ。法文学部の教室と、国際法の講義をする教授、ボート部の艇庫と、夏の陽にきらめく川と葦、葦切(よしきり)の声、三番を漕いでいる自分……

前の椅子にかけた軍曹が、少尉の顔をみた。

「今朝のあの外人、ナチスですか？」

「そうらしいな。いや、ナチスだ」

少尉はあわてて答えた。二人はだまりこんだ。二人はそれぞれに考えていた。江藤少尉はこれまでは勇敢で上官に従順だと思っていた倉田軍曹に、別のかくれた一面があることを知った。倉田軍曹も、この大学出の少尉は、自分らとはどうやら違った種族の人間であるらしいことがぼんやりとわかってきた。彼は心でつぶやいた。この少尉は、どうも、おれにはよくわからん……。

「じゃ、隊長どの、飯は持ってこさせます」倉田軍曹は煙草を踏みつぶして立った。

「いや、おれがゆく。あまり食いたくないんだがな」

出てゆく軍曹を少尉は呼んだ。「おい、倉田、いま、昨夜の戦闘の報告書を書いていたところだよ。お前と寺本伍長の功績は、抜群だとな。二人の働きで、部隊は南京突入の突破口を開いたとな」

「はッ」

倉田軍曹はドアの前で、不動の姿勢をとった。「江藤隊長どの、自分は有難いであります」

倉田軍曹は感激して泣きそうな顔になり、敬礼して出ていった。

江藤少尉は、兵隊たちが何ごともなかったように、飯盒で飯を炊いている裏庭を通って、土塀にかこまれた空地のほうへいってみた。何処へ片づけたのか、八十何名の敵捕虜の屍骸はないが、土に浸みた血がここでどんなことがおこなわれたかを、少尉に教えた。彼は嘔(は)き気がした。それは精神的な反応であった。一方では、江藤少尉は何も考えなかった。考える力をなくしていた。彼はところどころに血の溜りがある空地を歩きまわった。無感情でいられる自分に驚いていた。戦争というものは、人間から考える力をうばうのかしれない。それなら、考える力をなくした人間というものは、いったい何ものだろう？　こんなことを漠然と考えながら、この戦闘部隊の若い小隊長は、空地をあるきまわった。

三章

1

十二月十四日になると、日本軍の歩兵部隊が陸続と城門からはいってきた。彼らは隊伍も組まず、疲れて小銃を横に肩にかつぎ、重そうに靴をひきずっていた。どの顔も髭がのび、軍服は泥と血でよごれている。それは彼らが激戦のすえに、この首都にたどりついたことを物語っていた。その横を、戦車、砲車、トラックの列がつづいた。

この日の午前に、中山路にある国際委員会の事務局の前に、草色の乗用車がとまった。参謀の飾り紐をつけた中佐と背広の男が降りた。最初に訪問してきた日本の高級将校に、委員長のヨーン・ラーベと、ミルス神父が会った。

中支派遣軍司令部の森参謀は、「自分がきた目的は、この難民区の実状を調査するためである」と語った。

ラーベは各種の文書や資料を出した。中佐と随員はながいことかかって綿密に資料をしらべ、ラーベと、アメリカ人宣教師にいろいろな質問をした。

十数名の外国居留民が国際委員会を設立した動機と、目的。中国側との関係と、その交渉の経緯……中佐は、ラーベ代表の回答を諒解した。

最後に、森中佐はラーベにいった。

「この地区には、きわめて多数の中国敗残兵が潜伏しているとの情報がある……」

相手は戦捷軍の参謀である。ラーベ代表は中佐の気魄に圧倒されて、髭を生やした角ばったその顔を見守った。

「いや、きわめて多数ではありません。また、潜伏しているという言葉も、不適当です。もっとも、私たちにはその数は不明ですが、中国兵は、私たち委員の手で、武装を解除されています」

ラーベは困ったことになったという顔で、ミルス神父をふりかえった。神父もうなずいた。司令部の高級将校のきた目的が解った。説明を聞いている中佐の眼には、不信の色があった。それが二人の外国人を不安にさせた。

森中佐はラーベにいった。

「わが軍は、市中の敵兵を排除しなければならない。委員会の手で、それらの中国兵をひきわたすことができますか？」

ラーベは首をふった。「中佐、それは困難です。彼らは軍服を脱いで、一般人と混ってしまったのです」

「いずれ、調査する……」

参謀は肥ったドイツ人の隣にかけた宣教師に眼をむけた。「あなたは、カソリックですか？　プロテスタントですか？」

「ワタクシハ、カソリック神学院ノミルス神父デス。ワタクシハ、三年間、大連ニイマシタ」

森中佐は立って挙手の礼をし、通訳をうながして出ていった。

ラーベ代表と、玄関の階段の上まで送って出たミルス神父は、自動車に乗り軍刀を膝のあいだに立てた中佐を見ると、にわかに不安になった。何か予想できないおそろしい運命が、自分たちのこの難民区の上に掩いかぶさってくるような気持がする。

草色の自動車が遠くなった大通りには、日本軍の隊列がつづいていた。その横を、持てるだけの荷物をもった男や女や老人が、難民区めがけて流れてくる。

難民区は、南は漢中路、東は中山路、北は山西路（実際は山西路よりさらに北にのびていた）、西は西康路（この道路は金陵女子文理学院の西方で丘を越え、上海路と漢口路の交叉点にいたる）の四本の道路に画された地域に設けられた。そのまがりくねった西南の境界線は、カソリック神学院の男子宿舎も、そのなかにふくめていた。ミルス神父は、この神学院の居室から、事務所へかよってきた。

砲弾と銃声と恐怖に追われて、南京のほとんど全部の市民がこの境界内に逃げこんできたといってよい。南京市の他の部分はからっぽになり、ここにひとつの人口密集した都市が出現したのである。

町のなかのどの家も満員になった。一般家屋には十五万人以上、収容所には六万人以上の人がはいっていた。国際委員会は二十五の収容所をつくった。金陵大学では、すでに三万人を収容した。難民は街の道路や空地にも、藁葺きの掘立小屋をつくった。この町は藁葺き小屋の世界であった。金陵女子文理学院には、おもに女と子供を収容した。その女、子供も三千人が九千人にふえ、はいりきれないで、並木路にまであふれている。女たちは幾人かの子供を、手をひいたり抱いたり、服の裾につかませたりし、姑娘（クーニャン）は丸めた蒲団、衣服や食糧などをいれた大包みを背負い、籠を手にさげ、腰のまがった老婆は杖をつき、その女たちは途中で休み休みして、安全地帯である難民区にたどりついた。女たちの顔は、後ろから追いかけてくる戦争の恐怖にひきつっていた。

ラーベ代表は、ミルス神父とリグスをつれて、女子文理学院へいった。

三階建ての建物は、寄宿舎、教室、廊下、ベランダ、階段まで、女や子供らの家族であふれ、荷物で埋まっていた。セメント床の体操場にもぎっしりとすわっていた。赤ん坊が泣き、不安な顔でラーベたちを見上げる母親や老婆の頭の上に、使わなくなったバスケット・ボールの網が垂れている。女や子供らは、一日じゅうここに坐り、ここで食い、ここで寝て、その運命に堪えていた。リグスの話では、避難民はたいてい一日に一食だそうだ。

「いま、大至急、施粥所をふやしています」

リグスはラーベの質問を待たずにいった。

銀の十字架を鎖で長く垂らしたミルス神父は、ながい背中をまげて、母親の乳房をふくんだ子供の唐子頭をなぜた。

帰りの市街には、どこにでも日本軍がみられた。そこには、革と軍馬と馬糞のにおいがした。戦闘がすんだあとで、兵隊ものんびりした顔をしている。初冬のうすら陽がさす道路や建物の軒下などで、ところかまわず彼らは眠っていた。三人で並木路を歩きながら、疲れた兵隊をいたわる眼ざしで微笑して見るミルス神父の胸には、「いずれ、調査する……」といい残して帰っていったさっきの中佐の言葉がひっかかっていて、また、不安になった。

街は、意外に静穏であった。

2

江藤小隊は、占領した交通銀行大楼にそのまま宿営していた。

中国兵の小銃や手榴弾や機関銃は庭にひとまとめにし、入口の階段には衛兵を立てた。裏の空地にならべた死体は、倉田軍曹が指揮して近くの原に埋めた。現地点で、別命を待て、との命令をうけた小隊は、南京市内で最初に占領したこの建物に駐屯した。裏の別棟に宿営した。三階建ての表のビルディングには、軍の機関がくるはずである。別棟は階下が車庫だが、自動車はなくて、五十何名が起居するには充分な広さがあった。江藤清少尉は車庫の横の小部屋に、兵隊がさがしてきた鉄製のベッドと机と椅子をおいて、小隊長室にした。倉田軍曹ら下士官は、兵隊と車庫に寝ている。それでもこれまでの戦場を思えば、別天地だ。戦闘は終ったものの、江藤少尉には仕事が山ほどある。これまでの「戦闘詳報」、警備地区の状況、戦死者の報告、部下の功績、兵員や装備の補充。小隊長室の机に倉田軍曹と向い合って、これらの仕事を片づけた。

中隊本部はここから半キロほど離れた小学校におかれた。江藤少尉は銀行のなかの調度や装飾品には手をつけるなと厳重に命令した。大金庫などを警備するのが新しい任務だ。とはいえ、小隊長以下全員は、ここに宿営すると、はじめてのんびりとした気分を味わった。

小隊長室へ篠原一等兵が呼びにきた。

「小隊長どの、風呂が沸きました」

「なに、風呂?」

江藤少尉は倉田軍曹の顔を見た。倉田もけげんな顔だ。二人は風呂というものの存在さえも忘れていた。

「篠原、どこに風呂があるんだ?」倉田が鉛筆をおいてきいた。

「地下に、暖房のボイラー室があります」商店の息子で、商業学校を出ている篠原は、はきはきとこたえた。「そこに、使用人でもはいったらしいコンクリートの風呂があります。鈴木上等兵どのが、ボイラーを利用して湯を沸かすように、工夫されました。沸くまで、黙っているようにといわれたもんですから……。自分と青木が、水を汲んできました」

「へえ、風呂つきの宿舎か。食糧は倉庫にあるし、本部の魚住少尉には、黙っていたほうがいいぞ。さっそく乗り込んできて、おい、おまえらは、出てゆけだ。小隊長、さあ、どうぞ、お先にはいってください」

「ああ、遠慮はせんよ。いま、剃刀を探してるんだ」

地下室に降りると、鈴木上等兵がボイラーに薪を放りこんでいた。タンクで湯を沸かし、流し込む仕掛けになっている。

「鈴木、ご苦労だな」

タオルで向う鉢巻をした髭面の鈴木は、服をぬぐ少尉をうれしそうにみた。

「さあ、ゆっくりはいってください。いま、篠原と青木が水を汲んできます」

江藤は浴槽に首までつかった。思わずながい息が出た。「おまえら作業をした者は別として、倉田は風呂にはいる順番をクジ引きできめるそうだよ」

篠原らが石油罐で水をはこんだ。「小隊長どの、湯加減はどうですか？」二人もうれしそうだ。出てゆかずに、眺めていた。江藤も三人に話しかけた。

「篠原、風呂をみると、東京の家を思い出すだろう。お前のとこは、商店だったな。何の商売だ？」

「は、洋品店です」

「青木は？」

「はッ、自分のとこは、八百屋であります」

「青木、風呂場では、そう、固くならんでいいよ。倉田軍曹の家も、八百屋だとかいってたな」

江藤は風呂からあがり、ゾーリンゲンの剃刀で鏡も使わずに髭を剃った。小気味よく髭を剃ってゆくのに、二人の若い兵隊は見とれている。隊長の胸には黒い胸毛が生えている。青木二等兵がいった。

「隊長殿は、いい体をしていられますね」

罐（かま）に薪を放りこみながら、鈴木上等兵がいった。「江藤少尉殿は、大学でボートの選手だったんだ。お前ら、知らんのか？」

剃り痕が青い少尉は三人の部下を見た。「お前らがいないと、家では困るだろうな。お互いに無駄死にをするなよ。それから、いつもいうとおり、日本人としての誇りをもつんだ。おれは、今日、街で、銃をもった兵隊が、中国人の女をからかっているのを見たよ。江藤小隊の者は、あんなことをするなよ」

鈴木が笑った。「大丈夫ですよ。隊長殿、こいつらは、まだ、子供ですから……。おい、お前ら、そんなとこにつっ立ってないで、水を汲んでこんかい」

石油罐と棒を持って外に出た二人は、近くの池のほうへいった。内務班で、倉田軍曹や寺本伍長や、古年兵の前で小さくなっているよりも、水汲みのほうが呑気だ。青木がいった。

「おい、篠原、隊長のはりっぱだな」

「隊長の何がだ？」

「隊長のあれだよ。おれのとは、くらべものにならんぞ」

篠原一等兵は怒った眼をむけた。「お前、そんなとこを見てたのか？　いやな奴だな」

「江藤小隊長は、服を着るとおとなしいけどよ、裸になると立派だな」

地下室では、二人が話していた。

「鈴木、ひでえ垢だろう。これが、戦塵というのかな」

「ほんとに少尉どの、帰還したら、イの一番に、本所緑町の蛇の目寿司へきてくださいよ。今から、約束しときますぜ」

「お互いに、〝帰還〟できたらな」

「いやなことをいわんでくださいよ。鈴木が河岸（かし）から仕入れたマグロのトロを食わしますぜ。別嬪のあそこみたいな、とろっとした舌の上でとろけるようなやつをね」

「不潔な表現だな」

「ああ、この手で、もう一度、シャリを握ってみたいなあ。お美津はね、飯の炊き方がうまくてね、お客にほめられるんですよ。少尉どの、なるほど、相当な垢ですね。筋肉が締って、いい体だなあ。自分も、女房とまだ一緒にならない頃、二人で、よく隅田川の辺を歩きましたがね。白鬚橋のところに、大学の、何ていうんですか？　ボートをいれる……」

「艇庫だよ」

「その艇庫があってね。学生さんが、ボートレースの練習をしていたね。いいもんでしたぜ」

江藤清は原幸子を思い出した。ふいに寂寥と孤独感に落ちこんだ。この鈴木は妻と繋がって生きているのに、自分にはまだそのつながりがないのだ。「やあ、有難う。流してもらって背中がせいせいしたよ」

「隊長どの」鈴木は改まったいい方をした。「自分は、江藤小隊に入れられて、仕合わせだと思います。よその隊で士官学校出の将校に、帰って女房の顔を見たいなんていったら、ぶんなぐられますからね」

「おれだって、ぶんなぐるぞ。あんまり、のろけるとな。おれは、独身だからな」

「江藤少尉どのは、やさしい方ですよ。おれだって、客商売だ。解りますよ。やっぱり、育ちだね。そこへいくと、寺本の奴は……」

江藤は体を拭き、ズボンをはいた。「いや、あれは、自由人だよ……」あとをいいかけて、インテリ少尉は口をつぐんだ。「……ちょうど、犬や猫が自由であるようにな」といいかけたのだ。

その夜、兵隊が地下倉庫から支那酒を持出して酔っぱらっているのも、江藤少尉は大目にみた。

「程度をすごさぬようにしろ」

と、倉田班長に注意しておいた。兵隊がこうして生きている歓びにひたっているのを、少尉は当然だと考えた。もっとも、それも程度問題だが……。彼らの前には、これからいつまでつづくかわからない苦難と、死が待っている。別の命令がくるまで、兵隊たちを解放してやりたい……

司令部からの通達で、明後日の入城式には、江藤小隊の所属する部隊も参列し、軍司令官の閲兵を受けることになっていた。

3

十五日の朝、部隊本部から、江藤少尉と先任下士官に呼び出しがきた。入城式のことだろうと考え、江藤少尉は倉田軍曹をつれて本部へいった。

街には、至る処に友軍の部隊が見られた。戦車や砲車やトラックもあった。空地には軍馬が繋がれ、暇になった兵隊が焚火をしている。城内から火災の煙がいくつか空を這っていた。街のところどころには、死体が転がっている。屋根の向うの城壁の上にも、蝿取り紙についた蝿のような中国兵の死体がみえた。

小学校にある部隊本部へいった。将校と先任下士官が集まっていた。教室には、「徹底抗戦」とか、「抗日救国」と書いた小学生の習字が貼ってあるが、誰も気にする者はいない。将校たちはみな小ざっぱりとした軍装で、どの顔も晴れ晴れとしている。

「よう、見違えるようだぞ」

「こうして見ると、きさまも、案外、色男だな」

「いや、つらいひと月だったよ」

話声がやんだ。

「敬礼！」

参謀懸章を肩から下げたがっしりした体格の中佐が、部隊長や中隊長といっしょにはいってきた。小松大尉がいった。

「ここにこられたのは、中支派遣軍司令部の森中佐殿である。中佐殿から、話があるから、よく聞くように……」

森中佐が鋭い眼で、将校と下士官を見まわした。陸大出の「天保銭」をつけている。

「休め。わが軍は、敵首都を占領した。誠に御同慶の至りである。この攻撃において示した諸官と、ならびにその麾下部隊の兵の忠勇は、おそれ多いことであるが……、気をつけ！」

将校と下士官は不動の姿勢をとった。

「叡慮（えいりょ）を安んじ奉ったことと拝察する。命令。わが軍は、明後十七日に、南京市の入城式をおこなう。わが軍は、その日までに、市内に、敵の一兵たりとも、残存するを許さず。各小隊は、城内にある敵兵を、徹底的に粛清せよ。以上が命令である。細目にわたっては、中隊長より、適切な指示があるはずである」

ここで、中佐はいちだんと声を大きくし、威圧する光のある眼で一同を見まわした。

「これは、今なお、市内に残留する敵性国民に、皇軍の威武（いぶ）を示すためである。同時に、軍の次の作戦にたいして、後方の治安を維持するためでもある。わが軍は、敵の首都を陥落せしめたとはいえ、敵の抗戦意欲はきわめて旺んであって、今後の戦局といえども、決して楽観を許さない。なお、多数の中国敗残兵が、一部地区において、一般人にまぎれこんでいるという確実な情報がある……」

森中佐の前に整列した十人ほどの小隊長のなかで、江藤少尉は参謀のいまの命令を、もう一度、頭のなかで反芻していた。「市内に、敵の一兵たりとも残存するを許さず。城内にある敵兵を、徹底的に粛清せよ……」彼には、この意味がよく呑みこめなかった。むろん、武器をとって抗戦する敵兵は、せん滅しなければならぬ。しかし、武器を棄てた敵兵は、どうだろうか？　彼らは、捕虜だ。「俘虜（ふりょ）ハ、敵ノ政府ノ権内ニ属シ、コレヲ捕ヘタル個人、マタハ部隊ノ権内ニ属スルコトナシ。……俘虜ハ、人道ヲ以テ取扱ハルベシ……」学生時代に勉強した知識は、江藤清少尉にそう教えた。司令部の森参謀は、城内の敵兵は徹底的に粛清せよというが、もし彼らが武器をすて、軍服を脱いでいた場合、一般市民とは、どうして区別したらよいだろうか？

しかし、この命令の意味することは、直感的に少尉には解っていた。この命令を遂行するために、われわれは呼ばれたのだ。江藤少尉には自分の顔の青ざめるのがわかった。

小松大尉が号令をかけた。

「気をつけ！　敬礼！」

答礼した森中佐は赤い裏の刀帯に吊った軍刀を片手につかみ、赤革の長靴をきしませて、部隊長とともに出ていった。

「小松中隊はあつまれ！」

小松大尉がいった。ほかの中隊長も部下を集めた。小松大尉は地図をひろげた。

「では、細目について指示する。第一小隊、小川少尉だな。小川少尉は、入城式にそなえ、軍司令部附近、および主要道路の警備にあたれ。第二小隊、江藤少尉……」

「はッ」

「貴公は、英語が話せるそうだな。この避難民が集結している地区の警戒にあたれ。この地区は、外人が管理しているそうだ。第三小隊も、江藤少尉に協力して、残敵を掃蕩せよ」

他の中隊でも、中隊長が地図をひろげて指示していた。揚子江……とか、埠頭とか、軽機分隊という言葉が、江藤少尉の耳にはいった。江藤少尉はこの緊張した空気のなかで、ひとりでに躯の奥がふるえてきた。

「小松大尉どの……」江藤少尉はいった。「質問してよろしいですか？」

「何だ？」

「その敵兵の識別ですが、それは明かに軍服を着ている者をさすのでしょうか？　それから、掃蕩とか、粛清とかいう意味でありますが、自分らは、どのように考えたらよいのでしょうか？」

「命令では、一兵たりとも残存するを許さずとある。粛清とは、文字どおり、粛清だ。いいか、江藤少尉、おまえは、この南京が、二日まえまで、敵の本拠であったことを忘れてはならんぞ。ほかに、質問はないか？」

「ありません」ほかの将校たちは答えた。

「諸官は、粛清とか、掃蕩の文句にこだわる必要はない。ここは戦場であって、大学の教室じゃないんだからな」将校や下士官は笑った。「残敵とは、敵の戦力になるものを、すべてさすのだ。いいか、江藤少尉、わかったか？」

「はあ……」

江藤少尉は仕方なくうなずいた。彼はこの命令にたいして、心で抵抗を感じた。同時にそれを命じられた自分のおそろしい立場を知った。ここに立っている自分が、まるで暗い処へいきなりつき落されたように感じられる。

小松大尉は腕時計を見た。

「各隊の行動開始は、一時だ」

大尉の命令はつづき、それが終って、将校たちは煙草を吸ったり、がやがやとしゃべっていた。まるで演習中に命令を聞いたときと同じようだ。江藤少尉は下士官のなかの倉田軍曹を見た。軍曹は熱心な顔でメモをとり、机にひろげられた地図をのぞきこんだ。

（おれが、この命令に従わなかったら、どうだろう？）江藤少尉は考えた。頭のなかで、声がした。（……抗命罪だ）

同じ甲幹出の清川少尉が、江藤の肩をたたいた。

「江藤少尉、掃蕩ってのはだな、片づけろということだよ。おれたちは、敵のなかにいるんだ。貴公、どうかしてるんじゃないか？　戦場に、情けは禁物だよ」

やはり大学出で剣道二段の清川少尉は、江藤少尉をなじる眼でちらと見た。

4

江藤少尉は、倉田軍曹と、小学校の部隊本部を出た。

正午ちかい陽が冬の青空にかがやいているのに、少尉には陽の明るい街も眼にはいらなかった。あたえられた任務を考えると、眼の前が暗くなるようであった。「紅卍会（こうまんじ）」の腕章をつけた二人の苦力（クリー）がのろのろとうごいて、路地にころがった死体を荷車にほうりこんでいた。引いてゆく車で、何本もの腕や脚がゆれた。江藤少尉はその荷車を眼の隅にいれていた。葉を落した柳の並木の横で、荷車はとまった。道路の向うに玄武湖の小波が光っている。そのあたりから、風にのって何ともいえないいやな腐臭がした。見ると、蓮の茎が枯れた池にも、服の背中や、伸ばした手や顔がうかんでいて、風が吹くとそれらはうごいた。少尉は足早にそこを離れた。

軍曹が追いついて、話しかけた。

「少尉どの、自分に任せてください。少尉どのには向かんですよ。これは、倉田の仕事ですよ」

江藤少尉は笑っている倉田の顔をみつめた。けがれたものを見る眼だ。少尉の眼鏡の奥の眼はいっていた。そうだ。おまえの仕事だよ。好きなだけ血をながすがいいさ。軍曹、おまえには、このおれを、理解することはできないんだ……

倉田軍曹は白い歯をみせて笑っていった。「まったくですよ。戦争に、情けは禁物ですよ。少尉どの……」軍曹はさっきの少尉の言葉を聞いていたらしい。軍曹の細い眼はこういっていた。お坊ちゃん少尉どの、そんな眼でおれを見ないでくださいよ。おれは、大学出のこいつらには、絶対、負けないぞ。ここは、戦場だ……

キャタピラの音をたてて戦車が通った。軍曹が横から少尉の顔をみた。

「江藤少尉どの、軍司令部の森参謀は、あれこそ、真の日本軍人だと思わんですか？　自分は、あの参謀の命令なら、喜んで死にますよ。小隊長は、どうですか？」

年下の軍曹が自分をからかっているのは知っていたが、江藤少尉にはそんなことはどうでもよかった。少尉は出口のない室にいれられた囚人のような眼で、明るい通りを見まわした。苦力が死体をひっぱり上げていた。一頭の黒い野犬がうろついている。犬は不気味に毛並が艶々している。江藤少尉は苦笑した。「そうだな。おれには、軽々しくはいえんな。おれは、やっぱり、死ぬのはいやだな」

倉田軍曹が笑った。「江藤少尉どのは、正直ですね」

江藤少尉はたちどまった。まじめな顔で部下を見た。

「軍曹、先に帰ってくれ。おれは、ちょっと、この辺を調べてゆくから……」

「大丈夫ですか？　自分も行きましょうか？」

「大丈夫だよ」

江藤少尉は、おれを一人にしておいてくれと軍曹にいいたかったのだ。倉田軍曹は腕時計を見た。

「一時十分前に集合をかけます。それまでに帰ってください」

「ああ、帰るよ」

「じゃ、自分は、先に帰ります」

軍曹は敬礼をして離れた。短い剣を吊った軍服の後姿を見送っていたが、江藤少尉は焼け跡の向うにみえる屋根の重なった裏町のほうへあるいた。


江藤少尉は戦場で敵と戦うために出征した。戦場でない場所で、武器をもたない無抵抗な人間を殺すことは考えてもいなかった。彼はいまはじめて、戦争とは何であるかという考えにつきあたった。日本人と中国人は、なぜ、戦わなければならないのかという根本の疑問にもぶっつかる。

道路の横は焼け跡で黒焦げの柱がところどころに残り、焼け跡からはまだ煙があがっている。江藤少尉の前を、一人の女が小さな女の子の手をひいて歩いていた。髪に赤い紐をつけた女の子は、遅れまいと小走りにあるいている。母親は大きな風呂敷包みを肩にかけていた。その横顔で長いほつれ毛が風に吹かれた。女はとぼとぼとあるいている。江藤少尉は立ちどまった。黒い服を着た女の後姿から、二人の中国の女を思い出した。その一人の女の顔がみえる。ほつれ毛が汗で頬についた女はすわって手を合わせ、何度も頭をさげた。少尉はこれからの自分の任務を思い出し、逃げられるなら、何処かへ逃げてしまいたいと思った。しかし彼は、軍人である自分自身にたちかえった。母子の後姿は遠くなり、女の子は母親に遅れまいと、ちょこちょこと歩いている。その二人の姿に、彼は戦争のもつ悲惨さを感じた。あの母子には、罪はないのだ、と心でいった。

江藤少尉は裏通りにはいった。表通りにつづいた煉瓦造りの長屋の角をまがると、そこは空地で、蠅がわあんととびたつ感じで、人の群と喧噪が彼の前にあった。藁葺きの小屋を作っている男たちもいた。一人の女が、江藤少尉を見て、いそいで家にはいり扉をしめた。少尉の近くから、空地は静まっていった。男や女や子供の眼が、日本の将校を見ている。少尉は、誰でもいいからつかまえて、こういいたかった。

(おい、男たちは逃げろ！　何処かへかくれろ！　お前らを殺しに、もうすぐ、軍隊がやってくるぞ。おれは、それをいいにきたんだ……)

言葉でだめなら、手真似でもいい。しかし少尉は唾をのみこみ、横をむいた。彼にはいえなかった。利敵行為、軍の行動を妨害するスパイ行為……ということの考えが彼の咽喉の奥にひっかかり、彼の足をその場に釘づけにしたのだ。

江藤少尉は空地に背中をむけて、足早に町を出た。

江藤少尉は小隊にもどった。入口の階段に立っていた倉田軍曹は、少尉を見ると、建物にはいった。

「全員集合！　非常呼集だ」

車庫に毛布を敷き、臥そべったり、車座になったりしている兵隊にいった。

「武装をして集まれ。寺本伍長は、各自の弾薬を点検しろ。整列したら、小隊長どのから、命令がある……」

兵隊は武装して裏庭に整列した。倉田軍曹は番号をとり、皆の武装を調べた。兵隊は何ごとがあるのかという緊張した顔だ。

建物の裏口の階段に、江藤小隊長が立った。いくらか青い顔をした少尉は、整列した部下を見渡した。倉田班長が人員を報告した。

江藤少尉は命令した。

「小隊は、これから、市内の残敵を掃蕩する。指揮は、倉田軍曹がとる。鈴木上等兵と篠原一等兵は、おれといっしょに残れ。終り」

軍曹が号令をかけ、五十六名の小隊は、街のほうへ出ていった。あとに二人の兵隊がのこった。小隊が出ていったほうを見ていた江藤少尉は、黙って建物にはいった。いまの命令は、江藤少尉に許されたたったひとつの抵抗であった。

四章

1

入城部隊について、新聞記者も、南京市にはいった。

A新聞の山内静人特派員も、同僚といっしょに、十四日の午後に、南京の城門をくぐった。A新聞の支局があった大方港は難民区になり、そこには多数の中国敗残兵がいて危険だというので、軍報道部の指示で、中山門の近くに臨時支局を開設した。

十五日には、市内の治安もおさまり、危険もないだろうというので、この日の昼まえに、山内記者はカメラをもった中村登記者と二人で、占領直後の南京市内へ視察に出た。休息の日をあたえられた兵隊たちも、三々五々、もの珍しげに見物してまわっていた。

国民党政府の本部の大きな門をはいると、大礼堂へゆく渡り廊下の屋根に穴があいていた。山内支局員は、年下の社会部記者をふりかえった。

「中村君、国民政府の建物は、海軍さんの爆撃で跡形もなくやられたはずだぜ」

「しかし、これを見ると、爆撃したことは事実だよ」

「心理戦術の効果は大いにあったさ」

二人は顔を見合ってほがらかに笑った。非戦闘員でも、戦勝の気分はいいものだ。開戦まえにも南京支局員だった山内静人には目新しい風景でもないが、本社から派遣されて上海派遣軍についてきた中村記者には、初めて見る古都南京の中山陵や、街をとりまく古びた城壁は、中国の歴史を思い出させるにちがいない。

「記者さん、自分らを一枚撮ってくださいよ」

一団の兵隊に頼まれた。

「よしきた……」

中村記者は、丸腰で「万歳！ 万歳！」と手をあげる兵隊たちを、大礼堂を背景にして撮った。

「これが、もし、本紙に採用されたら、あんたらの家族がよろこぶよ」

「まったくだな。うちの女房も、見るかもしれないな。髭をそってくるんだったよ」

兵隊たちは笑った。

「じゃあ、お達者で……」といって別れたあと、山内は中村に話しかけた。

「なあ、中村君、あの兵隊のうちで、何人が生きてかえるかなあ？」

「政府は、戦争を続けるんだろうか？ トラウトマン調停はどうなったのかな？」

「内閣には、軍部をおさえる力はないかもしれんな」

「しかし、山さん、ここまできて、軍を引揚げる手もないでしょうが……」

「いや、中村君、中国は広いぞ。中国人の生命力を、君は知らんよ。ほんとに彼らは、雑草のようなつよい生命力をもっているんだ」

二人は楊樹並木がつづいた広い中山路を中山陵のほうへ歩いた。道路に積んだ土嚢の下に暗い銃眼がのぞき、死体のいやなにおいがする。十台ぐらいの外国製の高級車が乗りすてられていた。ひっくりかえった車のフロントガラスに「南京警備司令」と貼紙がしてある。白い救護車の後ろには、燃えて鉄骨になった弾薬車があり、豚が吊してあるのが、異様にもみえるし、市街戦の生々しさを感じさせる。

「敵は、えらくあわてて逃げたんだな」

中村記者がいった。

中山陵園の紅葉した林では、小鳥が啼いていた。

大理石の階段を登りながら、山内静人が中村登に話しかけた。

「なあ、中村君、君は、パール・バックの〈大地〉と、それから魯迅の〈阿Q正伝〉を読んだ?」彼は同僚の返事を待たずに、考えがうかぶままに話した。「さっき、ぼくは中国人は雑草のような生命力をもっているといったがね。ほんとだよ。ぼくは、〈大地〉に書かれている中国の農民に、それを感じるんだ。中国の農民は、旱魃（かんばつ）や大洪水や、蝗（いなご）の大群の襲来や、それから内乱や、戦争に遭ってもだね。それこそ雑草のようにたくましく生きつづける。おれは、あの王竜（ワンルン）や、阿蘭（オーラン）のことを考えると、とても中国人を憎む気持にはなれんよ」

山内静人は〈大地〉に出てくる農民の女房の阿蘭が、今でもそこらを歩いているような気持がした。

「阿Qにしてもだよ。へたな理窟はぬきにして、ぼくは、あの男に、ほんとの中国の民衆を感じるね。あの阿Q正という男だって、この南京の何処にでもいるような気持がするんだ」

「山さんは、中国人を愛してるんだなあ」中村登が年上の記者の不精髭の濃い横顔を見た。

正午ごろに、二人は中山陵園の石段を降りてきた。中山門の城壁の外側には、大きな穴があき、激戦だったことを知らせる。しかし山内記者はその中山門から眼をそらした。門の内側では、兵隊たちが休んでいた。積んだ土嚢にもたれて、眠っている兵隊もいる。どの顔も髭面で、頭や腕に繃帯をまいた兵隊もいた。

「御苦労さんです」

中村が一人に話しかけた。

「やあ、眠くて……。自分らは、無錫（むしゃく）から南京まで、ろくに寝ていませんよ。戦闘が終ったとたん、みんな、グウグウ眠ってしまったです」

　銃を抱いた兵隊は、城門の日章旗を見上げ、大きなアクビをした。

　幅八十メートルの中山路の右に、明(みん)の故宮の赤い柱と反った緑色の屋根がみえる。山内記者が中村をふりかえった。

「中村君、これから、支局へいってみようや。なあに、大丈夫だよ。おれには、あの辺には馴染(なじ)みが大勢いるからな」

「ええ、いってみますか」

　二人は大方巷の近くへきた。山内静人が急に立ちどまり、中村記者の服の肘をつついて、低くいった。

「おい、あれを見ろ。あの人たちを……。ここには、中国人がいっぱいいるぞ」

　今まで二人が歩いてきた道路には、日本の兵隊のほかには、中国人の姿はほとんど見えなかった。それが奇異だとも考えないでいた。ところがこのゴミゴミした路地裏のどの家の窓にも、折り重なるようにして不安な眼がはりついている。二人がとっさに直感したのは、この町では、何事かが起っているということだ。

「女や、子供ばかりだな」

　窓から眼をそらして、中村がつぶやいた。そのとき、横通りから、二、三人の着剣した日本兵が、五人か六人の中国人の男を追い立てて出てきた。中国人は仕方なしに両手をあげていた。

「敗残兵を捕まえてるんだ」

　山内が中村に教えた。通りに面した大きな洋館のドアの陰に中国人をみかけたので、山内はそばへいって話しかけた。

「君、ここは、誰がいた家かね?」

「唐先生……」何か不安らしくキョトキョトして、使用人らしい男は答えた。

「ほう、唐生智か？」

「はあ、そうです」中国人は中国語を巧みに話す山内に安心したらしい。

「唐将軍は、いつまで、この家にいたの？」

「十二日までです」

話しているところへ、銃をさげた兵隊がきた。

「おい、お前、こっちへこい。来（ライ）、来（ライ）！」と銃をつきつけた。

中国人は、山内記者の服の裾をつかんで、早口にいった。

「先生（シエンション）、助けてください。自分は兵隊じゃありません。ここのボーイです」

山内は若い上等兵にいった。

「君、どうするんだ？　この男は、兵隊じゃないといってるぜ」

「命令です。便衣隊が街に隠れてるんですよ。男は、みつけしだい、連れてこいという命令が出ているんです」

「連れていってどうするんだ？」

「さあ、自分らは知らんです。とにかく……おい、来了（ライラ）！」

若い兵隊が四十歳にちかい中国人を引き立ててゆくのを、二人の新聞記者はぼんやりした顔で見送った。二人にも、何が起っているのか、見当がつかなかった。

元の支局へいった。ドアを開けると、奥から、纏足（てんそく）の肥った阿媽（あま）と、若いボーイがとび出してきた。

「山内先生（シャンネイシエンション）！」ボーイは泣きそうな顔をした。

「おう、ボーイ、阿媽！　無事だったな。よかった。よかった」

山内静人は懐しそうに見まわした。事務室と応接室も、壁の黒板に書いた字まで、もとのままだ。

「中村君、二階で休もう。あとで、井上オペレーターも、呼んでやろうよ」

二階にあがると、中村は長椅子にひっくりかえった。

「ああ、休まる。疲れた。ついに、敵首都へきたか」

山内もベッドに腰かけた。「やれやれ、やっとまた、帰ってきたよ」

「やっぱり、支局は落着くね。自分の家へ帰った感じだ。ああ、ねむい……」

中村登はあくびをした。間もなく、二人の寝息がきこえた。

2

同じその日——十五日の午後一時すこし前に、国際委員会のラーベ代表は、秘書役のスミス教授と、日本軍の司令部へいった。着剣した衛兵が立っている司令部では、勝利の活気と進駐の混雑のなかを軍服がいそがしくうごき、二人の外国人はいくらか気おくれさえもした。日本軍は、開戦いらい五カ月目に、敵国の首都を陥落させたのだ。

応接室で、一時間ちかくも待たされた。ラーベは何度も時計を見た。武装した下士官がドアを開け、外にむかって一礼した。立襟に緑色の騎兵のしるしをつけた長身の中佐がはいってきた。刀帯だけを吊った中佐は、立ち上った二人に流暢(りゅうちょう)な英語でいった。

「さあ、どうぞ、おかけください。自分は、軍司令部の白井中佐です」

ヨーン・ラーベも自分の名前を告げ、スミス教授を紹介した。渉外幕僚部の白井正雄中佐は、ラーベの胸につけた鉄十字章に目をとめた。

「ほう、最高勲章ですな。どこで、受けられましたか?」

「世界大戦です。西部戦線です。私は少尉でした」

ドイツ訛りの英語を聞いて微笑した白井中佐は、ドイツ語で話した。

「私は、二年前まで、駐在武官で、ベルリンにいましたよ」

ラーベは肥った血色のいい顔をかがやかした。

「おお、そうですか！　それじゃあ、あなたは、最近のベルリンについては、私よりもよく御存じだ。私は、永いこと外地でばかり勤めていましたので、もう三年も、ベルリンにはいっていません。懐しいですな。いずれ、ゆっくり、あちらの話をしたいものですな」

白井中佐はラーベの腕章を見て微笑した。

「私は、ヒットラー総統にも、ゲッペルス氏にも会いましたよ」

「どうお思いです？　私たちのヒットラー総統を？　ナチス党を？」

ラーベは現在の立場を忘れたらしく、肥った膝をのりだした。そばで聴いているスミス教授は、向い側にかけた白井中佐の眼にあるつめたい無関心が、微笑に隠されるのを見た。

スミス教授に目配せされて、ラーベは用件に気がついた。鞄から二通の公信を出し、テーブルにおいた。この文書には、日本文の翻訳もつけてある。ラーベはいった。

「中佐、南京市国際委員会は、これらの文書を、日本軍当局に提出します」

白井中佐は二通の文書をとりあげ、一読した。その色白な端整な顔からは、今までの微笑は消えた。スミス教授も中佐の顔を見まもった。この若いアメリカ人は、腕椅子で長い脚を組んでいた。白井中佐の教養を示す黒い瞳には困惑の色が浮んだが、それはすぐに消えた。中佐は軍人らしくないしなやかな指で、二通の文書をテーブルの上でしずかに押してよこした。

「公式文書ですな。司令部には、まだ、軍司令官が到着しておりません。したがって、残念ながら、この書類は、受理できません」

ラーベ代表とスミス秘書は顔を見合わせた。ラーベのまるい水色の眼は中佐をみつめた。

「それはどういう意味でしょうか？　貴軍は、南京の国際委員会をお認めにならないというのですか？　委員会は赤十字委員会とも協力していますし、中国の市政府は、私たちに難民区の行政責任を交附したのです」

白井中佐はしなやかな指を顎のしたにあてがい、一種の名優のように微笑した。そばで眺めているスミス教授には、ほんとうにそうみえたのである。この軍人の微笑は、アメリカ人には不可解なものであった。

「いっさいの対外折衝は、軍司令官の到着後になるということを御承知願いたい」

ラーベがきいた。「それは、いつでしょうか?」

中佐は答えなかった。ラーベはその赤ら顔に熱誠をこめて、中佐をみた。

「中佐、この文書は、緊急に解決しなければならない重要な問題について、早急な処置を求めているのです。これは、難民区内にある敗残兵の問題を含んでいます。私たちは、不測な事態が起ることを防止しなければなりません」

そこへノックして、今度は別の丸腰の下士官がはいってきた。下士官は体を二つに折って頭をさげたあと、中佐に耳打ちした。中佐はうなずいた。

「しばらくお待ちください」と二人にいって出ていった。白井中佐は、ながいあいだ、帰らなかった。

「どうしたんだろう?」ラーベは不審な顔をスミス教授にむけた。

「会議をしてるんでしょう」

「それにしても、さっきから、ひどく待たせる」ラーベは陽の色が鈍くなった窓を見た。

「これは、文書を受取るというだけの問題ではないですからね」

若い経済学者はいった。白井中佐がもどった。中佐の端整な顔はなにかこわばってみえた。今までの微笑も消えていた。

「とにかく、そういうわけで、この文書は、受理できかねます。今日は、お引取り願います」

長時間待たせたにしては、簡単な返事だ。

「では、私たちは、これから日本大使館に、この公信を提出します。あなたも、この公信の内容については、留意されたと、私たちは信じたいのですが……」

ラーベの淡い水色の眼にみつめられても、白井中佐ははっきりした意志表示をしなかった。先に椅子を立った。ラーベは書類を鞄にしまい、手をさしのべた。白井中佐はアメリカ人にも握手をもとめた。中佐の微笑と優雅な物腰は、若いアメリカ人に彼が三日まえまで戦場であった街にいることを、一瞬、忘れさせた。

二人は軍司令部を出て、ラーベの黒塗りのベンツに乗った。スミスが運転した。風を切るナチスの旗を皮肉に見ながら、スミスは後ろに話した。

「あの微笑（スマイル）……あれこそ、典型的な日本人の微笑（ジャパニーズ・スマイル）だな。さすがのナチスのラーベさんも、太刀打ちできなかったですね」

「スミス君、ユーモアをいってる時じゃないよ。君は、あのシライという中佐の貴族的な微笑をどう考える？　最高司令官がこないからといっていたが、それは口実で、日本軍は、この公信にある問題について、即答を避けたのだ。僕はそう思うよ。彼らは、いったい、何を考えてるんだろう？」

ラーベは膝の上の鰐（わに）皮の鞄を、指輪をはめた肥った指でいらいらとたたいた。

その鞄のなかの公信第一号は、つぎのような内容であった。

「当委員会は、南京市の難民を、区内の各家屋に収容しようとしている。すでに若干の米糧を貯蔵して、難民の生活を維持するとともに、区内治安のために、警察権も行使している。貴軍は、難民区の各入口に、衛兵を派遣して警備して頂きたい。なお、帰宅できない難民を継続収容することを許可せられたい。さらに米人牧師のメージスが、赤十字委員会を管理している」ことと、附属文書として、国際委員会のラーベ代表以下十五名の委員と、赤十字委員の名簿がそえてあった。

公信第二号は、日本大使館あてのもので、「当委員会は、武装を解除せる中国兵問題につきては、すこぶる手を焼きおり候」という書出しで、「難民区に中国兵を収容したことのやむを得なかったこと。彼らには、武器を棄て、抵抗をやめた場合は、日本軍は寛恕をあたえるだろうと説得したこと」が、のべてあった。そして、「十三日夜は、混乱のために、中国兵と市民とを隔離しなかったので、今では便衣に着替えた一部中国兵を判別しにくくなった事情」も説明してあった。

さらに、この公信は、つぎのように結んであった。

「――当委員会は、貴軍当局が、これらの事情を酌量されて、徒手の中国兵を処置する際に、累を無辜（むこ）の一般市民におよぼさざるよう、御努力相成る様切望致すとともに、貴軍当局が、人道を重視し、俘虜を保護し、仁慈の態度をとられんことを切望致すものに候」

黒塗りのベンツは通りをはしった。初冬の空は青く晴れ、砲声のきこえなくなった古都の屋根の上を、鳩が群れとんでいる。中山陵の白い花崗岩の参道と塔が、紫金山を背景に紅葉のなかにくっきりとみえる。別の方角の市街の上には黒い煙が這い、ときどき焔がみえた。

「心配だ。どうも、心配だ……」

鰐皮の鞄を膝においたドイツ人が、人影のない街のほうに不安な顔をむけた。スミス教授が微笑して、後ろにいった。

「ラーベさん、ぼくは、あなたのその腕章には、感謝しなければならないと思いましたよ。できるなら、ぼくもその腕章をつけたいくらいだ」

ラーベはまじめだ。「日本軍の軍司令官は、いつ、くるんだろう?」

「十七日に入城式があるというから、その日までには到着するでしょう」

通りのところどころには、着剣した部隊がいる。中国人はみえない。街には何か不安なものが感じられた。自動車は日章旗がひるがえっている赤煉瓦の建物の前にとまった。

「さあ、仕事だ……」

鞄をかかえたラーベが、先に降りた。

3

その頃、難民区では、日本軍の部隊がきて、屋内捜査をし、男たちを路上に追い出した。三十人ほどの一部隊を指揮している下士官は、ミルス神父や、ほかの委員に、「命令だから……」と首をふるだけであった。委員たちは、ラーベ代表とスミス教授の帰りを待った。二人が出ていってから、もう三時間にもなる。ミルス神父は通りや裏通りを歩いて、責任のある将校を探しもとめた。そのせまい通りを、両側の窓から、女や子供の眼がみつめている。

「将校ハ、ドコニイマスカ？　将校ハオリマセンカ？」

長い黒服を着た神父は難破しかかった船の乗組員のように歩きまわって、将校をさがした。事務所の前の広場には、兵隊のつれてきた男たちが三百人ほどになった。大部分は一般市民だ。ミルス神父は拳銃をもった小柄な若い軍曹のそばへゆき、司令部へ相談ニイッテイマス。ソノ人ガモドルマデ、待ッテクダサイ。オ願イデス。将校ハ、イマセンカ？」

「将校はこない。指揮は、自分がとっている。自分らは命令に従っているだけだ……」

軍曹は無表情に答え、神父のそばをはなれた。兵隊に命令した。男たちは縄や紐で手を縛られ、百人を一団として出ていった。老人や女や子供がぞろぞろと後につづいた。女や子供の泣声が、町を出ていった。

男の列のなかに、ミルス神父は四人の広東兵（カントン）をみつけた。彼らは仲よくいっしょにいた。神父の前を通るときに、頬の赤い一人が笑っていった。

「髭の坊さん、さようなら……」

体格のいい北方出の下士官もいた。この男も袖の破れたよごれた便衣に着替え、後ろで手を縛られていた。角ばった顔の下士官は、最後の希望を失った眼で、ミルス神父を見あげた。

男たちが引かれていったほうの空は、夕焼けで燃えていた。それが神父には、何かのおそろしい象徴にみえた。神の告示を思わせた。ミルス神父は階段に立ち、男の群が消えたほうを見送っていた。神父は無力であった。神も無力であった。神父は叫びたいのをこらえ、胸で十字を切って祈った。落ちかかった夕陽が、茶色の顎髭を生やした長身のアイルランド系アメリカ人の顔を照らしていた。ミルス神父は、いま、煉獄の入口に立っている自分をみた。

4

「山内の旦那！　山内先生(シャンネイシエンション)！」

支局の二階で眠りこんだ山内記者は、阿媽(あま)にゆりおこされた。彼はおどろいて体をおこした。

「何だ？　どうした？」

「請(チン)、山内先生(シャンネイシエンション)、助けてください！　……」

どこかで銃声がした。山内は市街戦が起ったのかと思った。中村記者も長椅子で体をおこした。夕陽が射している窓の向うで、また、つづけて銃声がした。

阿媽が早口に話した。

「先生、いま、あっちの丘で、日本の兵隊が、中国人を集めて殺していますだ。そのなかには、近所の洋服屋の楊(ヤン)の親父さんと、息子がいますだ。二人とも兵隊じゃありませんです。山内先生、はやくいって助けてやってください」

阿媽は何度も頭をさげた。

「なに、殺してる？」

阿媽の後ろの入り口では、涙だらけの顔をした洋服屋の女房が前に組んだ腕を上げ下げしている。

「よし、わかった」うなずいた山内は、長椅子から立った同僚に説明した。「おい、中村君、あっちの丘で、兵隊が中国人を殺しているんだと……。この女の亭主と息子を助けてやってくれというんだ。さあ、いこう」

「うん、いこう」

二人は急いで支局を出た。後ろから纏足(てんそく)の二人の女はころがるようについてくる。両側に建物のある通りには中国人の影はない。銃をさげた日本の兵隊が路地を出たりはいったりしている。死の街……こんな連想が山内記者の頭をかすめた。家並の絶えた大通りの片側は原で、枯草の丘の半分が夕焼け空に影になっている。銃声はその丘のあたりで起った。二人はいそいだ。丘の窪地の一方に崩れ残った黒煉瓦の塀があって、その塀に赤々と夕陽がさしている。窪地の草の上には、男たちが膝をかかえたりして腰をおろしていた。三、四百人もいるか。きこえるのは兵隊の短い話声だけだ。銃をかまえた兵隊が男たちの外側に立ち、半円型に遠巻きに立った女や子供らが見守っている。

或る静かさが、この丘を支配していた。夕陽が黒煉瓦塀に反射して、それは男たちと兵隊と女や子供の顔を明るくし、空を影になった鴉が音もなく群れとんでいる。数人の兵隊が、しゃがんだなかから、何人かの男たちを塀の前につれていった。すわった男たちは、黙って眺めている。離れて一列にならんだ兵隊が、銃をあげると、号令で、いっせい射撃をした。山内記者が支局で聞いたのはこの音だ。銃声は、丘の別の方角でもおこった。兵隊は倒れた体を塀の向う側へひきずっていった。

山内も中村もぼんやりと立っていた。坐って自分の順番を待たされている男たち、とりまいた女や子供、塀の前にならんだ大きく開いた眼、いっせい射撃、とびあがったり、緩慢に倒れる体、叫び声や、うめき声……しかもこの作業は、まるで無言劇（パントマイム）のように、そして事務的に運ばれている。

山内静人は、何分かののちには、自分にかえった。彼は近くに拳銃をもった指揮者らしい下士官をみつけ、そばへいった。

山内記者はなじる眼に力をこめて、はげしくいった。

「軍曹、無茶じゃないか。これは、命令かね？」

茶色の眼をした小柄な軍曹は、無表情に山内の新聞社の腕章を見た。手をあげて、射撃をとめた。

「そうです。命令です」

「命令？　それにしても、君、このなかには、あきらかに兵隊でない者もいるんだぜ。僕の知ってる洋服屋の親父と息子も、そうだ」

「ほんとですね？　その洋服屋は、どいつか、判りますか？」

「わかるとも。おい、太々（タイタイ）！」

山内は楊の女房を呼んだ。女房が大声で呼ぶと、しゃがんだなかから、皺だらけの顔の親父と若い息子がふらふらと立ってきた。同時に、窪地にはざわめきがおこり、男たちはざわざわと総立ちになった。

「すわれ！　すわらんと、撃つぞ！」

兵隊が二、三発撃った。すわった男たちの眼は、いっせいに山内と中村の二人の日本人にそそがれた。この先生に頼めば命が助かるという考えが、虚脱した彼らのすべてに生への執着をよみがえらせたのだろう。また、ざわめきがひろがった。二人のまわりには中国人が寄ってきて、なかには、跪（ひざま）ずいて山内や中村の外套の裾にすがりつく男もいた。見あげる何人かの眼から、山内は顔をそむけた。まわりでは、女子供の泣き声がおこった。山内記者は自分にすがりつく手をほどくと、無表情な顔をした若い軍曹にむかい、つっかかるようにいった。

「軍曹、君には、この連中が見えないのか？　女子供が泣いてるじゃないか。君らは、これを何とも思わんのか？」

「自分は、知らん。命令だ。あんたら、邪魔をしないでください」

そこへ射撃隊の列を出て、銃をさげた大男の伍長が寄ってきた。「倉田軍曹、どうした？　新聞記者が、何をいうんですか？　おい、あんたら、ここは、戦場だぜ。おれたちは、三日まえまで、戦争をしてきたんだぜ。味方を殺した敵のチャンコロをやっつけるのに、文句があるのか？　え、おい、新聞記者……」

髭面の伍長は音を立てて槓杆(こうかん)を引き、ポケットからばらの銃弾を一発ずつ出して詰めた。

「だめだ。おれたちでは、どうにもならん。中村君、帰ろう」

山内は同僚をうながし、そこを離れた。洋服屋夫婦と息子の姿は見えなかった。足早にゆく二人の後ろで、また一斉射撃がおこった。黙りこんだ二人は、並木通りに出た。

一台の黒塗りの自動車がすれちがった。


二人の日本人が通りすぎてから、スピードを落したベンツのなかで、運転台のスミス教授が、ラーベをふりかえった。二人は中央路の日本大使館からの帰途であった。

「ラーベさん、銃声ですね」

「そうだ。いってみたまえ」

丘のほうへまがる角の楊樹の並木の下に立っていた将校が、手をあげて車をとめた。そばには銃に着剣した二人の兵隊もいた。眼鏡をかけた丈の高い少尉は、外人に英語で話した。

「この附近で、中国兵を掃蕩しています。危険だから、これより先は、一般人の通行を禁じます」

その将校は、「掃蕩(スウィープ)」といった。窓から覗いたラーベが、

「おお、あなたは……」

と声をかけた。少尉もドイツ人を認めて敬礼した。しかし、その顔はこわばっていた。ラーベはスミスに教えた。

「スミス君、私たちが最初に文書を渡したというのは、この少尉さんだよ。少尉、中国兵は、まだ、戦闘をやめないのですか？」

少尉は無表情にくりかえした。「通行禁止です……」

スミスは仕方なく車をもどした。丘のほうで、また銃声が起った。そこから何とも形容のできない叫び声と、陰欝なざわめきがきこえた。

「教授(プロフェゾール)、急いで帰ろう……」

「O・K……」

「スミス教授はピュッと口笛を吹き、アクセルを踏んだ。

「国際委員会」の事務所では、十二人の委員たちが、二人を待っていた。

5

奥の会議室で、緊急会議がひらかれた。壁の蔣総統の写真はとり除かれていた。委員の調査では、今日の夕方までに、難民区より約千三百名がつれてゆかれた。家族の話を聞いて、その人たちの運命はわかった。

ラーベ代表とスミス教授は顔を見合わせた。丘の下のあの銃声も、不気味な叫び声も、あの若い将校が「掃蕩(スウィープ)」といった意味もわかった。このことが「掃蕩」なのであった。ラーベはメモをとっていた鉛筆を投げ出すと、肥った両手で角ばった赤ら顔をなぜ、肘をついた両手を顔にあてた。そのまま、じっとしている。それを委員たちは見守った。スミス博士は例の皮肉(シニック)な微笑を若い頰にうかべ、暗くなりかけた外を見ている。彼はさっき会った眼鏡をかけた将校の仮面のようにこわばった顔を思いだした。あれこそ日本人のモノメニアックな顔だと考えた。屠殺者の顔、あのとき、あの少尉がみせた感情のない非人間的な表情……。スミス博士は外を見たまま、微笑んだ。

ラーベが顔にあてた手をはなした。眼のまわりが赤くなっている。彼は十三人の委員を見まわした。誰も口をひらく者はなかった。ボーイがはいってきて、蠟燭（ろうそく）に火をつけた。遠くで銃声がした。ボーイはびくっとなった。その銃声は、ここに集まった人たちの胸につき刺さった。

ラーベが沈黙を破った。

「こういうことになったのは、残念です。私とスミス君が持っていった文書は、司令部で受けつけられなかったのです。もっと早く手をうつべきだった……」

「ラーベさん、私たちは間違っていたんじゃないだろうか？」ドイツ人のシュペリング技師が怒ったような興奮した顔を、ラーベにむけた。「やっぱり、あの時は、ぼくがいったとおり、中国兵を入れるべきではなかった……」

英国人のチャールス・リグスがいった。「今になって、それをいっても仕様がないよ」

シュペリングは皆を見まわし、提案した。「難民区の中国兵を引渡したら、どうだろうか？」

ラーベが答えた。「シュペリング君、そんなことが、このわれわれにできるもんかね」

「しかし、そうすれば、すくなくとも、一般市民は、救うことができるでしょう」

今まで黙っていたスミス教授がいった。

「日本軍は、中国の兵隊だけを目標にしているのではなさそうだ。その証拠には、電気会社の職工まで連れていった。僕の友人から聞いたんですよ。いったい、日本軍は、何を企図しているんだろう？」

委員たちは沈黙した。銃声はまだきこえる。難民区からは千数百名の男をつれてゆき、あの丘のあたりで、いま、どんなことが行われているのか、ラーベにも、スミス教授にも、そして他の十余名の委員にも想像できるのだった。うつむいて手をテーブルの上で組んだミルス神父は痩せた頬ととがった顎髭の横顔をみせ、うごかなかった。それは祈っているのか、深い考えに沈んでいるようにみえた。

ラーベが咳ばらいをしていった。彼は委員たちの気分をひきたてようとした。

「委員会は、上海のビサン神父にならって、占領軍と中国民衆の間に立ち、仲介の労をとろうとしたんですが……。今日のような事態になり、きわめて残念です。しかしです。皆さん、今でも遅くはない。私は、明日、さっそく日本軍に交渉します。スミス君がいうとおり、私にも、事態はよく解らないのです。いったい、この街で、何が起ったのだろう？　何が起ろうとしているのか？　これが、戦争というものなのか？」

そのとき、ミルス神父が顔をあげた。

「神よ、彼らに祝福をあたえたまえ……」

沈黙と悲痛な気分が、室にひろがった。

「さあ、仕事だ……」ラーベが皆を見まわした。「会議をつづけましょう。リグスさん、どうぞ……」

英国人のチャールス・リグスが報告した。

「では、私から、難民区の食糧事情について報告します。御存じのとおり、馬超俊市長は、十一月一日に、国際委員会に米三万担（タン）、麵粉一万袋を支給しました。このほかに中国軍は、市の附近に米十万担を貯蔵していました。委員会はその後に米一万担、麵粉一千袋を難民区に運びましたが、日本軍が城門を閉鎖したので、残りの輸送ができなくなっています。このことについて、日本軍と交渉して頂きたい。むろん、周辺の農村からの食糧の運搬も、途絶えています。私が考えるのに、日本軍の糧秣部は、つぎの作戦に備えるために、軍用米を調達している様子です。難民区の家族たちは、今のところは手持ちの食糧にたよっていますが、これも永続きはしません。委員会のさきに申した貯蔵食糧は、あと三週間を維持できるだけです。それに石炭、薪など燃料の問題もあります。冬は、もうそこへきているんですからね。

私たちがつくった施粥所は、全部で二十五カ所です。清潔と衛生には、特に気をつけています」

「つぎは、シュペリング君……」

ラーベは同国人を見た。ラーベと反対にいちばん丈が高くて痩せた電気技師が、テーブルの上で長い指を組んだ。

「各収容所の治安といいますか、秩序は、比較的によく守られていると思います。いま紅卍会が難民区の死体を始末しています。しかし外国人が乗車していないと、トラックは没収される心配があります。昨日、紅卍会の人夫十四名が連れ去られました。昨日、司法部に駐屯していた警察官五十名が捕えられました。そのときの軍人の言では、拘引した上で、銃殺するとのことでした。午後には、さらに志願警官四十六名が捕えられました。彼らは、制服も銃もなくて、ただ、委員会の腕章を巻いているだけで、むしろ少年隊といっていいくらいのものです。一部の収容所では、饑えのために、不穏な空気が起ることも予想されますので、幹事たちによく注意してあります。中国人の自治委員会を組織することについて、日本側と交渉するように希望します」

彼は自分の報告よりも、時たまおこる銃声のほうに気をとられていた。

「ウィルソンさん、病院のほうは、どうですか?」

ラーベもうわの空できいた。

鼓楼病院の外科部長のウィルソン医師は金縁の眼鏡をはずして、ハンカチでていねいに拭いた。

「病院は、いま、満員です。その多くは、銃創と刺傷である。今日の午後、腹部など五カ所に刺傷を負った少女、全身に十八カ所の刺傷を受けた成人男子、顔面と大腿部に十七カ所の刺傷を負った婦人が、治療を受けにきました。今は医薬品も看護婦も間に合っていますが、患者の増加しだいでは、薬のほうは遠からず足りなくなりそうです。今のうちに、上海の赤十字に連絡しておく必要があります」

委員の報告が終ってから、ラーベが発言した。

「国際委員会は、十四日にさかのぼり、できるだけ、公明、正確な記録をつくることにします。この仕事は、私と、おもにスミス博士、ミルス神父がすることにしましょう。私たちは、この動乱の首都に残されたたった一つの国際機関なのですから、私たちはこの記録を公文書としたいと思います。皆さんの公平かつ第三者としての客観的な立場からの協力をお願いします。異議はありませんか？」

「ありません」委員たちはそれぞれうなずいた。

「では、いま、報告された事項についての対策を考えましょう……」

ボーイがはいってきて、熱いコーヒーを配った。銃声は、まだきこえた。そのたびに、委員たちはその誰かと眼が合った。

6

同じ時刻に、国際委員会の事務所の近くにあるA新聞の支局では、ランプをつけたうす暗い二階で、山内静人記者と中村登記者とが眠る気持にもなれず、小声で話していた。二人には今日の夕方の情景が、あまりにも生々しく残っていた。中村がそれとは別のことをいった。

「さっき、黒塗りの自動車が一台、おれたちのそばを通ったねえ。あれには、外人が乗っていたぜ」

「うん、外人だった」

「一人の男は、腕章をつけていたよ。あれは中国紅卍会だろうと思うよ」

「いや、ちがうよ。赤地に黒だから、あの肥ったほうは、ナチスだ。ドイツ人だよ」

「そうかな。赤十字かもしれんぜ」

「とすると、これは、ジュネーブに筒抜けだな」

二人は黙りこんだ。

中村がランプの光のなかで、山内静人の顔をみつめた。

「山さん、あんた、今日のことを書くか？」

「ばかな。書けるもんかよ」

山内特派員は苦笑した。山内より三つ年下の社会部記者は立って長椅子に横になった。手を後頭部にあてがい、ランプの丸い光が映る天井を見ていった。「人間って、死ぬ時にゃあ、案外、無表情だな。中国人の民族性かな？」

「おれは、奴らよりも、あの女、子供の顔が忘れられんよ」

山内は腕組みをして壁を見ている。額がひろくて眼のくぼんだ顔とオールバックにした軟かな髪をランプの光が照らした。壁にその大きな影が映っている。

「そうだろうね。あんたは、おれと違って、中国には永いものな」

「さあ、寝るか……」

山内は中村に毛布を投げ、ランプを吹き消した。

山内静人は東京外語の支那語科を出て、A新聞の東亜部にはいり、すぐに中国に渡った。南京支局へきてからは家族を郷里において、支局のこの二階で独身生活をしていた。胸に手を組み眼をつぶった彼は、学生時代に読んだダンテの〈神曲〉の「地獄編」を思い出した。ミケランジェロの絵でも見た気がする。人間が折り重なって死んでいる絵だ。苦悶している顔や手もあった。あの夕陽の丘……。中村も眠れないのか、長椅子が軋った。外はしずかだ。犬の遠吠えがきこえる。山内静人は耳をふさぎたくなった。しずかななかから、呻き声や、女や子供の泣声がきこえてくる。彼は顔をゆがめた。あの低地に坐らされて、逃げることもできずに、自分の殺される順番を待っていた男たち。あの男たちは、どんな気持でいたろう？　自分がもし、あの立場だったら、どうだろう？　山内静人は静岡県の郷里にいる妻の英子と、生れて二つになる長男の誠一とを思いうかべた。つぎに有楽町の本社と、机を並べた同僚の顔がうかぶ。同僚連中は派遣軍に従軍して南京に一番乗りをし、明後日の入城式のニュースを送る自分をうらやむかもしれない。山内は新聞記者として、そう度々はない晴れの舞台にいる自分を知った。

彼はベッドで臥がえりをした。頭のなかで、声が話しかけた。

(しかし、おれは、今日、見たことを書けないのだ……。おれは、嘘ッパチを書かなければならんのだ……)

そう考えたときに、彼は今まで忘れていたあることを思い出し、ベッドに体をおこしかけた。彼は外套を丸めた枕に頭を落した。一人の部隊長の声がきこえた。「山内記者、これだけは、見ておいてくれよ。君は、生き証人だぞ……」

十二日の夕方であった。山内記者は民家におかれた富士井部隊の前線指揮所で、戦闘を指揮する部隊長についていた。各社の記者は——同じ社内のキャップでも、南京一番乗りの記事をとるために、一番のりをしそうだと思われる部隊に、それぞれついていたのだ。山内記者は富士井部隊を選んだ。同じ前線には、K・N部隊もいた。将校も兵隊も、新聞記者も、猟犬のようにかりたてられていた。前方には、城壁と、中山門がある。富士井部隊の尖兵が、最初にその城壁にとりついていた。高さ二十メートルの城壁は、なかなかよじ登れない。指揮所には、いらいらした気分がながれた。城壁の上から撃つ機関銃の死角から、兵隊はうごけないでいる。死傷者も出た模様だ。その城壁に、横のN部隊の野砲が撃ちこまれた。城壁を破壊するために、水平射撃をした。富士井部隊は野砲をもたなかった。夕陽のなかに、炸烈する砲弾と、とび散る破片がみえる。双眼鏡をもたない山内記者は、部隊長の顔を、ときどき、見た。

「おい、N部隊に、連絡はつかんのか？」

双眼鏡をのぞいている部隊長の顔はゆがんでいた。

「はッ、つきました。砲撃中止、承知……という返事がありました」

副官がいった。砲撃はやまなかった。

「おい、一線部隊を、一時、後退させろ」

富士井部隊長はついに決心して命令をした。砲煙のなかを、銃をさげて後退してくる兵がみえた。負傷者もいた。双眼鏡を眼から離した部隊長は、そばで自分を見ている新聞記者に気がついた。五十を越えた大佐は、山内記者の手をにぎった。半白の髭面を涙がつたわった。そのときに、「君は、生き証人だぞ……」といったのだ。

十二日の夕方の激戦中に起ったこのことを、山内静人は誰にも話すまいと考えている。中村記者にも話さなかった。

十三日の明けがたに、山内は破壊された中山門をくぐって入城した。その城壁には、白墨で「N部隊占領」と書いてあった。

自分がこの眼で見たこのひとつの事実にしても、山内静人は書くことができない。月明りの室のベッドで、彼は心につぶやいた。

「――これが、戦争というものだ。戦争には、いろんなことがあるもんだな……」

真実追求か、妥協か、彼は自分がいま、人生の岐路に立っていることを知った。

そのうちに、疲れた山内は眠った。

彼は自分を呼んでいる中村記者の声で、眼がさめた。

「おい、山さん、おい……」

窓際の長椅子で、中村が呼んでいた。「あれは何だ？　あの音は？」中村は長椅子から降りた。「山さん、おい、あれを見ろよ」

「何だ？」

山内も窓によった。外は月夜で、通りのアスファルトが白く光っている。その通りに、黒い長い列が影を落してつづいていた。布でこするような支那靴のあし音に、軍靴の固い音がまじる。列の両側で、間隔をおいて銃剣がキラリと月に光った。声もないその黒い列は、北のほうへ去っていった。

「何だろう？　何処へゆくのかな？」中村がつぶやいた。

「北の下関（シャーカン）のほうだよ。河のほうへいくんだ」

「いってみるか？」

「うん、いってみよう」

二人は急いで外套を着た。階下に降りた。隅のベッドに臥ている無電係の若い井上は起さないことにした。夜なかの月が寒々と照らす通りに出て、中山路を下関のほうへいそいだ。二人とも無言で、吐く息が白い。街にはどこにも燈火はみえなかった。それでも月光で足許は明るい。空には白の練絹に似た雲がながれ、焼け跡の街をとりかこむ城壁が片側は光り、片側は黒い影になっている。中国人の群が消えたほうの下関はまだ遠いが、二人の記者は好奇心のために疲れを感じなかった。

「新聞記者って、因果な商売だな」

中村記者が白い息を吐いてつぶやいた。

「弥次馬根性か……。見よ。そして書け……」

山内は口をつぐんだ。埠頭に近づくと、揚子江のにぶく光る水面がみえた。白く浮んでいるのは江海関の建物だ。埠頭の引込み線では焼けた貨車の貨物がまだくすぶっていた。寒さに外套の襟を立てた二人は障碍物に気をつけ、下関桟橋のほうへ急いだ。

「誰かッ！」

と、眼の前で銃剣が光った。

「おっ、兵隊さん、おれたちは、A新聞だ……」

「記者さんか。何処へ行くんですか？」

よってきた若い兵隊を見て、二人は安心した。山内がポケットから煙草を出してすすめた。

「御苦労さんです。一本、吸いませんか?」

「はあ、自分は、立哨中ですから……」

「まあ、いいでしょう。とっておきなさい」上海で買った舶来煙草のキャメルを、二、三本、山内は兵隊の胸ポケットにいれてやった。「兵隊さん、いま、ここを、中国人の行列が通ったろう?」

「……………」

「何処へいったの?」

「自分は、知らんです」

「山さん、いこうや」中村記者がせきたてた。

「だめです。記者さん、これから先は、危険ですよ」

「大丈夫だよ。おい、いこう」

二人が棧橋に近づきかけたときに、前方を火の線がはしり、機関銃が鳴った。別の方向でもおこった。二人は貨車の陰に身をよけた。薄闇に馴れてきた二人の眼に、月光に光る川波と、岸壁に立った黒い人の群がみえた。機関銃の連射音がおこり、その影はつぎつぎと倒れ、うめき声が地を這ってくる。夕方のあの丘のときとちがい、二人は妙に客観的な気持になっていた。機関銃の掃射はつづき、叫び声もおこった。中村記者がふるえる声で話しかけた。

「あのなかには、一般人もいるね。これは、軍命令だな」

「あの丘で、軍曹もそういってたね。どういう理由だろう?」

「明後日(あさって)の入城式を控えて、敗残兵の掃蕩作戦だろう」

「あ、また、やった!」

「すごいね!」

二人からこんな無責任な言葉が出た。山内静人は思考力を失っていた。彼はふるえる手で煙草を吸い、まるで花火を見物する小学生のように、銃口にひらめく焔を眺めた。二、三カ所で機関銃を撃っている。間もなく二人は新聞記者意識をとりもどした。二人とも同じことを考えた。山内記者はかすれ声でひとりごとみたいにいった。

「これは、書けないね。しかし中村君、おれは、いつかは書くよ。おれたちは、いま、これを見ているんだからな……」

いつか空は白んでいた。にぶく黄色に光る水面もみえ、その上を乳色の朝靄がながれている。江岸には、立った群集はなく、そのかわりに黒や紺の服が石畳やコンクリートを埋めていた。そのあいだを、何十人かの男がふらふらとあるき、死体をひきずっていって、河に投げこんでいる。満々とたたえた黄色い水は、それらをすぐに呑みこんだ。ひきずられてゆくまだ生きている者のうめき声がきこえ、石畳にはところどころに黒い血が溜りをつくっている。

「……終ったらしいな」

中村登記者が白いため息を吐き、青い顔で異様に笑った。銃声は途絶え、石畳にも黒い影はなかった。あたりは明るくなった。

「おい、山さん……」

中村が肘をついた。山内も青い顔でうなずいた。靄のなかに、銃をさげた兵隊の姿がうごいた。作業をしていた男たちを河岸にならばせた。機関銃の掃射で、男たちの影はとび上ったり、踊るような恰好で操り人形に似た影を濁流に消した。あとは兵隊の影と、話し交す声だけがした。

うめきに似た声は、山内静人の咽喉からもれた。怒りとも絶望とも悲しみともつかない胸の底のかたまりから、自然にもれた声だ。彼はそばに立った同僚の顔をみた。山内記者の救いをもとめる眼から、年下の記者は眼をそらした。中村記者は怒った顔でつぶやいた。

「おれは、くるんじゃなかったよ」

山内静人は靄がはれてゆく揚子江の河面をながめていた。彼は別のことを考えた。この黄土色の河は、あの多くの人間を呑みこんで、一瞬ののちには、何ごともなかったように、もとのままに流れている。濁流のどこにも、中国人の姿はなかった。まるでだまされたみたいだ。彼はこの無表情な河にも、腹がたった。

「おい、山さん、ゆこうや」

中村がうながした。二人はすっかり明るくなった埠頭をはなれた。振り返るのもいやだった。

引込み線の脇で、五、六人の兵隊が焚火をしていた。二人は近よった。銃を置き、手をかざした兵隊たちは、のんびりと別の話をしている。山内には、いま自分の見たことが、まるで嘘みたいに思われた。

彼は兵隊のそばへいった。

「やあ、寒いね」

「さあ、あたんなさいよ。新聞記者か。あんたら、昨夜から、いたのかね?」

「ああ、見たよ。すごかったじゃないか」

中村がいい、焚火に手をかざした。山内はきいてみた。

「兵隊さん、どのくらいやったの?」

「さあ、何千かなあ?」

「いや、一万じゃきかんよ。二万ぐらいかな。敗残兵だからね、始末しきれんですよ」

「中村君、いこう」

二人は埠頭を出て、黙りこんで歩いた。

五章

1

同じその日の十二月十六日の正午になって、南京国際委員会のヨーン・ラーベ代表と、秘書のルイス・スミス教授と、ミルス神父の三人は、その時間を待ちかまえて、上海路にある交通銀行大楼へ出かけた。日本軍の中支派遣軍司令部より、代表者が会うとの通告を受けたからである。昨日の夕方、国際委員会の事務局で緊急会議を開いたときに、ドイツ人のラーベ代表は、明日、さっそく出掛けて日本軍に交渉するといったが、その必要はなかったわけだ。かれらは、昨夜、下関（シャーカン）で何があったかを知らなかった。

中国兵が最後までたて籠って抵抗し、日本軍の先頭の小隊に占領されたこの建物は、たいして戦火の被害はなく、内部もきれいに片づけられていた。裏の空地には、むろん死体も血の痕ものこされていない。絨毯（じゅうたん）を敷いた応接室で、黒檀の大テーブルをはさんで、特務機関長の大佐が通訳をともない、ラーベたち三人の外国人に会った。これは日本側と、国際委員会側との初めての正式な会談であるといってよかった。

ラーベが口をひらくより先に、眉が太く眼も大きく堂々とした体躯の大佐は、厳格な顔でいった。

「国際委員会が、日本大使館に提出した文書の回答をします」大佐は三人の顔を見て、つけ加えた。「ただし、これは日本軍の正式回答ではありません。自分の個人的意見です……」

大佐は日本語ではっきりと区切っていい、通訳が英語に翻訳した。

「一つ、城内にひそんだ中国兵は、ひき続き、捜査せねばならない。二つ、難民区の入口には一コ小隊を派遣し、警備させる。三つ、難民の帰宅は、早ければ早いほどよいのである。したがって難民区の捜査は必要である。四つ、難民区内に警官を置いてもよいが、コン棒以外の武器の携帯は許されない。五つ、貴委員会は、一万担の貯蔵米を難民に供給してもよいが、日本兵もまた、必要な米穀を購入し得る……」

以上をメモによって口頭で回答したあとで、前にならんだ三人の外国人の表情に気がついた大佐はもの柔らかな口調になり、「これは、私の個人的見解ですが」ともう一度くりかえし、何かいいたそうな顔をしている三人を見た。

「武装を解除された中国兵については、日本軍の仁慈な態度を信用されたい……」

この言葉を聞いて、三人はやっとうなずいた。

「それから、つぎに……」大佐は初めて笑った。「今度は、私のほうからあなた方にお願いしたいことがあります。電話、電燈、水道の修理について、国際委員会の協力をお願いしたい。今日から十七日までに、市内を清掃したいので、人夫を百名から二百名、至急に出してもらいたい。規定の賃金は支給します」

「よろしい。手配をいたします」ラーべは承諾した。

「それでは……」

高級将校は立った。張りつめた気持がゆるんでほっとした顔のラーべ代表は立って、握手をもとめた。三人の外国人はみな救われた気持になり、衛兵が立っている建物を出た。

「さあ、仕事だ……」

ラーべ代表は、いちばん先に自動車にのった。

三人は事務所に帰った。委員たちが一室にあつまり、何事か協議していた。ラーベらをふりかえったチャールス・リグスの顔は蒼白であった。彼は色の薄くなった唇をふるわせていった。

「委員長、それから神父（ファーザー）、私たちは申し訳ないことをしました。昨夜、僕とシュペリング君が宿直した女子文理学院から、七人の女が、日本兵に連れてゆかれたんです」

学院の二階に住んでいるボートリン女史が思い出す眼をした。「ほんとに、こわかったわ。でも、どうしようもなかったですわ。銃をつきつけられては……」

「えっ？」

三人の楽観的な気分はいっぺんにふっとんだ。デンマーク人のハンソンが補足して報告した。彼は大きな咳をし、メモを見ながらいった。

「現在までの各収容所からの報告では、つぎのようです。十五日の夜のうちに、区内の各収容所から、約百名の婦女が、日本の兵士に連れ去られました。まだ、帰らない女もいます。現在も、難民区の各処で、つぎつぎと……」ハンソンはちょっとためらった。「強姦が起っています」それから彼は、メモを棒読みにした。「昨夜、多数の日本兵が金陵大学校舎にちん入し、その場で、婦女三十八名を輪姦した。ある婦人は六名に輪姦された。同じく多数の日本兵が三条巷の住宅にちん入し、多数の婦人を凌辱した。今朝の八時ごろ、日本軍人二名と下士官二名が、乾河沿第十八号に侵入し、まず男を追い出した。近くの女は散り散りに逃げたが、逃げおくれた女数人は、輪姦された。一人の日本兵のシャツが、室内に落ちていた……」

ハンソンは村役場の書記のように報告すると、黒い上衣のポケットから大きなハンカチを出して洟（はな）をかんだ。肥厚性鼻炎なのだ。ラーベは腕椅子にもたれて仰向いている。背の高い神父は窓際に立っていた。スミス教授はハンソンがおいたメモを取って、もう一度、読み返している。シュペリングがつづけた。

「こんなわけで、難民区の女たちは戦々兢々としています。私たちがじっとしていろといっても、街に逃げ出して、かくれ場所を探しています。子供を抱いた女もいます。その女たちを追いまわして、銃をもった日本の兵隊がうろついている。どうすることもできません。この事務所の裏庭にも、そんな女たちが、四百人ほど、逃げてきていますよ」

ミルス神父は裏庭に出てみた。そこの芝生は、女や子供らで埋まっていた。まるめた蒲団や鍋や食糧をいれた籠などで、たいして広くない裏の芝生は足の踏み場もないほどで、赤ん坊を抱いた女も、お下げの少女も老婆もいる。その女たちの顔はおびえていた。赤ん坊の泣声がした。さわがしい声はしずまり、女たちはテラスに立った黒服の神父を見た。ミルス神父は子供の頃に、これとよく似た場面を見たことがある気持がしたが、思い出せなかった。

「ファーザー……」

と呼んで、黒い中山服を着た青年がそばへきた。黄士生は、キリスト教青年会の幹事で、市政府の教育股（こ）に勤めていた。彼は一人息子で、父は古典学者だということだが、神父はまだ会ったことはない。英語の達者な黄は、国際委員会の仕事を手伝っていた。黄は、神父に報告した。

「この人たちは、女子文理学院へ収容することに決まりました。四、五百人なら、まだ収容できるそうです。リグスさんの話です」

「そう。それはよかった。そのことを、この人たちに話してください」

「はい。それで、神父さんに、この人たちを連れていってもらいたいそうです。途中で、危害を加えられるといけませんから」

「よろしい。それでは、すぐに出発しよう」

黄士生はテラスから庭の人たちに話した。

「これから、文理学院の収容所へゆきます。ここは女と子供だけの収容所ですから、男は列にはいらないでください。文理学院収容所は、国際委員会が管理していますから、安全です」

黄の説明に、ミルス神父はいくらか後ろめたい気持がした。昨夜、委員が当直した女子収容所から、七人の女が連れ去られたばかりだからである。神父は黄に話しかけた。

「黄君、君の許婚者(フィアンセ)は、連れてこないのかね？」

華奢な体つきの黄は面長な顔をすこし赤くした。「ええ、葉小姐(イエシャウジェ)は、母親が病気で、家を出られないんです。しかし、リグスさんの家のそばですし、リグスさんが、時々、きてくれますから……」

「気をつけたほうがいいね」

「はあ……」

ミルス神父はシュペリングと二人で、裏庭から出る女たちの先頭に立った。途中ではぐれないように、大通りをゆっくりと歩いた。途中で、多くの日本兵に会ったが、彼らは女子供ばかりの行列を見送るだけであった。なかには、手をひかれた子供にキャラメルをくれる兵隊もいた。この兵隊たちが、どうしてあんな行動をするのか、それは彼らの一部とはいえ、ミルス神父には不可解なことであった。

2

四百人ほどの女や子供を金陵女子文理学院収容所に送りとどけ、ボートリン女史や中国人補助員といっしょにそれぞれの場所に落着かせてから、ミルス神父が神学院へもどったのは、暗くなる頃であった。このカソリック神学院には礼拝堂があり、それと続いた赤煉瓦の古い建物に、独身のミルス神父は使用人の周と二人で暮している。学院の教室や寄宿舎は収容所になっている。

煉瓦壁が蔦で被われた小さな司祭館は、二階が寝室で、下の部屋を書斎兼応接間にしている。書きもの机と書棚、客用の粗末な椅子のほかには、装飾らしいものもない。

疲れたミルス神父は椅子にもたれて、暮れてゆく庭をながめた。女や子供の騒がしい声がまだ耳に残っていた。礼拝堂の入口につづく正面にはいつも開いている低い鉄の門があり、石畳の通路が赤煉瓦の建物にも通じている。蔦の葉が色づいた石塀に、ペンキのはげた木の通用門がある。庭には柳や杏や桃の木が、夏は涼しい蔭をつくる。この夏には、庭に籐椅子を出して、杏の木の下で、よく本に読みふけったものだ。あの頃は、この街はまだ平和であった。神父が本を読んでいる庭の石塀の外を、のんびりと物売りの声が通った。

彼は気がついて蠟燭に火をつけた。女たちを収容所にいれてきたが、何となく不安だ。昨夜から起りはじめた事態は、当然、予想されたことだとも、意外だったともいえる。それがミルス神父を不安にさせた。なにしろ四十五になるまで、戦場に身をおいたことは、これが初めてだからである。

神父はますます不安になった。じっとしていられない。立って、せまい部屋をあるきまわった。いまでも、難民区には同じことが起っているのかもしれない。しかも自分たちにはどうすることもできないのだ。街のどこかでおこる銃声も、神父の不安をいっそうかきたてた。

神父はまた椅子にもたれ、暗い窓を見た。蠟燭の灯がひとつ映っている。そのゆれるとがった焰が、顎髭を生やした顔を暗い窓に映し出している。神父は事務局の裏庭で、あの女たちを見たときに、自分が何かを考えたことを思い出した。それが解った。窓ガラスに映っている自分が、十一歳の少年の顔になるようだ。あの裏庭にあつまっていたのは、黒い顔であった。今日の女たちのように、みんな不安なおびえた顔をしていた。父は司祭館の門を閉め、垣根の外にあつまった村の男たちに向かい、声をからして何か話していた。白人のなかには、銃をもっている男もいた。騒ぎは、村じゅうにひろがっていった。夏の稲妻が光る暗いなかで、街道に自動車のヘッド・ライトが何本も光った。窓ぎわで息を殺した自分は、ヘッド・ライトに照らされた裏庭の黒い顔を見ていた。

「はやく、奴を出せ！」

「神父さん、お説教なら、日曜に教会でゆっくり聞くぜ」

酔った男がいい、垣根の外に笑い声がおこった。ミルス少年の背中に母の胸がさわり、暖かな息が耳にふれた。「黒人が、地下室に隠れているのよ。リンチにしないように、パパが、皆さんにお願いしているのよ」

二人の姉は、二階の寝室に逃げこんでいた。ミルス少年には、まだよく意味が解らなかったが、ひとり暮しの白人のおばさんが、黒人の若い農夫に、「強姦」されたと訴えた。司祭館へ逃げこんできたその黒人は、おばさんに「誘われただ」と、父に話した。門をやぶり、銃をもった男を先頭に、男たちがはいってきた。地下室からひきずり出される若い黒人の悲鳴は、いまでもミルス神父にはきこえる。翌朝、黒こげになった黒人の死体が、村はずれの丘の木にぶらさがっていた……

窓に映る蠟燭の火と自分をみつめ、ミルス神父はひとりごとをいった。

「あれを見たときに、自分の一生は、きまったのだ……」

その事件いらい、神父だった父は急に年をとった。母がいつもそう話した。母が得意だったのは、イチゴのパイだった。黒人女中の肥った大女のメリー、二人の姉……父は、いま、自分がやるように、庭の芝生の籐椅子で、新聞を読み、昼寝をするのが好きだった。父は、一人息子を技師にしたかったのだ。父は、ミルス神父が大連にいた時に、南部のその小さな町で死んだ……

神父は考えた。（あの大連で知り合った日本人と、この兵隊たちとは、同じ人種なのか？）それから顔をしかめて首をふった。（黒人を殺したあのアメリカ人たちと、自分も同じアメリカ人だ……）

ノックの音がした。ドアが開き、周のしなびた顔が出た。

「神父さま、食事の仕度ができました」

神父は振り返らずにいった。「私は、いまはたべたくないよ。先にたべていいよ」独身の二人は食堂でいっしょに食事をする習慣であった。

ドアがしまると、ミルス神父はつぶやいた。

「その黒人問題は、現在のアメリカにだってある。どこの国の人も、同じようなことをやっている。これは、人類がつづく限り、やめないことなのだろうか？」

神父は二、三発の銃声が消えたほうに、耳をすました。彼は考えた。（自分は、この街に残ったのが、誤りだったのではないか？　私には、何もできない……）暗い窓をみつめている神父には、四人の若い広東兵や、縛られて町を出ていった男たちや、そのあとにつづく女や子供や、その顔とざわめきとが、ありありとうかんだ。神父は首をふった。（自分は、戦争というものを、みくびっていた。戦争のほんとの姿を知らなかった。同時に、人間性というものも……）

ミルス神父は燭台を手に室を出て、木煉瓦を敷いた廊下を礼拝堂へいった。大扉の横の廊下には、女子文理学院から預かったピアノがある。ふた月あまり、誰も弾かないピアノには埃が白くついていた。蠟燭の光が、回廊の横の枯れた葡萄棚と、開いた大扉と、並んだ腰掛けを照らし、後ろに神父の長い影をつくった。神父はいちばん前の腰掛けに燭台をおいた。たいして広くはない礼拝堂の正面に、キリストの木像がある。その影も横の壁に大きく映っていた。十字架にかかったキリストは支那風に彩色され、斜に頭を垂れている。蠟燭の光で陰影ができたその顔は、ミルス神父にはなんだかいつもの見馴れたキリスト像とはちがうようにみえた。それは神父の気持のせいかもしれない。床に膝をつくと、彼には多くの女たちの泣声がきこえた。それはこの街のほうぼうからきこえる。男たちの後をついていった女や子供の泣声もきこえる。今度は、どこかで、ほんとうの銃声がきこえた。

神父は祈った。

「主よ。われらを憐れみたまえ。彼らをも憐れみたまえ。このような制度によって戦争を起した旧い世界の人々を憐れみたまえ。この戦争の罪悪から、人々を救うことのできない私たち神の下僕(しもべ)を憐れみたまえ……」

ゆれる蠟燭の火が、顎髭のとがった痩せた顔を照らしていた。銃声は、ときどき、どこかで起った。

ミルス神父の口がうごいた。

「主よ。この街の女たちを守りたまえ。あの女たちには、罪はありません……」

彼は聖壇の前に膝をついていた。せまい礼拝堂の壁には、十字架像の影が奇怪な絵のように映り、黒服の膝をついた神父の影も別の壁にのびている。髭にかこまれた口は小刻みにうごきつづけた。神父は心で神の奇跡を祈っていたのだ。

大扉がすこし開いた。周の心配そうな顔が、蠟燭のともった礼拝堂をのぞいた。

3

礼拝堂の大扉はそっと閉った。蠟燭の火は揺れて、蠟涙が燭台にたまった。銃声は、まだ市内のどこかできこえる。

ミルス神父が祈っているとき——十二月十六日の夜の八時頃に、大方巻にあるA新聞支局の階下編集室の机で、山内静人特派員はくわえ煙草で、原稿を書いていた。そばのソファに、若い男が脚をのばしている。支局は、各部隊について入城した記者や、カメラマンなどでにぎやかになった。髭を剃っている者も、紙の盤をひろげて、将棋をさしている者もいる。

無電係の井上が、山内記者に話した。

「兵隊から聞いたんですよ。鼓楼(ころう)に、殺された日本の女が、十四、五人、吊るさがってるそうですよ。髪をしばって天井から吊り下げて、下から串刺しにしてあるんだって……。ひでえことをしやがる。みんな、島原あたりから売られてきた女らしいね。唐ゆきさんというのかな。日本軍の入城前に殺されたらしいんですよ。山内さん、明日、入城式のあとで、見にゆきませんか?」

それには答えないで、ランプの下で鉛筆をはしらせながら、山内はきいた。

「中村君は、どうした？」

「もう、寝たんでしょう。夕飯を食いに降りてきただけですよ。ねえ、山内さん！」若い男はきいた。「昨夜、何かあったんですか？　二人とも、今朝になって、帰ったじゃないですか。中村さんは、僕がものをいっても、返事もしないよ」

山内静人は黙っている。井上オペレーターは半分面白そうな、半分は心配する顔でかさねてきいた。

「山内さん、大丈夫？　明日の入城記を、今夜、書いちまうなんて、間違うと、これですぜ」

井上は片手を首にあててみせた。煙草の煙に顔をしかめながら、山内は鉛筆をおかない。

「ひとつ、気になるのは、明日の天気だな。井上君、すまんが、もう一度、見てくれんか」

「おいきた」井上は窓をあけ、体をのり出して空を見た。「大丈夫。山内さん、降るような星空ですよ」

「そうか。じゃあ、この日、紺碧の空澄みわたって……といくか。雲ひとつ浮ばず、銃火ここにおさまって新戦場に平和の曙光みちわたる……」山内は煙草を灰皿にすて、ひとり言みたいにぶつぶつといった。

「どうせ、真実は書けやせんのだ。それなら、こっちも、そうといくさ……」

彼は机の上に鉛筆を投げ出した。入口近くで将棋をさしている記者の一人が呼んだ。

「おうい、山内君、お客さんだ」

裏のドア口に立った阿媽が遠慮した声で、小部屋のなかにいった。

「山内先生（シャンネイシェンション）、楊（ヤン）の女房がお礼にきていますだ」

「なに、楊？　ああ、そうか。はいっていいよ」

阿媽の後ろから、洋服屋の楊の女房がおずおずとはいった。手に肢を縛った鶏をいれた籠をさげている。ききとりにくい声で何かいい、何度も頭をさげた。その度に、鶏は首をのばし、その片眼にランプの光が映った。

「ああ、いいよ。礼なんかいいよ。どうだい？　御亭主も、息子さんも、無事かい？」

阿媽が代りにいった。

「楊の親父と息子は、うまく田舎の親類へ逃げていきましただ。命の恩人の先生に、よろしくといってるそうですだ」

「そうか。それはよかったね。なに、もうしばらくしたら、南京も落着くさ。そうしたらもどってきて、また、商売をしたらいいよ」

楊の女房はうなずいた。籠から出した鶏を床においた。何度もお辞儀をして二人の女が出ていったあとで、井上は好奇心の眼を山内と床の鶏にむけた。

「山内さん、何です？　何があったんです？　この鶏は、いったい、何を意味するんですか？」

「何でもないさ。あのかみさんに、ちょっと便宜をはかってやっただけだ。その礼にきたんだよ」

「そうですか。明日は、鶏が食えるぞ。ねえ、水炊きにしましょうや」

「よかろう。おい、井上君、送稿だ。電池は、大丈夫か？」

「大丈夫です」

井上は原稿をもって、口笛を吹き、電信室にはいった。

山内静人はもう一本、煙草に火をつけ、床に転がった鶏を横目で見た。従軍中の不精髭を剃った艶々した頬に複雑な笑いがうかび、その顔は何かを考えようとした。

（人間の命と、鶏一羽……。しかし、あの残った三百何十何人を、おれは、どうすることもできなかった。あの男たちにも、家族がいる。かれらの夫や父は、帰ってこない……）

電信室で鍵（キイ）をたたくリズミカルな音がしている。暗い床では、鶏の黄色に光る眼がうごいていた。それが山内静人には、生命の小さな灯のようにみえた。

つぎの日に、委員会の事務所へいったミルス神父は、昨夜、彼の心配したことが、やはり難民区の各処で起ったのを知った。昨日の四時頃に、莫干路十一号の住宅で、既婚婦人が強姦された。陸軍大学の収容所では、七人の娘が連れ去られ、十六歳から二十一歳までの五人は夜までに帰ってきたが、あとの二人はまだ、もどってこない。この娘たちは、それぞれ六、七回、犯されたという報告だ。このことは、ますますひろがることが予想された。

委員会では、秘書スミスの署名で、日本大使館にあてた文書で、特につぎの二項を要望した。

一、捜索をおこなう場合は、正式に編成された隊が責任を負い、責任ある将校が指揮する

二、夜間は、警備兵を難民区の各入口に派遣して警戒させ、無秩序な将兵の侵入を阻止せられたく、昼間も同様な処置をとられるならば、最も幸いである

4

「軍は、なぜ、あんなことをやったのだろう？　一般市民までも殺したのか？　これは、命令でやったのか？」

この疑問は、山内記者の頭にこびりついていた。その後二日間、彼はこのことばかりを考えていた。中村記者にもきいた。

「なあ、中村君、どうしてあんなことをやったのかなあ？　あれは、どこから命令が出たんかなあ？」

「さあ、おれにも解らんよ。山さん、あんまり、あのことを考えないほうがいいよ」

しまいには、中村は慰める顔をした。

入城記を書いたのに、入城式に出なかった山内記者は、その日の夕方に、中山門へいった。白墨で書いた一番乗りのしるしも、そのまま残っていた。彼はその大きな字を消してやりたい衝動をおさえた。内側の崩れかけたせまい階段をあがり、城壁の上に立った。

正面になだらかな紫金山と中山陵がある。十三日の夕方とはちょうど逆の方角から眺めているわけだ。あの夜の戦闘を見ながら、彼は奈良の春日山の草焼きを思い出したものだ。もしそれが戦闘でなければ、その夜景は美しかった。そんなことを考え、山内は自分が虚無的になっていることを知った。これからは、はたして読者の胸をうつ従軍記が書けるか、自信がない。入城記の美文詠嘆調がうかぶと、彼は苦笑した。

城壁の上で、激戦の跡をながめ、彼は別のことをするどく考えた。「あの大量殺人は、どこから命令が出たのか?」ということだ。これは追求しても、書くことはできない。だが、何としても追求してみたい……

彼は呼ばれて、ふりかえった。自分と同じに城壁の上に立っている一人の男をみた。

男は、「ハロー」とくり返した。外人で、コートのポケットに片手をいれ、片手にパイプを握り、ソフトの帽子をあみだにかぶっている。トレンチコートの裾が風に吹かれていた。

外人はそばにきた。「あんたは、新聞記者かね?」

「そうだ」

「ぼくは、シカゴ・デーリー・ニューズのグリーン記者だ」

山内は上手でない英語で話した。「ぼくは、アサヒだよ」

よごれた従軍服を着た自分にくらべて、相手は映画に出てくる新聞記者そっくりだ。

「君を見て、ひと目で新聞記者だと判ったよ。日本軍は、やったね。日本軍は強いよ」

(南京には、外人記者がいたのか!)初めて知って、山内は思わず大声をだした。ここで起ったことは、世界中に知られると彼は直感した。「君は、戦闘を見ていたのか?」

「ああ、ぼくは中立国の記者だから、両方からね。ここには、パラマウントの撮影技師もいるよ。パール・バックの〈大地〉を撮影しにきていたんだ。ぼくらは、近いうちに上海へ帰るよ。それにしても、あのトーチカ群を、よく破ったもんだ。ドイツ人が構築したのだそうじゃないか」

　山内は或ることを訊きたいが、訊けないでいた。大量虐殺のことだ。相手も話さない。しかしこの記者は、知っているにちがいない。消えかかった夕映えをうけた相手のチョビ髭を生やした顔に、ニヤニヤ笑いが浮んでいるようで、山内はつぎの言葉を探した。

「君らは、いいね。うらやましいよ」予期しない言葉が出た。彼は狼狽した。

「どうしてだい？」

「いや、その、事実を取材できるから……という話だよ」

「そりゃあ、当然だよ。君、新聞記者だもの」

　グリーン記者は笑ってパイプをくわえ、暮れてゆく丘や街を見まわした。山のほうから風が吹き、寒くなった。

「じゃあ、失敬、ぼくは帰るよ」山内はいった。

「ぼくも、帰ろう」

　二人は城壁を降りた。城門の前で、グリーン記者は自動車に乗れといったが、山内は首を振った。アクセルを踏んでから、外人記者は窓から首を出した。

「日本の記者だって、そうだろう。じゃ、さよなら」

　映画に出てくる小憎らしい記者みたいに、グリーンは手を振り、車を大きくターンさせた。見送っていたが、山内は従軍服の襟を立て、ポケットに両手いれて、広い中山路の片側をトボトボと歩いた。トボトボと歩いている自分を意識した。

　彼は考えていた。歴史というものにたいする疑惑だ。同時に、不信でもある。この南京占領は、歴史にどう書かれるだろう？　ここで日本軍隊が何をやったかということを、国民も、後世の人も知らずにすぎるだろうか？

「ああ、感激のこの日……か」自分が書いた文章を思い出し、山内は苦笑した。あの外人記者なら、こんな文章は書くまい。彼はあることに気がついて、自分を慰めた。「沿道には、手に手に日の丸の旗を持った中国民衆が迎え……」という文章も浮んだのだが、書くのはやめた。沿道には、中国人は一人もいなかったそうだ。おれは、嘘だけは書かなかったわけだ……

山内静人は低く笑った。それから大声で笑いたくなった。

5

翌日、大方巷の支局の応接室で、山内は中村記者と二人で、客と話していた。この訪問者は有名な評論家で、戦線を視察し、昨日の入城式にも参列した。

文芸評論から出発した杉原荒助は、現在は一流の評論家、ジャーナリストとして知られている。彼はまだ死骸がころがっている市街も見てきた。

杉原は二人の新聞記者に自分が有名人であるというエリート意識からか、教えるような口調で話した。二人の記者もいくらか固くなっていた。入城後の日本軍の行動を、山内が話題にしたときだ。肥った色白な顔に縁なし眼鏡をかけた杉原は、山内のくぼんだ眼を見ながら説得するようにいった。

「君、ここは戦場だよ。戦場では、いっさいの感傷や、良心なんてものは、無視すべきだね。あんたは、南京で軍がやった行為にたいして批判的であるようだけれどね。虐殺なんてものは、どの戦にも附随しておこる技術的問題にすぎんよ」

二人は傾聴していた。しかし山内静人には、日本の知識人の代表ともいえるこの人から、こんな言葉を聞こうとは信じられない気持がした。彼は口ごもって反問した。

「しかし、杉原先生、感傷といってしまえばそれまでですが、ぼくら日本人は、一方で、世界の批判の眼にもさらされていると思うんです……」

ソファにもたれた杉原荒助は大きな眼でもう一度山内を見てから、鋭く反問した。「それなら、君、この戦争は、誰が起したのかね？　挑発したのは、中国側ではなかったかね？」山内記者は黙った。中村記者がうなずいた。その二人の年下の記者の顔を見くらべ、杉原はつづける。「僕は、上海からこの南京へくる途中でも、いたる処の村の壁なんかに、抗日スローガンが、でかでかと書いてあるのを見たよ。ばかなことをすると思ったよ。抗戦意識を民衆にあおりたてたのは、彼らなんだ。国民政府の馬鹿者どもだよ」

杉原荒助は色白な丸顔をすこし赤くし、二人の記者を相手に熱弁をふるった。しかしこの話を聞いている山内静人には、消えかかった炭火が赤く熾（おこ）るように、タービンが回転し出すように、しだいに怒りの感情が熱してきた。彼は下関（シャーカン）で、日本軍のあの「掃蕩」を見てから、まだ二日間しかたっていないのだ。そんな山内の感情を知らない評論家は話しつづける。

「君、一年前に、日本人の誰が、南京を陥落させようなんて考えたかね？　中国人自身が、勝手に、いまにも日本軍が攻めてくるようなことをいいふらしてだね、白壁に抗日文句なんかをベタベタと書きたてているうちに、とうとう日本を激発して、こんなことになってしまったんだ。どうだ、思い知ったか！ぼくは国民政府の奴らに、いってやりたいくらいだよ」

山内記者はうなずいてはみせたものの、それは承服を示したものではなかった。反対に彼はこの有名な評論家に、内心で或る侮蔑感を抱いた。そういえば杉原荒助の評論は、これまでに読んだ記憶では、深い思索から生れたものというよりも、どこかざらざらしたジャーナリスチックな問題のとり上げ方をしたものが多かった。文芸評論にしてもそうだ。しかし山内静人は考えた。もっとも、ジャーナリズムには、そういう評論家を求める面もある。評論の大衆化だ。そうした今までの立場から、この杉原氏はかれの戦争論をぶっているんだ……。山内は話題とは別なこんなことを考えていた。

杉原荒助はいった。

「君、戦争をしている以上、勝利のためには、いっさいの道徳律は無力であり、無能だよ。兵隊と市民の区別なんか、厳密にはあり得ないのだ。てっとりばやい殲滅は、一種の慈悲ですらあり得るね」

そう杉原ははっきりといった。彼も評論家である以上、自分の言葉には責任をもつはずだ。山内静人は、心で、「そうだ。これだ！」とつぶやいた。この思想が、軍にあの行動をとらせたのだ。この二日間、どうしても解らなかったことが、これで理解できそうだ。「勝つためには、いっさいの道徳は無力であり、てっとりばやく殺してやるのは、一種の慈悲だ……」

山内静人は黙りこんだ。油けのない髪をもじゃもじゃにし、ひろい額のしたでくぼんだ眼が柔和な光をもつ三十三歳の新聞記者は、自分より年長の一流評論家の横顔を見ていた。この評論家が、なんだか小さな、みすぼらしいものにみえてくる。知識だけを吐き散らす人形みたいにみえる。この評論家の後ろには、軍と巨大なジャーナリズムがある。しかしこの人は、人間としての魂をもっていないのではないか？　……

中村記者がきいた。「先生、うちの新聞には、そのことをお書きになるんですか？」

「ああ、書いてもいいね。敗北主義のインテリに読ましてやりたいな」杉原はソファにもたれて笑った。「戦争は罪悪だというけれども、罪悪でない面もありますよ。美すらもある。中村君、原稿のことだけど、今夜は、司令部で森参謀の宴会があるから、明日、宿舎へとりにきてくれよ」

「はあ、承知しました。先生、宴会ですか？」

「ええ。あの森という参謀は、僕は好きだな。尊敬するな。司令部のほかのおえら方なんか、もう、内地から芸者を呼ぶことを考えてるんだからね。中村君は、まだ、森中佐には会っていないの？」

「ええ」

「一度、ぜひ会って、話を聞いてみるんだな。僕は現地軍をひきずるのは、あの人じゃないかと思う。信念をもっている軍人ですよ。政府や、軍の上層部は、いったい戦争をするのか、しないのか。しないのなら、初めっから国民を戦場に駆り出さなければいいのだ。彼らには、信念がないのですよ」

「杉原先生、その森参謀に、ひとつ紹介状を書いてくれませんか」

「いいですよ。書きましょう」

杉原荒助は中村記者が出した用箋に紹介状を書いた。

山内静人はもうこの年上の評論家と話す興味を失った。外語の支那語科を出て、上海と南京で七年間暮し、中国人とも親しくしてきた山内は、自分の生活の実感として杉原荒助の理論を肯定することはできないのだ。彼は考えた。中国人が自分の国土を守ろうとするのは、当然ではないのか？「救国」のビラを貼って、どこが悪いのだろう？　同じ立場になったら、日本人だって同じことをするだろう。日本人はこの国に、特殊権益だの、大アジア主義だの、日本民族の指導性だなどと、勝手なことをおしつけているのだ……

山内記者には、ひとつの言葉がこびりついていた。「戦争に勝つためには、道徳は無力であり、殲滅は慈悲だ……」

「あ、先生、お帰りですか？」

中村の声を聞いて、山内も立った。

六章

1

江藤小隊は、これまで交通銀行大楼の別棟に宿営していた。ここに軍機関が移ってくるので、附近の住宅街に空家をみつけて分宿することになった。

その日の午後、江藤清少尉は住民が立ち退いたあとの住宅街のほうへ、宿舎を探しに一人でいった。高台のこの辺は南京市内でも高級住宅地で、おそらく政府の高官や実業家の邸宅だったと思われる。葉を落した楊(やなぎ)の並木がある坂道には、人影がなかった。せまい道路に、人のいない家の影が落ちているだけだ。しずかな通りは、江藤少尉に彼の家がある東京の山の手の邸町を思い出させた。用心のために拳銃をもち、それでも少尉は珍しくのんびりとした気分で、邸宅のならんだ裏通りに迷いこんだ。

この一廓は、ふしぎに静かであった。兵隊の姿も見当らない。一軒の洋館の窓が開いていて、そこから女物の衣類が外に垂れているのが、妙に生々しく戦争を感じさせる。

靴音が石畳にひびいた。彼には自分がここへきたのは、孤独になりたいためだとわかっていた。彼は見まわしたが、両側のどの家にも声はきこえず、どの窓にも顔はみえない。

今日の江藤清少尉は戦争を忘れようとしていた。戦争から逃げたかった。人の気配はないが、この家並にのこる生活の落着いたにおいは、彼に戦争を忘れさせるようだ。破壊されない家々は、泥濘と焼けた部落と、コンクリートの銃座と、血と死骸ばかりを見てきた少尉に、ふしぎに心の安らぎをあたえた。

「南京にも、こんなしずかな町があったのかな」

難民区になった下町しか知らない江藤少尉は、ひとりごとをいい、見まわした。独りでいるときに、彼はひとりごとをいう癖がある。彼は微笑した。

「なんだ。おれは、目白の家と、おやじやおふくろを思い出したんだ……」

清には、母の前のほうだけ灰色になった髪がみえた。父は、丸の内にある会社の重役室で事務をとっているだろう。大学で同級だった友人の顔もうかぶ。背広を着た彼ら。江藤清は、自分だけ貧乏クジをひいたような気持がした。しかし彼は考え直して微笑した。「いや、奴らが、娘さん(メッチェン)と銀ブラをしていられるのも、おれたちが、戦場でたたかっているからだ……」

そう考えると、優しい心情をもったこの若い少尉は、大学を出た年に甲種合格になった自分に満足した。彼は今度は口にだしていった。

「幸子さんは、どうしてるかな?」

横の家の窓の戸がうごいた。彼は拳銃の引金に指をかけた。風が吹いて、窓の戸はきしった。一匹の三毛猫が石段にねていたが、青い眼で少尉を見ると、起きて窓のなかに消えた。

江藤少尉は中国建築の邸の前にくると、もの珍しさも手伝って、その開いた門からなかにはいってみた。

金持の邸とみえ、庭には丸い穴をうがった石の門があり、それをくぐると、奇怪な形をした石が重なったなかに、一対の唐獅子の石像が向かい合っている。

正面の扉は押しても開かないので、少尉は庭の奥の半開きになった扉から、なかにはいった。部屋はうす暗い。彼の眼の前には、大きな衝立があった。それは白檀(びゃくだん)で、長い裳をひいて空を舞う天女と、鳳凰と山水が精巧に彫ってある。その天女の肩衣のように、桃色の帯が衝立の横から室内に蛇みたいにのびている。入口に立った少尉は、すこし顔を赤くした。彼は空巣狙いみたいに、この邸にはいりこんだ自分をはずかしく思ったのだ。

だが、好奇心のほうが強かった。家のなかはしずかだ。少尉の軍靴がきしった。彼はまだ右手に拳銃をもっていた。部屋のなかは荒されていた。投げだされた箪笥の抽斗（ひきだし）、針箱、羽毛が散った羽根蒲団、編みかけの毛糸のチョッキ、白粉箱の鏡が破れ、口紅の皿がころがっている。ここは、女の部屋だったのだろう。一種のなまめかしさがただよっていた。

江藤少尉は見まわした。天井から、ガラスに美人を描いた彩燈がさがり、隅の紫檀の小机の上には、玉（ぎょく）の香炉がある。しかしこんな贅沢な家具や調度には、江藤少尉は興味がない。彼はひとりになって、昼寝でもしたかったのだ。

少尉は床に落ちた一枚の写真をみつけた。女学生風の白い運動服を着た娘が、ラケットを描いて笑い、民国二十六年九月四日、李秋蓮と書いてある。彼はその写真を小机の香炉にていねいに立てかけた。壁にかかったラケットに気がついた。

その横に別の扉がある。江藤少尉はそっとノブをまわした。この部屋もうす暗くて、しみついた香の匂いがした。高窓には、真紅の緞子（どんす）の厚いカーテンが引いてあり、その隙間からはいる光の縞が青い絨毯の牡丹の花模様を明るくし、部屋の奥にある天蓋つきの寝台がぼんやりとみえる。少尉の視線はその寝台の上にとまった。彼は片手で眼鏡をおさえて、目ばたきをした。

カーテンの隙間からさす光線が、寝台の上にある白いものの幅を浮かせている。それは腹であった。脚をひろげた裸の女がねている。その腿から下が染めたように蔭になっていた。女は、彼が近よってもうごかない。ひらいた足の先には、銀糸で刺繍をした黒の布靴をはいていた。彼はその二本の茎のような脚のまんなかに赤黒くこびりついた色を見た。江藤少尉はそこに眼を釘づけにされ、立っていた。白いふくらみに黒いうす毛がある。乾いた血のうえには、肥った青蠅が一ぴき、へばりついていた。「ほう、蠅が生きてる。たいした生命力だ……」彼は考えたが、眼はそこから離れなかった。金箔を塗ったような大きな蝿は舞いあがった。その羽音がきこえ、蝿は桃色の絹繻子の蒲団にとまった。

　江藤清少尉の周囲で、時間が固定した。時間は時計の針のようにはうごかなかった。わずかに彼の視線がうごいた。小さくもりあがった青白い胸と、両眼をみひらいた顔の額に、切りそろえた前髪だけが、まだ生きているようにみえる。

「お母さん……」と呼ぶ声を、江藤少尉は自分の内部に聴いた。「ぼくを助けてください。ぼくは、いま、ここにいるんだ。ここから、うごけない……」

　寝台に仰向けにねた娘は、何もいわなかった。相変らずまるで人形のように眼を見ひらいている。少尉には、この女が、多分、十七か、十八ぐらいの娘であるらしいことがわかった。彼は裸になった女のからだを見たのは、これが初めてだ。彼は部屋の隅にある仏像の静かな顔に眼を転じたが、その視線は、また、もとの一カ所にもどった。

　青白くふくらんで薄い恥毛が生えた下腹の上を這ってゆき、乾いた血の上を、蝿がうごいている。江藤少尉にとっては、時間は凝固し、停止した。彼はここにいた。眼の前に、両脚をひらいたまだ少女みたいな娘が仰向きにねている。その見開いた眼も、青白いほっそりした体もうごかない。うごいているのは一ぴきの肥った青蝿だけだ。彼がうごかないかぎり、この娘はこのままで、時間もまた、うごかない。江藤少尉をそこに釘づけにし、彼といっしょに時間も停止させたのは、彼が大学を出て外交官試験を受けるまえに入営し、軍隊に三年間いて、いま、戦地にいるという時間の流れが、ここでは何の意味ももたない空白なものになったということを意味していた。そしてこの空白の連続が、人間の一生というものであった。その空白な時間のなかに、一人の娘が死んでよこたわっている。彼は立ちすくんで、娘の死体を見ている。彼の周囲で時間は停止し、江藤少尉の一生は、意味のないものに変った。一人の支那娘の死体が、江藤少尉には大きな存在となった。

また、舞いあがった蠅が、江藤少尉に時間をとりもどさせた。彼は窓のカーテンを引いて、娘の体から光をなくした。それから見まわして、床に落ちていた娘の衣服をひろうと、その体にかけた。部屋のドアを閉めて、もうひとつ別の部屋を通り抜け、廊下に出た。階段の下の横の戸口に、倒れている男の支那靴の裏がみえた。

「二人とも、逃げられなかったんだな」

と、彼はつぶやいた。少尉はその家を出た。まばゆい光に眼をひそめ、後も見ずに坂道を降りた。

江藤少尉は隊にもどった。車庫では、毛布の上にあぐらをかいた倉田軍曹と寺本伍長のそばに、四、五人の兵隊があつまっていて、兵隊の一人があわてて罐詰を雑嚢にしまった。

そばへいった少尉は、こわばった青い顔で微笑した。

「御馳走だな。隠さんでもいいよ。軍曹、みんなを集めてくれ。服装は、そのままでいい」

兵隊が裏庭にならんだ。前に立った若い少尉は軍刀を前につき、黒縁の眼鏡をかけた眼で、二列に並んだ一コ小隊を見わたした。

「お前らに、厳重にいっておく。中国の女に、ぜったい、手を出してはならない。もしも、江藤小隊から、強姦するような者が出たら、小隊長は、ぜったい、容赦はしないぞ。憲兵隊につき出す。重刑になることを覚悟しておけ。状況によっては、死刑だぞ。江藤少尉は、ぜったい、お前らをかばわないからな。自分の話は、これだけだ。わかったら、解散……」

ならんだ兵隊の顔を見まわしてから、少尉は列外に立った倉田軍曹を、ふと、ふりかえった。軍刀を手にもった少尉が小部屋にはいったあとで、倉田軍曹が寺本伍長の顔を見た。髭面の伍長は足許に大きな唾をはいた。

「死刑だ？　あの少尉に何ができるかよ。大きな口をききやがってよ。まったく、シャクにさわる野郎だ……」

江藤少尉はもっていた軍刀を壁の隅に立てかけ、鉄のベッドをきしませて仰向けにねた。いま、興奮して訓辞をしたせいで、上衣のボタンをはずした胸が大きくうごいた。あの部屋を頭から追い出そうとした。彼は起きあがり、ベッドの下から軍用行李を引っ張りだし、なかをかきまわして、一枚の写真をとり出した。それをもって、またベッドに仰向けに臥ころがった。袂の長い着物に袴と黒靴をはいた原幸子は、片手に教科書のはいった風呂敷包みを抱えて、女子大の看板がかかった門の前に立っている。編んだ髪を両肩から前に垂らし、幸子はみつめるときの癖で上目使いをしている。

出征するまえに休暇が出た日に、江藤は幸子と銀座をあるき、フランス料理をたべた。どんな話をしたか、よく覚えていない。清は幸子の固く編んだお下げにさわってみたかった。彼は無事に帰還したら、外交官試験をパスして幸子と結婚したいと考えていたが、生きて還れるかどうかわからないので、そのことは幸子に話さなかった。とつぜんに起った戦争は、外交官になりたいという清の将来の希望を断ち切り、恋人からもひき離したのだ。この運命は、まるでクジ引きに当ったみたいに自分に降りかかった。

そんなことを考えながら、江藤少尉は幸子の写真を見ていた。ふいに彼は声を出しそうになった。上目で自分を見ているお下げの幸子に、あの小姐（シャウジェ）の裸の体がかさなって見えた。彼はベッドに半身をおこし、土壁に眼をすえた。脚をひろげた裸の女がねている。そのひらいた脚の中心にある赤黒いシミ、熟れたアケビのような肉をみせた裂け目、青白い腹のしたのうす黒い小さなふくらみ……彼には、あの娘が、なぜ、どういう風にして殺されたのかは、ぜんぜん見当がつかなかった。ただ、あのうす暗い部屋に、女が死んでいた。その裸の死体は、まだ、あそこにある。少尉は、もう一度出そうになった声を、咽喉の奥でおさえつけた。

少尉は部屋の小さな窓によった。ここからはトーチカを破壊されて土肌をみせたお椀型の丘陵や、砲弾にえぐられた城壁がみえた。その向うに山がつづいている。少尉は荒涼とした風景から眼をそらした。足許に一枚の写真が落ちている。彼は自分が今までとは変ってしまったような気持がして、ぼんやりと写真を見おろしていた。

それから江藤少尉は、自分が戦場にいることを思い出した。その戦場は、あの山の向うに、どこまでもつづいている。

ノックの音がした。

「小隊長どの、篠原であります。いま、帰りました」

「ああ、はいれ」

上衣のボタンをはずしたまま、少尉はふりかえった。一等兵が敬礼をした。

「本部へいってまいりました。六時から、部隊長どのの会同があります。夕飯は、本部でするそうであります。終るのは、九時の予定であります。終り」

「よし、わかった。もうそろそろ、出かけるからな。倉田軍曹は？」

「はあ、班内には居られなかったようであります」

「どこへいったのかな？　じゃあ、寺本にいっておいてくれ」

江藤少尉は足許の写真に気がついて、直立不動をした一等兵をうながす眼で見ると、上衣のボタンをはめ、軍刀をとった。

2

その日の夕方になった。

ミルス神父は二人の婦人といっしょに、スミス教授の運転する一九三五年型フォードで、金陵女子文理学院へいった。二十八歳で独身のミニー・ボートリンはフランス系のアメリカ人で、これまで学院でフランス語と英語を教えていた。もう一人の陳夫人もやはり教師で、神父とミニーを学院で降ろしたあと、スミス教授が自宅へ送ることになっていた。

「あ、いけない。コーヒーを忘れてきたよ」文理学院収容所の宿直当番にあたっているスミス教授が舌打ちした。「僕はあれがないと、夜になった気分がしないんだ」

「心配いらないわ。私の室にも残っていたと思うし、炊事夫の王（ワン）にも探させるわ」ボートリンがスミス教授のトレンチコートの背中にむかって話した。

「僕のは、モカだよ。上海製のやつとはちがうんだ」

「ぜいたくね。こんな時でも？　……。我慢するのね」

「よろしかったら、私の家へ先によって、お持ちになりません？　主人も、コーヒー党なのよ。もっとも、やっぱり上海製ですけど……」

陳夫人が英語でつつましくいった。

「いや、結構です」

「スミス君、コーヒーを沸かしてくれる奥さんを、早くもらうんだね」

ミルス神父が横のスミス教授にいった。後ろの席で、ボートリンの頬がすこし赤くなった。

夕闇にひろがったヘッド・ライトを見て、神父が低くいった。

「日本の兵隊だ。何をしにきているんだろう？」

鉄門の前で、日本兵の一人が手をあげた。

「おい、とまれ。ストップ！」

水筒を二つも両方の肩からかけた若い兵隊は、車のなかをのぞいた。

「四人だな。降りろ」

手真似でいった。四人は降りた。ミルス神父が銃をさげた兵隊に説明した。

「ワタクシタチハ、コノ収容所ニ用事ガアリマス。私達ハコノ収容所ノ世話ヲシテイル外国ノ委員デス」

「だめだ。はいっちゃいかん。自分らは警備隊だ」

兵隊は首を振った。

「何ていってるの?」

後ろでボートリン女史がスミス博士にきいた。スミスは首を振った。兵隊は二人の男の服を上から調べ、武器をもっていないかを確かめた。そこへ、小柄な下士官がきた。前に拳銃サックをつけた軍曹は、懐中電燈で四人の男女の顔を照らした。ミルス神父は同じ説明をした。

「この収容所には、中国兵がいる……」

と、軍曹は主張した。

ミルス神父はよく解るようにゆっくりと説いた。

「コノ学校ハ、女ト子供ノ収容所デス。男ハ、五十人ノ職員ト、ボーイガイルダケデス」

半開きになった大きな鉄扉の向う側の陰には、十人ほどの女が地面にすわり、銃をもった兵隊がついていた。ミルス神父はこの軍曹に会ったことがあるのを思い出した。三日前に、難民区から男達を連れ出していったときに、この軍曹が指揮していた。神父と話す下士官の言葉は鄭重であった。しかしそばで聞いているスミス博士には、この下士官の眼の光が気になった。それは闇に光る野獣の眼を思わせた。

軍曹は神父にいった。

「ほんとですね?　もし、それ以上の男をみつけたら、銃殺します」

ミルス神父は年下の教授をふりかえった。日本語の解らない教授は両肩をすくめた。そのとき、そばにいたボートリンが門のなかに駈けていって、坐った女たちの前に立った。彼女は両手をひろげるようにしてさけんだ。

「あなたがたは、このひとたちを、どうするのです?」

女史のいうことは、その仕種でわかった。

自動車の横にいたスミス教授ははっとした。軍曹は外国女のそばへいった。懐中電燈がソバカスのあるほっそりした顔と亜麻色の断髪を照らし出した。その顔は夕闇のなかに美しくみえた。女史の質問はあきらかに軍曹（サージャント）の機嫌を悪くしたとそちらを眺めて、教授はまずいことになったと考えた。

軍曹はいった。「おい、その女を連れてこい。みんな、帰れ。なかにはいってはいかん」

兵隊がミス・ボートリンをつれてこようとした。ボートリンは叫んだ。

「私は帰りません！　この女たちを、収容所にもどしてください」

軍曹は考えていたが、ミルス神父にいった。

「それなら、このひとだけ残って、あんたたちは帰ったらどうです？」

「イーエ、ワタクシモ、ココニノコリマス」神父は答えた。

「とにかく、みんな帰りなさい。命令だ」

「私は、この人たちと、ここにいます」

ボートリンは頑強に女たちのそばを離れなかった。そのうちに、あたりは暗くなり、月が出た。かたまってすわった女たちのおびえた眼が、押し問答をしている外人と日本の下士官とを見守っている。スミス教授が神父にささやいた。

「神父（ファーザー）、この軍曹（サージャント）を、これ以上、刺戟（しげき）してはいけない。ミス・ボートリンをつれてきてください」

うなずいた神父はボートリンの腕をとり、ふりかえる彼女を車のところにつれてもどり、なかに乗せた。スミス教授は車をターンさせた。ヘッド・ライトが蘭の模様のある鉄門とひとかたまりに坐った女たちの顔を照らしだし、鉄門と女たちと立った兵隊の影を、大きく校庭に浮き出させた。

はしる自動車のなかで、ミニー・ボートリンがきいた。

「ねえ、あの中国の女たちは、どうなるのでしょう？」

それには、誰も答えなかった。

「ミニー、今夜は、私の家へ泊ったらいいわ」

陳夫人が、横のボートリンにいった。

3

外人の自動車が去ると、小柄な軍曹は銃をさげた大男の伍長といっしょに、坐った女たちの顔を順に懐中電燈で照らして歩いた。三十ぐらいの女のおびえた顔が照らしだされた。そばに立っていた髭面の兵隊が、気弱に御機嫌をとる風に、伍長に話しかけた。

「寺本伍長どの、自分がきいたら、この女には、子供がいるそうですよ。このなかにいるそうです。帰してくれというんですが……。どうも、鈴木の子供と同じ齢ぐらいらしいですよ」

「そうか。解ったよ。寿司屋の旦那、おまえのかあちゃんを思い出したっちゅうわけだな」

「はあ。分隊長どの、ひとつ、お願いしますよ。何なら、そのう、自分はいいですから……」

「まあ、遠慮するなよ。おい、何人いるんだ？　鈴木に、木村に、佐藤……みんなで六人か。あの毛唐どもは、いっちまったか？」

寺本寅吉伍長は四、五人の女を選りのけた。子供があると鈴木が教えた女も、そのなかにいれた。

「おまえらは、帰れ」と手を振った。女たちは、「謝々（シェシェ）……」と手を合わせ、纏足の女も転がるようにして学院の建物のほうへ逃げていった。あとに六人の女がのこされた。膝をつき手を胸に組んで、眼をつぶった女もいた。ふるえている女たちを「おまえら、立て……」と、馬車輓きだった伍長は、銃で追いたてた。

倉田軍曹がそばへきた。

「おい、憲兵に気をつけろ。みつかったら、軍法会議だ。死刑だぞ」

「ばかをいうなよ、軍曹！」寺本伍長は笑った。「その憲兵が、うまいことをやってやがるのを、おれは見たぜ。おい、佐藤、お前、空家をみつけてこい」

「はッ、佐藤は、空家を探してきます」

水筒を二つ肩にかけた佐藤一等兵はそれを木村上等兵に渡し、闇にみえなくなった。

「お前ら、うまいことをやったぞ」寺本寅吉伍長が三人の兵隊をふりかえった。「いいか。誰にもいうなよ。小隊の奴らにもだぞ」

先頭に立った倉田軍曹が寺本伍長を呼んだ。

「おい、寺本、江藤少尉は、ほんとに十時まで帰らんのか？」

「倉田さん、わしに任せときなさいよ。今夜は、本部で、部隊長と会食があるんだ。ちゃんと調べてあるんだよ」

「少尉に知れたら、ほんとに、おれたちをつき出すかも知れんぞ。うまくいって、おれは、二等兵に降等、金鵄どころじゃないからな」

「心配しなさんな、班長。あんた、だいたい、神経がこまかすぎるぜ。ここは、戦場だよ。おれたちは、戦争をしてるんだ。なあ、ほかの部隊で、軍法会議に回されたって話を聞いたかね？　自分らは、警備隊だ。おれは、江藤少尉の面を見ると、ムカムカするよ。どうして、あんな腑抜け野郎が将校になったのかな。さっきも、えらそうなお説教をしやがって……」

「しかし、寺本、気をつけたほうがいいぞ」

「わかってますよ、班長……」

寺本は倉田軍曹と仲がよく、ほかの四人の兵隊は寺本伍長の部下だ。今夜のこの計画をたてたのは寺本伍長で、彼のいい分では、「ほかの部隊の奴らもやっていることを、やらないのは阿呆だ」というわけだ。

佐藤一等兵がもどった。

「軍曹どの、空家をみつけました」

　下士官と兵隊は、人通りのない暗い裏通りを、六人の女をかこんで歩いた。倉田軍曹のもった懐中電燈が、「救国抗日」と白ペンキで書いた壁と、光のなかを尻尾をさげて幽鬼のように逃げ去る白犬とを照らし出した。女たちは声も出せないらしい。その後ろで、鈴木上等兵が木村上等兵に話しかけた。

「おい、木村、おれは帰りたくなったよ。おまえ、何ともないのか」

「気にすんな。おれたちあ、いつ、死ぬかわからんじゃないか。女も抱かずによ。渡辺伍長みたいに死んじゃあつまらんぜ。戦争は、まだ初まりだ」

「だがなあ、木村よ。おれは考えるよ」鈴木上等兵はかたまって前をゆく女たちを見た。それでも銃はむけている。

「もしだな、おれの嬶（かか）あが、こんな目にあったらと思うとな」

「くよくよすんな。ここは、シナだ。おい、こら、さっさと歩け」木村上等兵は銃の台尻で前をゆく女の尻をおした。「鈴木、おまえは夜這いにいったことがあるか？」

「あるもんかよ。おれは、本所生れの江戸っ子よ」いちばん年かさの兵隊は浪花節の声色をつかった。

「そうか。ないのか。おれは、東京へ出る前に、よくいったぜ。祭の夜なんかな。利根川のそばの村だ。若い衆の楽しみだよ。あれとおんなじさ。この娘、いい尻（けつ）をしてるな。あそこもいいぜ。たまらねえな。おれは、女のおっぱいの夢を見た。ああ、こいつを力いっぱい抱いてやりたいよ」印刷工だった二十五の男は、一本のお下げを後ろに長く垂らした若い女の褲子（クンツ）をはいた腰を、月明りに眺めた。

「誰だ？　しゃべってるのは……。うるさいぞ」倉田軍曹がふりかえった。

「班長殿、ここです」

　佐藤一等兵が立ちどまった。倉田軍曹の懐中電燈が、白壁のつづいた路地と、扉のこわれた門と、そのなかの開いたドアを、つぎつぎと照らした。

「よし、みんな、はいれ……」

煉瓦の敷石に、六人の靴が音をたてた。そこは住民が逃げたあとの胡同の一軒で、寺本伍長が鶏でも追い立てるように女たちを追いこんだ。兵隊が蠟燭をつけた。院子（ユワンズ）には隅に寝台があり、衣類だの繻子の蒲団や家具が散乱している。黒檀の卓の上に、美人を描いた魔法瓶がある。その卓に蠟燭を立てた。「これは、娘の靴だな」と兵隊の一人が桃色の女靴をひろいあげた。中流らしい家だ。隅にひとかたまりにすわった六人の女は、恐怖に声も出ず、肩をよせ合って、兵隊を見まもっている。

寺本伍長は門の内側に見張りの一等兵を立たせた。「佐藤、気をつけて見張れ。交代させるからな」と肩をたたいた。

兵隊が椀や花模様の茶碗をみつけてきた。蠟燭の灯を中心に、皆はあぐらをかいた。水筒の高粱酒をつぎ、罐詰をあけた。すべて寺本伍長が用意したのだ。彼らはこの空気で、今夜は、気ままな宴会をひらくつもりなのだ。彼らは咽喉の焼けるような白哥児（パイカル）をつぎ合い、生死をともにする戦友どうしの親しい気持になった。寺本伍長が倉田軍曹の椀についだ。

「さあ、班長、黙っていないで飲みなさいよ。おい、お前ら、何か歌え。寿司屋、おめえは、歌がうまいだろう？　まったく、上陸いらい、歌どころじゃなかったもんなあ」

寺本伍長はせまい部屋に匂う女の体臭のなかで、馬喰（ばくろ）う仲間といるときのようにはしゃいだ。

「寺本、あんまり大きな声を出すなよ」

倉田軍曹に注意されて、寺本伍長は酔った顔でいった。

「将校が何だ！　いいか。弾丸（たま）は、前からばかりくるんじゃねえぞ。ツベコベいってみろ。将校だろうが、ただじゃ置かねえよ。南京を陥落させたのは、兵隊だ」

木村上等兵が相槌をうった。「まったくだ。奴らは、おれたち兵隊を、まるで牛か馬ぐらいに思っていやがる」

「そうだ。兵隊は消耗品だってな」とうなずく寺本伍長に白酒(パイチュウ)をつぎ、いちばん若い阿部二等兵も口をとがらせた。

「分隊長どの、自分は、司令部の衛兵勤務に出た奴に聞いたけど、南京には、もうすぐ日本の料理屋ができるそうですよ。芸者がくるそうです」

「クソッ、できたって、遊ぶのは、司令部のお偉(えら)がたよ。奴らが芸者を抱いているときにゃあ、おれたちは、前線の弾丸のなかよ」

「もうそろそろ、作戦が始まるだろうな」鈴木上等兵が皆を見まわした。

「武漢攻撃作戦らしい。お前ら、遊んでいられるのは、今のうちだぞ」倉田軍曹が鑵詰の鰯をつまんだ指をなめ、酒をのんだ。

　寺本伍長が怒鳴った。

「戦争の話をするな！　どうせ、明日は、死ぬ身だあ。陰気じゃねえか。よし、おれが、いっちょう、佐渡情話をやるか」彼は手拭いで鉢巻をし、まっ赤な顔で浪花節をうなった。「佐渡へ佐渡へと草木もなびく、佐渡はいよいか、住みよいか、よせてはかえす波の音……」

「うまいぞ！」二人の兵隊が手をたたいた。

「おい、しずかにしろ」顔が青くなり反対に眼が赤くなった倉田軍曹が茶碗をおいた。

「班長、気にするなよ。気分が出なくなるじゃないか。おい、寿司屋の旦那、いっちょう、しぶいとこ、頼むぜ」

　浮かぬ顔をしていた鈴木上等兵は伍長にいわれて、それでも渋い声で都々逸をうたった。歌いながら、彼は「蛇の目寿司」と書いた暖簾(のれん)と、三月まえに別れた自分の女房の白粉の濃い顔を思い出した。つよい白酒を顔をしかめて飲み、今夜、ここへくるんじゃなかった、と心で自分にいった。

「おい、お前ら」寺本伍長がふらふらと立った。壁に背中をつけて肩をよせ合う女たちにいった。「みんな、裸になれ！　……」伍長は女の一人の肩をつかんだ。「わからんのか？　こいつ……」彼は大きな手で女の紺木綿の上衣をはぎとり、褌子（クンツ）をひきおろした。後ろから乳房をつかんだ。寺本伍長は女を抱きしめて笑った。裸の肩に髭面をこすりつけた。「こいつだ。おれは、夢にみたぜ。渡辺伍長を連れてきてやりたかったよなあ。おれは、よくあいつに、女の話を聞かせてやったよ。女っていいもんだよなあ。まったくの話……」軍服をはだけた広い胸で、若い女は眼をつぶり失神しかかっている。伍長はその脚のあいだに乱暴に手をいれ、倉田軍曹を見た。「軍曹、あんた、先にどれでも選んでくださいよ」

倉田軍曹が立ち、いちばん若い女に黙って拳銃をつきつけた。後ろにお下げを垂らした十七、八の娘は何かいい、手を合わせて何度も頭をさげた。娘は鈍く光る拳銃の銃先の前で、ふるえながら褌子の紐をとき、上衣の留め紐をはずした。伍長の大きな影が後ろの壁で波打っていた。鈴木上等兵は、「いいよ。おまえ、やれ」と木村上等兵に譲り、見張りの交代に出ていった。「おい、佐藤、交代だ」といった。鈴木上等兵は銃を腕にねかして落着きなく歩きまわった。家のなかからは、女の悲鳴や、男の荒々しい声がきこえてくる。鈴木上等兵は意味もなく星空を仰いだ。きれいな星だと思った。彼はため息をつき、ひとりごとをいった。

「おれには、奴らみたいな真似はできんよ。おれは、気が弱いのかな？　そんなら、なぜ、ノコノコついてきたんだ？　おれは、おっちょこちょいだ。なあ、お美津、おれはおまえの写真を、いつでもポケットにいれてるぜ……」

「おい、鈴木……」

ドアがあいて、蠟燭の明りを背にした寺本伍長が戸口に立ち、月明りに外をすかし見た。低い声で呼んだ。「こいよ。お前の番だ」

「いや、分隊長どの、自分はいいですよ。見張っていますよ」

月の光を髭面にうけた寺本伍長は大きな口で笑うと、落着いていった。「鈴木よ、おまえ、そういうわけにはいかんぞ。おれたちは、死ぬのも、生きるのもいっしょだからな。元気を出せよ。なあ」

「はあ、そうでありますか……」

鈴木上等兵は仕方なく室にはいった。床には、死んだ魚みたいに裸の女たちが横たわっていた。倉田軍曹は寝台の上で気絶した姑娘（クーニャン）を抱き起し、後ろから、「ヨオ！」と膝で活をいれた。娘は眼をあけた。鈴木上等兵は裸にされて坐ってふるえている年増女に愛想笑いをして、肩を軽く押してみた。ひっつめに結った髪の油の匂いがした。観念しているらしい女は、床に先に臥て、足をのばし眼をつぶった。

女たちをほうっておいて、五人はまた酒を飲みはじめた。鈴木上等兵には自分が笑い者にされているのがわかった。まったくいわれたとおり、自分だけ、いい子になるわけにはいかないのだ。彼は眼をつむった女から顔をそむけ、軍袴の紐をといた。

「どうした？　寿司屋のおっさん……」

飲んで話しながら、気がついて寺本伍長がふりかえった。四つん這いになった鈴木上等兵は情けない声をだした。

「分隊長、鈴木は駄目なんです」

「ばか野郎！」伍長は金歯をみせて笑った。「意気地のない奴だ。どうせ、おれたちあ、いつ、死ぬか判りゃしねえんだ……」彼は口癖になった文句を四人にいって聞かせながら、立ってきた。「どけ、鈴木」と、よろけて鈴木上等兵を乱暴に片手でおしのけた。眼をつむっている女の黄色い腹にあるうす黒い縦の筋を見ていった。「年増だな。こいつ、子持ちだな。毛がすくないな。どれ、見せろ」彼は太い手で女の脚をひろげた。「おれが、可愛がってやるぜ……」

軍袴の紐をしめおわった鈴木上等兵はそばに立って、ぼんやりとながめていた。寺本がうなった。蠟燭のゆれる光に、寺本伍長のシャツの肉が盛りあがった肩の上にのぞいた女の顔がみえる。鈴木上等兵の妻と同じくらいにみえる女は、なかなかの美人だ。地蔵眉で、額の生え際をまっ直ぐに剃り、金の耳輪をさげている。鈴木上等兵は惜しいことをしたと思った。眼をつむった女の頬にはうすく血の色がさしている。鈴木上等兵は不思議に思った。その女の体内で、仔猫が水を飲むような音がしている。金の耳輪がゆれ、丸顔の年増女は細い地蔵眉をしかめて気のぬけたような顔になり、口をあけていた。

「おい、寺本、早くせんか。もう、そろそろ帰るぞ」

倉田軍曹が腕時計を見ていった。間もなく寺本は起きあがった。女たちに服をほうってやった。

「おい、ちょっと、寺本……」

ズボンの紐をしめている寺本を、軍曹が部屋の隅に呼んだ。

倉田は寺本にいった。「おい、こいつらをあそこへ帰すと、あとがうるさいぞ」

伍長は蠟燭の光で影になった軍曹のやせた顔を見た。「どうしてだ?」

倉田は低い声で話した。「解らんのか? 寺本、おれたちのやったことが、ばれるじゃないか。ほんとにおれは、二等兵に逆もどりだ」

寺本は大きく笑った。「あんたは、そんなに二等兵になるのがいやなのかね? おれなら、平気だがな。よし、殺るか、面白えよ」

倉田軍曹は皮サックから十四式拳銃を抜き、黒く油光りする弾倉の弾丸を調べた。その手を女たちの十二の眼がみつめた。直感した女たちは急に泣き声を出し、裸の膝を折り手を合わせて、わからぬ言葉で口々にしゃべった。

「さわぐな!」

寺本伍長が一喝した。彼はひざまずいて自分を見あげ、何か喋りながらズボンにすがりつく裸の年増女の手をひき放して、壁のほうへつきとばした。伍長は戦場にいた時のように、精悍な声で早口に命令した。「鈴木に、木村、外に出て見張れ!」

「はッ」

三人の兵隊は外に出た。家のなかで銃声がした。女の叫び声を、一発ずつ銃声が消した。最後に蠟燭が消えた。銃身の長い拳銃をさげた倉田軍曹と、銃をもった寺本伍長が出てきた。

「さあ、早くここを離れろ！」

六人は黙りこんで足早に歩いた。酔って千鳥足になった木村上等兵の銃も肩に吊り、鈴木上等兵が腕を組んでやって歩いた。

後ろで、倉田軍曹がいった。

「おい、寺本、おまえ、どんな気持だ？」

「そりゃあ、やっぱり、いい気持はせんよ」

「ふうん、それだけか？　なあ、寺本、おれは、どうしてこんなことをやったのかな？」

「さあね。おれは、まさか殺すつもりはなかったがね。だが、気にしなさんな、班長よ。おれたちは警備隊だし、女には顔を知られたし、あの毛唐にもみられたものな。やっぱり江藤少尉に知られたら、まずいですよ。ああするより仕方がなかったよ」

「おれも、変ったよ。これが戦争というものかな。寺本、おれはこんなことでもしないと、自分が生きているような気持がしないんだ」

「まったくだ。どうせ、おれたちは、いつ死ぬか解らないものな」

皆の靴音だけがした。そのなかで木村に腕をかした鈴木初太郎上等兵は、膝から力がぬけて何度も石につまずいた。彼は自分に肩を押されておとなしく床にねた女を覚えていた。あの女が殺されたとは信じられなかった。そういえばあの色っぽい年増女を見たときに、おれは、お美津を思い出した。鈴木上等兵は口のなかで呟いた。

「おい、成仏しろな。おれのせいじゃないんだ。まったく、ひでえことをしやがる。それでも、このおれだけは、何にもしなかったよ。あのとき、おれの代物が役に立たなくてよかった。そうだ。おれはお美津にたいして、何にも後ろ暗いことはしていないんだ……」

「おい、おっさん、何をぶつぶついってんだ。へへ、おれは女を抱いたんだ。よかったぞ。もう、いつ死んでもいいぞ。へへ、おれは、支那の女とやったんだ……」

「木村、うるさいぞ。だまれ！」

洞窟に似た後ろの闇から、倉田軍曹の低い声がした。

翌日、国際委員会の事務所に、金陵女子文理学院収容所から報告があった。

「十二月十八日夜、六名の日本兵が婦女六名を拉致し、六人はまだ帰らない……」

4

ヨーン・ラーベが急ぎ足で、事務室にはいってきた。リグスと食糧配給の打合わせをしているミルス神父にいった。

「神父（ファーザー）、困ったことになった。また、不幸な事件がもちあがった……」

神父は緑色の眼をあげた。リグスもラーベ代表の肥った血色のいい顔をみつめた。

「青年会の黄士生の婚約者（フィアンセ）の家へ、日本の兵隊がきた。今日の午後、彼女を何処かへつれていった。彼女はまだ帰らない……」

ラーベはひと口にいい、大きく息を吸った。神父とリグスは顔を見合わせた。

「それで、黄君は、このことを知っているのですか？」神父がきいた。

ラーベはうなずいた。「黄は、いま、気違いのようになって、娘を探し歩いているよ。シュペリングも、自治委員会の中国人も探しているんだが、行先は判らない。僕は司令部の白井中佐と、憲兵に知らせてきたところだ。しかし、あればかりの憲兵ではね。その娘が、ほかの女たちと、トラックで連れ去られるのを見たというものがあるんだが……」

　そこへシュペリングももどった。彼は両手をひろげて、駄目だという身振りをした。

「シュペリング、黄君は、どうしている？」

　長身のシュペリングは肩をすくめた。

「オルフェウスのように、その娘さんを探し歩いているよ。もっとも、彼は竪琴(ハープ)はもってはいないがね」

電気技師のこの譬え話を不まじめだと思う者はいなかった。かえってそれはそのことのもつ悲劇の深さを、皆の胸にしみわたらせた。上衣のポケットに両手をいれたシュペリングは皆を見まわして、つづけた。「オルフェウスの妻は、黄泉(よみ)の国から帰されたけどね。黄士生の恋人は、もとのままではもどらんだろうね」

　痩せた技師は黄色いまつ毛で怒ったように三人を見まわした。皆の共通の考えは、こうなっては、その黄の婚約者の命だけは助かってくれという願いだ。ラーベがいった。

「そんなわけで、神父(ファーザー)、帰りにでも、黄士生の家へ寄ってみてくれませんか？」

　神父はうなずいた。英国人もいった。「ぼくは、彼女の家をのぞいてみるよ」

　シュペリングが窓の外を見た。「彼は、まだ、難民区や、彼女のいそうな処を探し歩いていますよ。しかし、兵隊がいる処では、追っぱらわれることは判っている」

「うっかりすると、殺される……」

　リグスが呟いた。

　四人は黙りこんだ。彼らは頭に浮ぶいまわしい情景から、眼をそむけたかった。若い黄士生の気持を彼らは想像することができた。しかもこの外人たちにはどうすることもできないのだ。四人は不機嫌に黙りこみ、もう、この話題にはふれないようにして、それぞれの仕事をはじめた。

黄士生は収容所を訪ねまわり、葉雪珠（イエシュエチュウ）を見かけた人はいないかと訊いて歩いた。女や老婆は首を振るだけだ。みんながいたましいという顔で、黄青年を見た。黄はそれでも諦めなかった。

「誰かいるだろう？　葉雪珠を見た人が……。教えてくれよ。雪珠（シュエチュウ）は、何処へつれてゆかれたんだ？　誰か知らないか？　ね、教えてくれよ……」

黄は難民区の男や女にきいた。歩きながら涙声でつぶやいていた。「雪珠（シュエチュウ）！　雪珠（シュエチュウ）！　どこにいるんだ？」

婚約者をさがして、路地や、空地や、建物のなかを歩きまわる若い男を、人々の同情の眼がながめた。それでもその人たちは黙ってうなずき合うだけだった。中山服に山羊の毛皮のついた木綿の黒い長い外套を着た黄は、収容所や街のなかを歩きまわっているうちに、そのきれいに分けた頭をしだいに前に垂れた。絶望した眼は、街を見ていなかった。彼は戦争を呪った。ひとりごとをいった。

「雪珠（シュエチュウ）が、女のくせに、あんなことをいうから悪いんだ。ぼくらは、戦争とは無関係だったのに……」

昼からすぎた時間のながさが、決定的な結論を黄にあたえた。その想像は、もはや想像ではなくなった。

街に立っている日本軍の歩哨は、なにかひとりごとをいいながら、ふらふらと歩いている中国人の若い男を、狂人かと思った。「気の毒にな。親か兄弟でも死んだんだろう」と、考え、歩きすぎる男をそのままにしてやった。

黄士生は小公園にはいりこんだ。そこの池からひいた堀のそばにある亭（ちん）のベンチに腰をおろした。膝の上に組んだ腕に額をのせた。黄はひくい声で泣いた。このベンチには、葉小姐と並んで腰かけたことがある。この夏のある日で、戦線はまだ南京から遠かった。中国軍は上海で、日本軍と戦っていた。小学教師の雪珠は、白絹の夏布（シャープ）を着て、膝のところで割れた裳に肌色の靴下がみえ、銀糸で花鳥を刺繍した黒い布靴をはいていた。耳の上で黒い髪を切っていた。進歩的だというわけだ。

　回想からさめて顔をあげた黄士生に、陽がうすれた濠の小波がみえた。水面の菱の葉は枯れ、茎ばかりになった蓮が寒そうに影を映している。あの夏の日の葉雪珠は、いまは、ここにはいない。彼には、雪珠が永久に何処かへいってしまったように思われた。

　黄士生には、このベンチに腰かけた雪珠の声がきこえた。

「ねえ、日本軍は、きっと南京へやってくるわ。そうしたら、私たちは、結婚なんかできないわ」

　黄はいった。「そんなことはないさ。僕らは、戦争とは無関係だよ」

「士生は、ほんとに、そう考えてるの？」

　雪珠は一重瞼の線がはっきりした大きな眼で、怒ったように黄を見た。その断髪が耳のところでゆれた。黄は微笑して、雪珠の手を彼女の膝の上でにぎった。

　黄士生はいった。

「そりゃあ、ぼくだって、国家のことは考えるさ。だけど、ぼくはそれ以上に、君を愛してるんだ。戦争中だから、男と女は愛し合っちゃいけないなんて、国民政府はいってないぜ」

「そりゃ、そうだけど……」

　雪珠も、そっと黄の手を握りかえした。菱の白い小さな花が咲いた濠の上を、燕がかすめた。木立の向うの広場から、教練の号令がきこえる。

「雪珠（シュエチュウ）、結婚しよう」

　黄士生はいった。彼は葉雪珠と、今すぐにでも結婚したかった。

「でも、母が病気だし、戦争のことも心配だし……。それに私、結婚するときには、花轎に乗りたいわ」

　雪珠はきれいな声で笑い、握られた手をといて立った。いい匂いのする絹張りの小さな扇子をひらくと、汗ばんだ顔に風を送った。彼はその高い立襟の上の顔を見た。楊柳や楡（にれ）が繁ったここで、雪珠を抱いて接吻したかったが、その勇気がなくて、彼女の後から亭を出た。二人は竹槍をかついで教練をしている少年隊の横を通って、公園を出た。別れるまで、葉雪珠は黙って何か考えこんでいた。

黄士生は夢からさめたように顔をあげた。二日まえに、ミルス神父にいわれて葉雪珠の家へ寄ったときに、彼女は中風で寝ている母の病気が重いので、収容所へははいれないといった。

いつか陽が沈み、紫金山が影になっている。黄士生は立ちあがり、夢遊病者のように小公園を出た。

ミルス神父は旧市街にある黄士生の家へいってみた。出てきた年寄の女中は、若主人がまだ帰らないことを告げた。このお婆さんは、まだ今日のことを知らない様子なので、神父は何も話さずに、黄家の朱の色のはげた門を出た。

5

翌日になった。

神学院にいたミルス神父は、リグスの家の使用人から、葉小姐が今朝になって、帰ってきたことを知らされた。英国人のチャールス・リグスの家は、雪珠の家の近くにある。

中国人の使用人はいった。

「葉小姐(イエシャウジエ)は、まるで魂がぬけたみたいでしたよ。気の毒に、すっかりやつれた顔になりましたです」

「それで、黄君は、どうしていますか?」

「さあ、わたしは、リグスさんのいいつけで、ずっとあの家にいたんですが、黄さんは、きませんでしたよ」

病気の母親と、女中と三人暮しの雪珠は、門も戸も閉めきって、自分の部屋から出てこないそうだ。

そんな話をして、使用人は帰った。

神父の考えはきまっていた。一度あったことは、二度あるかもしれない。あの三人を、今日じゅうにも、収容所へつれてこなければならない。

神父は金陵女子文理学院へいった。雪珠を連れ出しにゆく役目は、ボートリン女史が引き受けた。神父は、女史に念をおした。

「いいですか。何にもなかったように……。私たちは、そんなことは知らなかったような顔をしていましょう」

「ええ、そうしますわ」

青い眼に同情をいっぱい表わしたミス・ボートリンは、いたましいという表情でうなずいた。

「ボートリン先生、いいですか。何にもなかったような顔ですよ」

「ええ、そうします」細い鼻筋の両脇にソバカスのあるボートリンは、何にもなかったような顔をした。

ミルス神父はその足で黄士生の家へいった。

黄の家は、市の南の外れにあり、城門の外の近くに秦淮(しんわい)河が流れている。この運河に画舫(がほう)を浮べ、昔から官吏や学者や商人が美妓を侍らせて遊んだ。歴史のなかにある町だ。

裏通りにある黄家の朱塗りの門の前で、ミルス神父は青錆びた銅鑼をそっと叩いた。纏足をした肥った女中が、よちよち歩きで出てきた。

黄士生は自分の部屋にいた。黒襦子の長衫(さん)を着た士生は、立って神父に椅子をすすめたが、それきり黙りこんで、神父の顔を見たがらないようだ。女中が茶を運んだ。神父は黄家へきたのは初めてで、自分には読めない木の対聯(ついれん)や扁額(へんがく)や、美しい螺鈿(らでん)の机などを見まわした。孫文の大きな写真が、この部屋に現代を生かしている。

ミルス神父は緑色の眼で黄士生を見ると、つとめて何でもなくいってみた。

「黄君、あのひとは、無事にもどったそうだね」

黄士生は返事をしなかった。漢人特有のくすんだ黄色をした面長な顔には、笑いも、以前の生気もない。しばらくして黄は眼尻が切れあがった黒い眼をあげ、神父をみつめた。

「神父(ファーザー)、ぼくは、神を信じません」

ミルス神父は微笑した。それから薔薇色の口のまわりをとりまいた褐色の髭をうごかしてゆっくりと話した。

「神は、存在するよ。苦しみを受けたのは、君だけじゃない。もっとひどい目にあった人も、収容所には大勢いるよ」

「ぼくには、他人のことなんか、どうでもいいんです」

「黄君は、まだ、あのひとに会っていないそうだね？」

枯れた庭にむけた黄士生の顔はうごかなかった。神父は組んだ痩せた膝に両手を組んで、その横顔にいった。

「会ってあげなければいかんね。そして、こんなことは何でもないということを教えてあげるんだね」

「何でもない？」黄士生は怒った眼で神父を見返した。

「神父(ファーザー)は、ぼくに、そういえというんですか？」

神父は微笑した「君以外に、誰がいうのかね？」

黄は吐きすてた。「ぼくは、雪珠(シュエチュウ)に会いたくないんです。もう、顔を見るのもいやです」

「君には、彼女の立場になってやることはできないの？」

黄は黙りこんだ。不機嫌に横をむくその眼には、絶望と怒りがある。ミルス神父はしずかにきいた。

「黄君は、そのひとを愛していないのかね？」

「愛しています」黄は怒ったようにいった。

「じゃあ、会ってやるんだね。彼女が経験したことは、たいしたことじゃない。蛇に嚙まれたと思えばいいよ。君は日本の兵隊を恨むだろうが、どうしようもないことだ。彼らだって、本国では君と同じような善良な市民であったのかもしれない。戦争だよ。戦争というものが、人間をこのようにするのだ。私たちは、個々の怒りや恨みよりも、人間をこのようにさせる戦争そのものを憎まなければいけない。そして人間そのものの本質を考えよう。戦争は、人間に、その本質をむき出しにさせるのだ。君だって、私だって、彼らと変らない人間なんだよ」

「神父さん、失礼ですが、今日は帰って頂けませんか。僕は、ひとりでよく考えてみたいんです」

「よろしい。今日は、帰るよ。ねえ、黄君、君はそのきれいなお嬢さんが、君よりももっと苦しんでいるということを考えてあげなくちゃいけないよ。君が、いま、苦しんでいるのは、そのひとを愛している証拠なんだから、君たちは、一日も早く結婚したほうがいい。私が結婚式の司祭になるよ。私は、今日、このことをいいにきたんだよ」

神父は立った。黄士生は立たなかった。池に沈んだ石のように動かない黄を見おろして、神父は微笑した。

「雪珠(シュエチュウ)は、ボートリンさんの収容所にいるよ。彼女が世話をしているはずだよ」

事情を察しているらしい老女中が玄関まで送って出て、低く頭をさげた。神父はうなずいた。ドアが開いている隣の部屋を見た。赤い聯や山水の軸がかかった部屋の曲象(きょくろく)に、白い髭をたらした黄先生が深深ともたれていた。夕陽のなかで、眠っているようだ。しかし眠っていない証拠には、父親は瞼が赤くみえる眼をあけ、戸口に立った神父にうなずいてみせた。鳥籠で二羽の雲雀(ひばり)がうごき、黒繻子の馬甲(モコー)（袖無し）を着た長い裾の足許に、白猫がうずくまっている。春蘭の盆栽もある。

神父は門を出た。白壁がつづくしずかな路地をゆっくりと歩きながら、黄士生の父親を思い出し、ミルス神父はひとりごとをいった。

「あの老人――そんなに老人とも思えんが――あの老先生は、家の外で起っている戦争のことなんか、考えていないのじゃないかな。多分、飛行機や戦車(タンク)も、見たことがないかもしれない……」

神父にはそんな気持がしたのである。黄の父親は、古典学者だそうだが、あのひとには、銃声も耳にはいらず、カーキ色の軍服も眼に映らないのではないか。彼はああやって、中国の古い聖人の世界に身をひたしているのだ。この考えは、ミルス神父には気にいった。人影のない胡同を街のほうへ歩きながら、神父はつぶやいた。

「なるほど、中国の歴史は古い。古い中国の生命力みたいなものが、あの老人には生きているようだ……」

ミルス神父は考えた。いま見た中国のあの学者には、この国の永い歴史のなかで、いま、彼の周囲に起っていることは、ほんの小さなものに映っているのかもしれない……

神父は自分のこの発見に微笑んで、ひとり言をいった。

「そうだ。このことは、今度、あの息子に話してやろう……」

七章

1

ドイツ人のヨーン・ラーベの自宅は、小桃源胡同のしずかな高級住宅地にある。ラーベは日本と中国とが戦争を始めた直後のこの夏に、妻と二人の子供を、ハンブルグの妻の実家へ帰した。

白亜の広い家に、コックの中国人夫婦と、一頭の大きなシェファードと暮している。二階の屋根に、このドイツ人商社員はナチスの旗をたてた。それでも効果がうすいと考え、庭のポールにも大きな旗を、毎月、揚げた。朝と夕方に、旗の綱を上げ下げするラーベの肥った赤ら顔は厳粛で、誇りにかがやいている。トラウトマン大使が不在の南京市では、小桃源胡同のラーベの邸宅は、ドイツ大使館のお株を奪った形だ。しかしこの旗が、兵隊にたいしてどのような精神的な効果をもったかは疑問である。何かを物色する彼らは塀をのりこえてはいってきた。ラーベが家にいるときには、また塀を乗りこえさせて帰し、表門は通さなかった。いうことを聞かない兵隊には、ラーベ代表はナチス式の敬礼をしてみせ、胸の勲章を指さした。

「コレ、ワカリマスカ?」

すると、たいていの兵隊は彼の命令にしたがって、また塀をよじのぼって出ていった。

ラーベ代表がいつもナチスの腕章をつけ、胸にドイツの最高勲章をつけているのは、あながち彼の子供じみた趣味のせいばかりではなかったのである。

二本の旗をたてた自宅から、彼は毎日、黒塗りのベンツを運転して、国際委員会の事務局へ出てきた。

南京の陥落は、この中年のドイツ人をひどく多忙にさせた。中山路にあるシーメンス洋行の事務所は閉鎖し、彼は国際委員会の仕事にかかりきりになっている。国際委員会の仕事は山ほどあった。それも困難な仕事ばかりだ。南京市の二十五万の難民の生活は、いまのところ、二十二人の外国人の肩にかかっているといっていいのだ。

ラーベ代表が、婦人にたいする暴行事件の報告をはじめて受けたのは、十二月十六日の午前であるが、これはきわめて悪い前兆（しらせ）であった。その後、彼のところに集まる報告がこのことを実証した。委員会はこれらの報告書をまとめ、各国の大使館や、日本側の機関にも提出する考えでいる。

（南京市難民区国際委員会報告書の一部抜萃（ばっすい））

第十五件（十二月十五日）数名の日本兵が漢口路の某家に闖入（ちんにゅう）し、嫁を強姦し、三名の女を連れ去った。

二人の夫が後を追って叫んだが、銃殺された。

第三十七件（十二月十七日）小桃源にある私の自宅の後ろで、日本兵が一名の女を強姦し、かつ傷をあたえた。彼女は今日、治療することができれば、生命を保つ望みがあろう。彼女の母親も頭部を痛撃された。（ラーベ報告）

第四十一件（十二月十七日）司法院附近で、日本兵は一人の年若い娘を凌辱したのちに、彼女の下腹部を銃剣で突き刺した。

第四十五件（十二月十七日）日本兵が五台山の一小学校内に多数の婦女をひきこみ、夜どおし、凌辱し、翌朝はじめて釈放した。

第八十六件（十二月十八日）夜、日本軍下士官の指揮する一隊は、外国人委員を含む金陵女子文理学院収容所の職員を強迫して、大門の入口に、約一時間とどめた。六名の日本兵は収容所から婦女六名を拉致し、六人はまだ還らない。

第六十二件（十二月十八日）陸軍大学収容所の報告。十六日、難民二百名拉致され、生還者は僅に五名である。十七日、さらに二十六名を拉致し、十八日には、また三十名を連れ去った。日本兵は金銭、行李、米一袋と氈子を奪い、二十五歳の男一名を殺し、老婆は打たれて地上に倒れたが、二十分ののちに息絶えた。

（この番号の順序が不同なのは、報告された順にしたがったためである）

第八十九件（十二月十八日）日本兵が金陵大学農場（難民百余名がいた）に闖入し、婦女四名を拉致し徹宵汚辱し、翌朝、釈放した。十九日、また婦女二名を拉致し、二人は消息不明である。

第六十三件（十二月十八日の報告）寗海路で、日本兵が子供から燈油を奪い、子供が運びたがらなかったので、鞭でひどく打った。平倉巷六号の豚一頭が掠められた。五名の日本兵が、小馬数頭をうばった。怡和路十二号の娘数名は凌辱された。七名の日本兵が、某茶館内の娘を輪姦し、娘は十八日に死んだ。年齢僅に十七歳である。昨夜六時から十時のあいだに、三名の日本兵が四名の娘を汚辱した。日本兵数名は、莫干路五号の娘を輪姦した。昨夜、日本兵は金陵女子文理学院から三名の娘をつれ去り、今朝帰されたが、みな憔悴しきっていた。平安巷の娘は、三名の日本兵に輪姦されて死んだ。陰陽営一帯では、強姦、掠奪が絶えず発生している。

第六十四件（十二月十八日の報告）広東路八十三号、八十五号に難民五百四十名を収容した。十三日から十七日まで、日本兵は三々五々組をなして一日何回となく掠奪にきた。今日も、依然として掠奪がつづいている。日本兵は毎晩トラックできて若い娘をあさり、翌朝、釈放した。汚辱された婦女はすでに三十名以上になる。婦人と子供は、夜どおし哭きつづけている。悲惨な有様は言い現わせない。

第九十四件（十二月十九日）日本兵はリグス宅附近の某家の娘を連れ去った。娘を国府路に拉致して汚辱を加え、翌朝、釈放した。娘はキリスト教青年会秘書某君の婚約者である。

第九十八件（十二月十九日）午後七時半、日本兵二名が、懐妊九カ月の十七歳の嫁を輪姦し、九時に陣痛がきて、十二時には嬰児を地上に生み落した。今朝二時、医院に送られた。若い母は精神錯乱しているが、嬰児は無事である。
第一〇二件（十二月二十日）国際委員会ドイツ人居留民シュルツ・パンティンの家に、日本兵がはいった。同家には、メージ牧師、ロシヤ人の電気技師ボドシヴォロフ、日本軍のトラック修理をしているジャールの三人が同居している。日本兵は、メージ牧師の友人が大勢見ている前で、数人の婦女を強姦した。この中国の友人は下関（シャーカン）米国キリスト教会からきた善良なクリスチャンたちで、目前の行為を見て驚愕した……

公式の報告書のほかに、ヨーン・ラーベは日記をつけていた。

十二月十五日。水曜日。日本軍の入城後二日間で、われわれの希望は破れた。絶えざる虐殺、大規模の計画的掠奪、家宅侵入、婦女凌辱等いっさいは、すべてこの無統制のなかで起った。外国人居留民は、その眼で路上に満ちた市民の死体を見た。南京中区には、辻ごとにかならず一個の死体がころがっていた。その大部分は、十三日の午後、およびその夜間、日本軍の入城時に銃殺、もしくは刺殺されたものであった。恐怖と興奮のためにかけ出せば射殺され、また夜間、日本軍の巡察は、人さえ見れば発砲する可能性があった。

もちろん、こうした日本軍隊の行為は、日本帝国の偉大な功績を代表するものではない。日本には、多くの責任ある政治家も、軍人も、国民もいる。ただ彼らは、日本人自身の利益だけを考えて、中国の低い地位を引上げてやることをすこしも考えないだけである。

ほかの兵や将校はたしかに規律を守り、日本皇軍、および帝国の声望を傷つけないように気をつけた。彼らは、その一部の戦友や同僚に裏切られたのである。そしてこの南京市で起った数々の事実は、日本の将来にたいして、きわめて大きな打撃をあたえ、歴史上にものこることになったのである。

十二月十七日。金曜日。今日になっても、掠奪、虐殺、強姦は相変らずおこなわれ、増しこそすれ、減る様子はない。昨日の白昼、および夜間に強姦された婦人は、すくなくとも一千人にのぼった。事務所にはいった報告によれば、一人の可憐な娘は、三十七回も強姦された由である。

十二月十九日。日曜日。市内は、完全に無政府状態になった。私たちは路上の死体を見ても無感動になった。城門附近は悪臭が鼻をつき、死骸には野犬がむらがっている。

十二月二十日。月曜日。城内でいちばん繁華な太平路一帯は燃えさかっていて、この太平路と中華路の一帯は焦土となった。今まで屋根にさえぎられてみえなかった南京城壁も、その煤けた姿を現わした。煙の這う焼跡をさまよう女や子供の姿は、いつの戦争にもつきものである。

赤十字委員会では、紅卍(こうまんじ)会と協力して人夫に死体をとり片づけさせているが、その人夫も連行されたり、トラックは没収されたりで、死体は放置されている。街をうろつく醜く肥った野犬の群が掃除人だ。

日本軍の南京入城直前まで、われわれは秩序は近く回復し、平和も訪れて、難民はその家に帰って平和な生活にもどれるものと考えていた。ところが結果は、まったくその逆で、われわれはすっかり驚いてしまった。近代軍隊であるかれらは、掠奪、酷刑、虐殺、強姦、放火、およそ想像しうる悪徳という悪徳を、堂々とひとつひとつやってのけた。かれらは、女を見れば、白昼、公衆の面前でも強姦し、反抗すれば殺した。それを拒絶した女にたいしても、また、そばで泣く赤ん坊にたいしても、軍刀の切れ味をみせた。

その後、われわれの交渉の結果、日本側は大きな収容所の入口には衛兵を派遣してきたが、かえってこの衛兵がいつも婦人を犯した。毎日、毎夜、われわれが接する報告といえば、日本軍人の婦女強姦事件であった。しかもそれは日一日とひんぱんになり、女たちをいいようのない恐怖におとしいれた。

　このような地獄を眼のあたりに見て、私は自分が人道的な文明国民のドイツ人であることを、そしてキリスト教徒であることを有難く思わずにはいられないのである。

2

　二十日の午後に、国際委員会の事務所へ、呉(ウー)という中国人がこっそり訪ねてきた。彼はスミス教授の知合いで、下関(シャーカン)にある発電工場に勤めていた技術者だ。

　呉技師はこの一週間の事情を、つぎのように話した。

　発電所には、五十四人の職工がいて、陥落の前まではたらいていた。最後に彼らは、江岸の英国商社「和気公司(コンス)」に避難した。十五日の夕方、日本軍の将校がきて、民営のこの電気会社を、「国営だ」といい、工員のうちの四十三人をつれていった。彼らは、江岸で射殺された。

　リグスがそばからいった。

「それでは、電燈がつかないはずだね。軍からは、電気や水道の工夫を探し出せと、さかんに要請してくるが……」

「残った連中も、こわがって、出るのをいやがります。私も、その一人です」

　呉技師は一日じゅう社宅に隠れ、外を出歩かないようにしていると話した。

　ところが皮肉なことに、呉技師が帰って間もなく、日本軍の嘱託の民間人が、国際委員会にきた。その用件は発電の再開のことで、電気工夫を探しにきたのであった。

　ラーベは、この日本人技術者に、せいいっぱいの皮肉をいわずにはいられなかった。

「そのはずです。あなたがたは、電気会社の大部分の職工を殺してしまったのですよ」

「そんなはずはない。そんなばかなことが……」

嘱託は当惑して弁解した。彼にもこの矛盾と混乱の理由は理解できないらしかった。

民間人は妙な顔をして帰っていった。スミス教授がその後姿を見送ってから、吐きだす口調でいった。

「無統制だ。いつになったら、明るい街になるんだ。闇のなかを、女を探してうろつく男たち……まるで原始時代じゃないか」

鞄に書類をいれたラーベが、憤慨している年下のアメリカ人インテリに微笑する眼をむけた。

「こんなことを彼らにさせる何かが、問題だね。世界人類にとっても、問題だよ。さあ、仕事だ。出かけよう」

二人は日本大使館へいった。

城内の鼓楼にある日本大使館は煉瓦造りの二階建てで、鉄塔の上に日章旗がひるがえっている。

尾崎という総領事と、田中書記官が二人に会った。この二人の外人委員が、日本の外交機関の代表者に会うのは、これが初めてだ。田中書記官とはすでに顔馴染みだ。四十年配の尾崎総領事は額が禿げあがり、色が黒く、スポーツで鍛えたらしいがっしりした体格をしている。プラチナ縁の眼鏡をかけた三十五、六の書記官は色が白く、まえから外人委員にたいしては、言葉も態度もていちょうであった。

田中書記官は国際委員会の仕事を理解し、できるだけの援助をしたいと考えているらしかった。

ラーベ代表は、これまでにまとめた委員会の正式の報告書を提出した。

それには手をふれないで、尾崎総領事は冒頭にいった。

「国際委員会には、法律上の根拠がありません。したがって、われわれはその法律上の地位を認めることはできません」

ラーベ代表もスミス秘書も、この外交官が何の理由で、こんな杓子定規をもち出したのかを考えた。

これまで数日間、委員会は、事実上、その機能を運営しているので、今さら法律上の解釈を持出されることは、何といっても不都合である。

ラーベが答えた。

「国際委員会は、中国側の市政府から、その職権を委任されたもので、市政府の消滅と同時に、十二月十三日には、南京では、唯一の職権行使機関であったのです。もっとも、この職権は、難民区だけにかぎられ、難民区の主権問題にはふれておらないことは、申すまでもありません」

ラーベ代表は興奮して赤くなり、不馴れな法律用語をつかい、ムキになって抗弁した。このときスミス教授には、総領事がその日焼けしたひきしまった皮膚のしたで、ニヤリと笑ったようにみえた。

尾崎総領事はいった。

「国際委員会の法律上の地位は承認できないのですが、その存在は認め、日本側も、これと連絡することにいたします」

そばからスミス教授が、ラーベ代表の言葉を補足した。

「総領事、私どもの委員会は、この半行政的機関としての職権を、いつまでもひきつづいて行使する考えはないのです。この行政上の仕事は、なるべくはやく、そちらに接収してもらい、委員会は、単なる救済機関となることを心から希望しているのです」

「わかりました」

総領事はうなずいた。彼は委員会の報告書に目をとおしたが、その顔には複雑なものがうかんだ。スミス教授がきいた。

「総領事は、難民区を視察しましたか？」

「いや……」

尾崎総領事は表情をうごかさないで答えた。ラーベが自分のまえの言葉につけ加えた。

「心配なのは、この状況が、ますます悪化しそうな形勢にあることです。すみやかな御処置をお願いしたいのです」

「努力します」と答え、それから総領事はラーベに笑いかけた。「いや、よくなるでしょう。憲兵隊もきていますから……」

「何名ぐらいですか？」

総領事は書記官をみた。田中書記官がバツがわるそうに答えた。「目下のところ、十七名です。そう聞いています」

ラーベは微笑した。「五万の軍隊に、十七名の憲兵ですか？」

「いや、これは正規の憲兵で、ほかに補助憲兵もいます」

会談は、これで終った。四人は雑談をした。尾崎総領事がいった。

「日本軍の当局は、中立各国の外国人の監視のもとに、敵国の首都を占領することを、非常に憤慨しておるのですよ」

田中書記官も笑って話した。「昨日、私は司令部の或る参謀と話したんですがね。その中佐は、こういっていました。世界の歴史は、戦争の裏面にある真実をつたえていない……」書記官は報告書をちらと見た。「といっても、私は、あなたがたのこの報告書について、とやかくいうのではないのですよ。これは、私の意見ではないのですから……」

「むろん、この報告書には、私たち外国人の主観ははいっておりません。私たちは、この報告書を、公文書として、各国の大使館にも提出しています」

ラーベの言葉に、総領事も書記官も黙っていた。二人はあきらかにバツが悪そうであった。と同時に、これは自分らの責任ではないという冷淡な表情も読みとれた。

「それでは、私たちは失礼いたします」

二人の外国人は立った。総領事と書記官も立った。外国人が出ていったあとで、尾崎総領事は報告書を部下の前に投げた。

「田中君、これの写しをとって、司令部や特務機関長に送ってくれないか。早いほうがいいよ」

「はあ、承知しました」

「田中君……」

報告書を持って立とうとする田中書記官を、尾崎は呼びとめた。彼は椅子の腕に片腕をのせ、足を組んだ。

「まあ、話してゆけよ」彼は英国製のライターで煙草に火をつけた。「君は、この戦局は、どうなると思うかね?」

「さあ……」

書記官はそのおとなしい眼で逆に問いかけた。

「上海の激戦で、日本軍は、弾薬をほとんど撃ちつくしてしまったそうだ。もし、このまま長期戦にはいると、対ソ戦備が弱体化するということを、参謀本部は考えておるのだね」

「すると、参謀本部は、事変の不拡大方針ですか?」

「参謀本部としては、そうだ。それで、いま、政府も迷っている。蔣介石の回答をじりじりして待ってるんだが、ジレンマに落ちていると、僕はみるね。この……」総領事は机の上の報告書をさした。「このなかにもある、いま南京で起っている事件は、中国の国民に憎悪と、怒りをかきたてると思うね。こういう事実が起っている以上、蔣介石といえども、抗日の看板に塗り変えざるを得ないだろうな」

少壮外交官は煙を吹き、天井を見てつづけた。

「僕をしていわしむればだな。こういう事態をひき起したのは、二・二六いらいの軍の下剋上(げこくじょう)の風潮だよ」

「総領事、しかし、それでも外務省があります。トラウトマン交渉は、政府の正式な外交路線じゃないですか」

尾崎総領事は日焼けした顔で笑った。「東京をたつ前に、挨拶にいったら、石井アジア局長が、おれにいったよ。日本には、外交はなくなった……」

応接室に沈黙がながれた。尾崎総領事は立って腕を上げ下げし、太い首をうごかした。

「遠からず、外務省にはサーベルがはいってくるね。おれたちは、流れにながされる一本の葦か……」

珍しく文学的な表現を使い、肩幅の広い総領事は室を出ていった。田中書記官は国際委員会から提出された報告書を、事務室の自分のデスクにもっていった。

田中書記官は眼鏡をはずし、絹ハンカチでていねいに拭いてから、日本文に翻訳した報告書を丹念に読んだ。今日の午前中に、ドイツ人の家にきた日本の兵隊が、外国人や中国人が見ている前で、何人かの女を犯したという記録を読み終るまで、彼の表情は変らなかった。彼は添附書類に送附先を書き、自分の判をおしてから、同じ室にいる属官を呼んだ。

「君、これの写しをとって、送ってくれ。むろん、極秘だよ」

書記官は煙草を深く吸い、ゆっくりと煙を吐いた。「日本に外交はなくなる。ぼくらは、流れにながされる一本の葦だよ……」といわれた言葉が頭にのこっている。彼にはあのアメリカ人の皮肉な眼がうかんだ。それがいま読んだ報告書とかさなった。

書記官の田中貞次郎はこう考えて、ゆっくりと「キャメル」を吸った。

「いくら考えたって、この自分にはどうにもならんことだ……」

田中書記官の心の奥には、怒りがあった。同時に彼は東京にいる妻を思い出した。外交官夫人になることを望んで自分と結婚した妻は、英語のほかにフランス語も勉強している。幼稚園にいっているひとり娘。「そうだ。おれには、何の関係もないことだ。おれは、自分の一生を考えればいいのだ」田中書記官は、この一瞬に自分の頭にうかんだ或る考えをふりはらった。それは軍と折衝して、中国人難民のために何かをしてやろうという考えであった。田中書記官は心で自分にいった。

「出すぎたことだ。自分は、人形みたいに魂のない人間にならなければいけない。でないと、自分は出世できない……」

この言葉を、彼は半月まえに別れてきたばかりの美しい妻に話しかけていた。

自動車のなかでは、二人の外国人が話していた。運転をしながら、スミス教授がきいた。

「ラーベさん、いま、あの書記官のいったことが解りますか？」

「さあ、どんなことだったかな？」

「司令部の中佐が話したという世界歴史の話ですよ。あの外交官は、ぼくらにこういいたかったんだ。占領の時におこるこんなことは、ヨーロッパ人もアメリカ人もやったではないかとね」三十四の教授は微笑する眼でバック・ミラーに映るラーベの肥った赤ら顔を見た。「ぼくは、プロシャ兵がフランス女にひどいことをしている絵を見たことがあるな。アメリカ人だって、何をやったか判りゃしない。げんに黒人には……」

「そんなことより、教授（プロフェゾール）……」ラーベはまじめにいった。「われわれが置いてきたあの報告書は、役に立つだろうか？　軍の上層部にとどくだろうか？　この状況は、いくらかでもよくなるだろうかね？」

スミス教授は金色のウブ毛の光る頬に、また皮肉な微笑をのせた。

「さあね、とどいても、多分、彼ら外交官には、軍人をおさえることができないし、一方、軍人は兵隊をおさえることができないのじゃないかな」教授はもう一度、微笑した。「彼ら外交官は、ぼくたちには、たいへん鄭重に応対してくれるけどね。実際は、彼らは、無力なのですよ」

スミス教授は冷淡に通りを眺め、ハンドルをまわした。通りに立っている鉄帽を背中にさげ銃をもった兵隊や、通りに一列に並んだ砲車と牽引車や、空地につながれた軍馬の群が眼にはいる。スミス教授はこの中国から引揚げようと考えた。今度の戦争は、きっと永びくにちがいない。彼が経済学を教えていた金陵大学の学生のなかにも、国民政府といっしょに武漢へいった者がかなりいるとのことだ。大通りの横に腰をおろしたり、立ったりしている兵隊が、自動車を見た。その兵隊たちの顔が横をすぎた。自動車の片側にひろがる焼け跡の向うに、鋸型の城壁がみえる。そこには、この国の歴史があった。スミス教授には、自分がいま、不安の時代に生きていることがわかった。

後ろから、ラーベが話しかけた。

「スミス君、難民区の住民登録について、日本軍当局から、協力を要請してきているが、どうしたもんだろうか？　内容には、軍隊にいた者は自首して出よ、寛大な処置をとるという一項目もあるんだが……」

「命令だし、われわれには、拒否する力はないでしょう。シュペリング君は、どういってるんです？」

「協力するなという強硬意見だよ。特に、自首させることについてはね。委員会からは、ミルス神父が立会うことになっているよ」

「難しい問題ですね。ねえ、ラーベさん、こういう場合、正式な外交機関をもたない中立国人の無力さというものを、ぼくは痛切に感じるな。アメリカや、英国の大使は、何をしてるんだろう」

「教授（プロフェゾール）……」ラーベ代表は、話題を変えた。「明日、私の家へきませんか？　司令部のシライ中佐を、午餐に招待したんだよ」

スミス教授は微笑して片手で煙草をくわえ、ライターで火をつけた。

「いや、ぼくは失礼します。あなただけで、いろいろ話をしなさいよ。ドイツの話をね」

この皮肉は相手には通じない。ドイツ人は人の好い顔でうなずいた。

「そうするよ。クリスマス・イヴには、きてくれるね？」

「ええ、それは、むろん……」

前面に、国際委員会の白い瀟洒な建物がみえた。

3

翌日の正午に、小桃源胡同のラーベの家へ、白井中佐は乗馬できた。やはり馬にのった下士官を一人したがえていた。白井中佐はナチスの旗がひるがえっている芝生で馬から降り、旗竿(ポール)につなぐと、若い伍長には、使用人の部屋で待っているようにといい、革鞭をもったまま、光る黒長靴の拍車の音をさせ、ラーベの後から応接間にはいった。

中佐は壁に貼ったアフリカの猛獣狩りの写真や、机の上のラーベ一家の写真をみた。

「中佐は、御家族は？」とラーベが後ろでたずねた。

「子供が二人います。上の息子は、学習院の中等科ですよ」

中佐はその特殊な学校を、ラーベに説明した。

「すると、シライ中佐は貴族ですか？」

商人出のラーベは素朴な敬意を肥った顔に現わして、相手の白皙(はくせき)の貴族的な顔を見た。白井中佐は微笑しただけで、答えなかった。中佐は酒や料理をはこぶ中国人コックにも、親しみのある礼をいった。

椅子にかけた白井中佐はワイン・グラスを手にとるまえに、最初にラーベにいった。

「ラーベさん、私は個人としては、あの十五日と、現在の状況について、遺憾に思っています」

ラーベもいった。「いや、今日は、その話は、よしましょう」

二人の話題は、自然にベルリンやそのほかの土地、中佐のドイツ人の友人の話になった。ラーベが何よりも訊きたくて、そして中佐にたいして誇りにも思っていることは、ヒットラー総統とその側近の人たちのことだ。その話をするのは、今日、彼が白井中佐を午餐に招待した目的のひとつでもある。しかし何故か、この中佐はビールや料理やウィーン美人に話をはぐらかす。しまいにラーベはしびれを切らした。

「中佐は、われわれの総統を、どう、お考えです？　ぜひ、承りたいですな」

白井中佐は銀のフォークをおき、ワイン・グラスをゆっくりと取り上げた。

「やはり、天才というべきでしょうな」白井中佐は酒の匂いをかいだ。「コニャックですね。ラーベさん、これは年代ものですな」

「ええ、まだ地下室にありますよ。帰りにお持ち帰りください。それで中佐、やっぱり総統は、天才といえるでしょうね？」

コニャックの味を楽しみながら、白井中佐は微笑した。「そう。そんな眼をしていました。総統は、たしか、伍長の出身でしたね？」

「そうです。階級からいえば、私の部下にあたります。総統は、私が鉄十字章をもらった同じ西部戦線で、毒ガスに眼をやられたんですよ」

「そのせいですか。とにかく変った眼の光だと思った。私には、ヒットラーには、それほど高い教養があるとは見受けられなかったですね。まあ、自分で自分を教育した人でしょうな。日本でも、なまじっかな教養が、かえって邪魔になることがありますよ」

白井中佐は笑ったが、笑わない眼が、あまり教養はないらしい商社員の肥った赤ら顔をみつめた。

「ラーベさん、正直にいうと、私は、ヒットラー総統に教養のないということが、何だか不安ですね。危険にも思われます」

ラーベは、日本の高級将校の辛辣な批判に笑顔でこたえた。この日本軍人には、ヒットラー総統の偉大さは解るまい。われわれゲルマン民族は、東洋人よりもすぐれているのだ。自分は先進文明国の国民だ。ラーベの寛容さの底には、こんな意識がある。白井正雄中佐はラーベの微笑から、彼の民族意識を悟ったらしい。

「ラーベさん、私はヒットラー総統を批判するつもりはないんです。私は中国へくる前に、ローゼンベルグの〈二十世紀の神話〉という本を読みましたよ。あの本は、日本でも、いまベスト・セラーズです。ゲルマン民族は、最も優秀な指導民族だという説ですな」

ラーベはこの本を読んでいなかった。「ヒットラーは、われわれゲルマン民族の血の純粋を護ろうとしているのです。とりわけ、ユダヤ人にたいしてね」

白井中佐はいった。「私は、反対に人種が雑居しているアメリカのほうに、国としての強さを感じるんですがね」

ラーベは水色の眼をあげた。この日本軍の中佐のいうことは、彼にはよく理解できないのだ。中佐はつけ足した。

「日本にも、その同じ思想はあります」

「それよりも、ヒットラーの偉大さは、革命を起して、われわれドイツ人に新しい生命を吹きこんだということですよ」

これには白井中佐はうなずいた。黒い眼が水色の眼をみつめた。中佐はドイツの商社員にもよく理解されるように、説明した。

「あなたにはお解りにならないだろうが、日本でも、いま、やはり一種の革命がおこなわれているのです。明治維新——これも日本的な革命であったのだが、これはいわば、当時の下層武士階級が、支配者であった幕府と大名にたいしておこなった革命です。その結果、日本の事実上の支配権力は、幕府や大名から離れて、下層武士であった人たちの手に移った。私の先祖も、彼らから追われた一人ですよ」

ラーベには、この貴族——彼はそう信じていた——の中佐が何をいおうとしたかがわかり、血色のいいくくれた顎で大きくうなずいた。上等のコニャックでいくらか顔を赤くした白井中佐は、壁や、机の上の写真を見ながら、あまり流暢でないドイツ語でゆっくりと話した。ラーベの細君は、中佐にウィーンで親しくした金髪美人を思い出させた。

「現在の日本にも、その時とよく似たことが起っています。今までの日本は、主として金の力――財閥に支配されていた。金のほかに、何ものも認めない世の中です。貧乏人なんか、どうなってもいい。私が中隊長をやっていた頃に、入隊してくる兵のほとんどが、貧しい家の出身で、なかには、生活のために、姉や妹が売笑婦になった者もいます。それも少数ではなかった。こうした金権階級の支配に、私と同じ年代の軍人は反逆しようとするのです。彼らの多くは、やはりめぐまれない階級の出身です。なかには、家が炭焼きをしている者もおる。しかしね、ラーベさん……」

白井中佐はグラスを手にソファにかけて、ピカピカ光る黒革の長靴をはいた脚を組んだ。

「その彼らも、士官学校を出、陸軍大学を出て、こんな徽章（きしょう）をつけると――」中佐は自分の軍服につけた楕円型の銀の徽章をみた。「これは陸軍大学を出たというしるしですよ。今度は、自分が権力をもち始めるのです。彼は敬礼され、自動車を乗りまわし、芸者を抱く。権力をもつということは、男にとっては、何といっても、うっとりするような魅惑的なことですからね」白井中佐は横目でドイツ人を見た。「これは、ヒットラー氏や、彼をとりかこむ人たちだって同じじゃないかな。日本には、いま、新しい支配階級が生れようとしているんですよ……」

ラーベはうなずいた。「それで、中佐は、どう、お考えですか？」

白井中佐は微笑した。「そうですね。自分の考えは、軍人は政治に関与すべきではないということですよ。それから、私は、生れつき、権力というものには、冷淡ですな」

中佐はドイツ人をつかまえて、自分だけが話した。それはほかの場所では話せないことを、この異国人にだけ話している様子でもあるし、日ごろ、胸にたまっていたものが、コニャックの酔いで自然に口に出たともとれる。中佐はしずかな眼で、相手をみつめた。

「ラーべさん、妙なことを訊きますが、あなたは、軍人とは、何だとお思いですか？」

「それは、中佐、はっきりしていますよ」

「いや、おっしゃることは解ります。しかし、私がいいたいのは、こういうことですよ。軍人とは、国家のために死ぬ人間だということです」中佐は相手の水色の眼をじっとみつめた。「死という契約を、国家と結んだ人間のことですよ。この点、ほかの国民とちがう」

ラーべはうなずいた。中佐は考えながら、つづけた。

「日本には、昔は、サムライとは、死ぬことだという思想がありました。今でも、軍人の行動の価値は、死を前提としてだけ、認められなければなりません……」

そのとき、ノックの音がした。さっきの大男の使用人がドアを細目にあけ、目顔で主人を呼んだ。ラーべは立っていった。白井中佐はコニャックをのみほすと、ソファにもたれて眼をつぶった。ラーべが振り返った。

「シライ中佐、困ったことです。この男の話では、いま、兵隊が裏の家にきて、そこの若夫人に乱暴をしているというのです」

白井中佐は黙って立った。マントルピースの上においた革鞭をとると、大股に室を出た。何度も頭をさげる使用人に、そこへ案内しろと無言で命じた。奥の部屋から、伍長も出てきた。

「吉村、おまえもこい」

中佐は部下にいうと、芝生に出た。ラーべも使用人もつづいた。シェファードがはげしく吠えた。門の外にいた十三か四の髪をきちんと分けた少年が後を振り返りながらかけていった。小桃源胡同は店のないしずかな住宅地で、いまはなおのこと人の姿はみえないが、そのしずまった裏通りを、振り返りながら小走りにかけてゆく男の子のあとに、長靴の拍車を鳴らしてゆく中佐と、騎兵銃をさげた伍長と、息をきらしてあるく肥ったドイツ人とがつづいた。煉瓦塀には、抗日の文句が書いてある。

白壁がつづいた平屋のうちの一軒の入口に、銃をもった二人の兵隊が立っていたが、大股に歩いてくる鞭をもった中佐を見ると、横の路地に逃げこんだ。髪を分けた少年は開いている扉を指さした。白井中佐は家のなかにはいった。中佐は部屋の戸口で立ちどまった。部屋の床に、軍服のしたになった二本の白い脚を見た。皮をむいた茎のようなひらいた脚はうごかない。青い裙子がそばにある。中佐が戸口に立ったときに、ズボンを下にさげた兵隊の腰ははげしくうごいていた。白井中佐はそれを黙って見た。それからドアの横に立てかけた小銃と、床に脱ぎすてた剣のついた帯革を取って後ろにいる伍長に渡し、眼で指図した。中佐の眼には、侮蔑以外の何ものもなかった。人間ではない動物の行為を見るときの眼だ。

「こらあッ！」

吉村伍長がどなった。ふりむいた男の顔は青くなったが、その下半身は惰性でうごいている。兵隊はちょうどたたきつけられた蛙のように両手をひろげて女の上に被さった。

吉村伍長が上等兵の肩章のついた軍服の背中をつかんでひき離そうとしたが、小さな吹出物の痕がいっぱいある臀は蜥蜴（とかげ）の切られた尻尾みたいにまだうごいている。

白井中佐は眼をそむけた。「吉村……」といった。「その兵に、ズボンをはくようにいえ」

兵隊は立ってズボンの紐をむすんだ。無智な眼をした三十ぐらいの兵隊の頬を、中学出の若い伍長は力いっぱいなぐった。

「貴様、何てことをするんだ！」

白井中佐は起きあがろうとしている若い女を見ると、廊下に出た。「吉村、あの兵をつれてこい」中佐はものうげにいった。兵隊とじかに話したくないようだ。「その兵の部隊名と、名を訊け……」

廊下のドアの前で不動の姿勢をとった上等兵は、所属部隊と姓名をいった。中佐は固くなって自分を注目している上等兵の顔を、革の鞭でピシリと打った。兵隊が顔に手をやると、「不動の姿勢をとれ……」と、しずかにいった。先に蝶型の紐のついた鞭が空気を切った。兵隊の両頬には赤い筋が何本も

郵便はがき

料金受取人払郵便

豊島局
承認

7753

差出有効期間
2021年11月
25日まで

170-8780
021

東京都豊島区巣鴨1-35-6-201

図書出版
文学通信 行

■注文書 ●お近くに書店がない場合にご利用下さい。送料実費にてお送りします

書名　　　　冊数

書名　　　　冊数

書名　　　　冊数

お名前

ご住所 〒

お電話

読　者　は　が　き

これからの本作りのために、ご意見・ご感想をお聞かせ下さい。

この本の書名

お寄せ頂いたご意見・ご感想は、小社のホームページや営業広告で利用させて頂く場合がございます（お名前は伏せます）。ご了承ください。

本書を何でお知りになりましたか

文学通信の新刊案内を定期的に案内してもよろしいですか

はい・いいえ

●上に「はい」とお答え頂いた方のみご記入ください。

お名前

ご住所　〒

お電話

メール

でき、血がにじんだ。直立不動の上等兵の眼から涙の筋がこぼれ、彼は泣きだした。

「中佐どの、自分は悪いことをしました」

白井中佐は苦笑した。この男からこの言葉を聞くのが不思議だという微笑である。同時に中佐の眼には、この兵隊と同じ民族である悲しみがひろがった。中佐は打つのをやめた。

「吉村、この兵をしばれ」

伍長は奥から綱をもってきて、上等兵の両手を前で縛った。上等兵はうなだれている。

「吉村、憲兵隊へいって、憲兵をつれてこい。司令部の白井中佐の命令だといえ」

「はッ、吉村は、憲兵をつれてまいります」

「馬で急いでゆけ」

白井中佐のものうげな口調は変らなかった。中佐は鞭をもち扉の処に立って家に背中をむけ、人影のない胡同を眺めていた。放心した表情である。後ろのドアが開いて、裙子をはいた女が、青い影のように奥に消えた。そこから二、三人の泣声がきこえた。白井中佐が兵隊を見た。その眼はそばの卓に立てかけてある銃と、自分の左の腰の軍刀を見た。中佐の理性がその考えを消したようだ。彼はうなだれた兵隊は見ないで、しずかに訊いた。

「上等兵、お前には妻があるのか？」

「はッ、あります」

「お前の妻が、いまのようなことをされたら、お前は、どう思う？」

「はッ、自分は……」

「いえッ。いわぬか！」

「はッ、自分は、やっぱり、つらいであります。自分はみんなの話を聞いて、面白半分にやったんであります。それに、支那人は日本人の敵であります。敵なら、何をやってもいいと思ったんであります。

中佐どの、自分は罪になるんでありますか？　自分はみんなもやっていることをやったんであります」

「もう、いい。ものをいうな」白井中佐はそばに立ったラーベを見た。「あなたは、お引取り願えませんか。私はこの兵を引き渡してから、ゆきますから……」

肥ったドイツ人は出ていった。蹄の音が近づき、吉村伍長と憲兵が馬から降りた。長い軍刀を吊った憲兵は、中佐に敬礼をした。白井中佐は階段を降り、後もふりかえらずに、ラーベの家のほうへいった。

八章

1

日本軍は、一方では市内を平静にもどし、市民の生活をまえにもどそうとしていた。壁に書かれていた「救国抗日」という文字は塗り消されて、「安居楽業」という文字が書かれた。

その第一手段として取り上げられたのが、住民登録である。善良な市民を区別して、難民区から、それぞれの自宅へ還るようにと勧告していた。

日本大使館の田中書記官の尽力で、難民区の収容所には、中国人の自治委員会が組織された。しかし軍のほうでは、中国人は被征服民族だから、勝手なことをしてはいけないといった。この自治委員会には、なかにはうさん臭い人物も混っていた。それが判るようになったのは、後のことである。

十二月二十二日に、日本軍憲兵司令官はつぎのような布告を出した。

布告――

「十二月二十四日より、憲兵司令官は、市民に護照を発給し、居住工作に便ならしむ。各市民はいずれも日本軍事務所に自ら出頭報告し、護照を受領すべし。代って受領するを得ざるも、老弱病人あらば家族を伴い報告すべし。護照なき者は、城内に居住することを得ず。右、厳重示達す」

日本軍は南京全市民にたいして、護照すなわち居住証を発給し、住民登録がはじまった。

金陵大学収容所では、十二月二十日から、住民の登録がはじまっていた。ここには、三万人余の難民が収容されている。金陵大学は、五十年前に設立された米国系のミッションで、附近には日本大使館や米国大使館がある。

「――ぼくは、反対します」

四十六名の志願警察官が、十四日に連れ去られたまま、まだ還ってこないにがい経験をもっているエドワルド・シュペリングは、この住民登録に、国際委員会が積極的に協力することを反対した。

会議の席で、黒服の袖を前に組んだミルス神父がいった。

「登録が、どうしても実施されるなら、私たちは協力しましょう。彼らを、なるべく良いほうへ導くのが、私たちの義務です」

若いドイツ人技術者には、この神父の説数口調が、初めからどうも気にくわない。多少、感情的になった。

「神父さん、ぼくらは悲惨な中国人の味方になるべきであって、征服者の日本軍に進んで協力する必要はありませんよ」

「それでも、シュペリングさん」神父はその緑色の眼をあげて、相手をみつめた。「難民の家族が、自分の家へ帰るのは、よいことです。あの人たちも、一日も早く帰りたがっていますよ。日本軍が、住民登録を急ぐ理由も、そこにあるのにちがいありません」

神父の言葉には、信念から出る頑なものがある。電気技師は口をつぐんだ。

金陵大学での住民登録には、国際委員会からは、立会人として、ミルス神父が出た。

構内の登録所には、担当の中尉が、下士官と数名の兵をつれてきていた。軍服をきちんと着た中尉はミルス神父に笑いかけ、片手で首筋を掻いた。

「やあ、御苦労さまです。なかなか大変な仕事ですよ。よろしく頼みます」

「ハイ、ドウゾ、ワタクシタチ、協力シマス」神父も笑っていった。

スワジー記念堂の前のテニスコートに机をおき、下士官が書類や居住証を整理し、登録所らしい体裁をつくった。神父は自治委員会に手伝わすことにした。中尉は、自分の仕事に責任を感じているらしかった。兵隊も、自治委員の中国人に煙草を分けてやっていた。いっしょに仕事をするという気分から親しいものが生れて、神父の不安はうすらいだ。

テニスコートには、二千人あまりの男があつめられた。

中尉が指示をあたえた。

「以前に、兵隊、もしくは軍夫であった者は、後方にさがれ。自首して出た者は、その生命を保証し、使役に使用する。自首せずして発見された者は、即時、銃殺に処す……」

命令をつたえてから、中尉はそばにいるミルス神父に解りやすく説明した。神父はうなずいて、自治会の二、三人の委員を呼んだ。「自首して出た者は生命を保証し、使役につかう。自首しないで、発見されると、銃殺になる……」神父のまわりに集まった委員は、これまでに兵隊と誤まられて犠牲になった多くの同胞を知っているので、神父のいうことをよく理解し、男たちのあいだをあるいて、この命令を徹底させようとした。コートにすわった男たちのなかには、神父や委員の説明を聞いて、うなずく者もいた。

三百人ほどが、後方にさがった。銃殺にされると聞き恐怖にかられて出た者も、なかには使役を志望して出た者もいるようだ。

この模様を、横からミルス神父はながめていた。担当の中尉とその部下には、今日、最初の登録を実施するにあたり、不必要な恐怖をできるだけ起すまいと気を使っている様子がみられた。三十半ばぐらいの中尉は、笑ったり、冗談をいったりして、部下と事務を片づけていた。

後ろに離れて坐った男たちのなかには、のんびりと青空をながめている者もいる。

中尉が神父のそばへきた。

「牧師さん、この連中の食事を、夕食だけ、国際委員会で給与してもらえませんか？　あとは、軍で給与しますから」

「ハイ、ヨロシイデス」

神父は自治委員を呼んで、至急、三百人分の雑炊をつくるように炊事場につたえさせた。

陽が紫金山を影にし、急に寒くなった。体を縮めている男たちをみて、神父は中尉にたずねた。

「コノ人達ヲ、ドウスルノデスカ？」

「使役に連れてゆきます。その命令が、まだ、こないんで……」

記念堂の横に、草色の自動車がとまった。佐官と副官が降りた。大佐は黒服の宣教師や腕章を巻いた中国人には眼もくれないで、コートにはいってきた。中尉が敬礼して報告をした。大佐が短い言葉で命令をつたえ、二人は自動車にのり、構内から去った。

ミルス神父は、中尉にいまの命令の内容をたずねた。

「自首した者は、ここに、とどめておくようにとの命令です」神父の顔をみて、中尉はつづけた。「そのほかのことは、自分にはわかりません」

一時間ほどたった。雑炊はまだできてこない。今夜の使役に出るまえに、暖かな雑炊をたべさせてやりたいと、神父は後ろに手を組み、いらいらと歩きまわり、何度も炊事場のほうを見た。

大学構内のひろい道を、兵隊をいっぱいのせた一台のトラックがはいってきて、テニスコートの脇にとまった。銃をさげた兵隊たちがとび降りた。三百人を五つの隊に並ばせ、校門から出ていった。大通りには裸になった銀杏並木がつづき、その先に夕映えの空がある。

ミルス神父はテニスコートを見まわしたが、中尉の姿はみえなかった。空き腹で使役に出ていった男たちのことを考えると、グズグズしている炊事夫たちに腹がたった。

ミルス神父は男の群がみえなくなった並木道をしばらく眺めていたが、大学構内を出て、事務所にもどった。

2

翌日になった。

朝のまだ暗いうちに、鼓楼病院のウィルソン医師は、ノックしてはいってきた中国人看護婦に起された。固いベッドの上で体をおこした外科医は、すぐにスリッパをはいた。ウィルソン医師はこの頃は泊りこみで、満員の患者の世話をしているのだ。

彼は診察衣も着ないで看護婦の後から降りていった。入口の床に一人の男がねかされていた。服は破れ血に染まり、垂れた血が足にこびりついている。薄目をあけた男は、胸で息をしている。その場で調べると、全身の五カ所に刺傷を受けているが、傷は急所をはずれ、生命に別状はないようだ。

繃帯を巻いてもらってから、労働者風の男はぽつぽつと話した。彼は昨日、金陵大学のテニスコートに残されたうちの一人であった。

「ほう、昨日、住民登録があったのかね？」

手を洗いながら、医師は通訳の看護婦に、「それで……？」という顔をむけた。

男の説明もたどたどしいが、看護婦の英語はもっとひどい。それでも医師には、大体の情況がのみこめた。

夕方になり金陵大学を連れ出された男たちは、いったん別の場所に移された。この男がいれられた一団は、暗闇のなかを、城西の或る土地へつれてゆかれた。この男は、城西の地理を知らなかった。暗闇のそこには、四、五百人の男が集められていた。いきなり、銃剣で突きまくられた。彼が蘇生したときには、兵隊はいなかったので、這って逃げてきた。

その日のうちに、同様の知らせは、国際委員会にもあった。自首した者の何人かが難民区に逃げもどっているというので、さっそく委員が調査に出かけた。ミルス神父もいっしょにいった。

収容所の事務所に呼び出された男のうちの一人は、三人の外国人に話した。その顔には、まだ恐怖がのこっていた。

あのときに自首して出た男たちは、あれから五人、または十人とひとかたまりに縛られ、大きな建物におしこめられた。銃をもった兵隊が見張っていて、逃げることはできなかった。建物に火がつけられた。燃えさかる焔のなかで、叫び声や、うめき声がきこえた……

別の一人がいった。

「あそこでは、六十人が焼き殺されるところを、二十人が塀を破って逃げました。五台山の和尚が助命を願ってくれたという話も聞きました」

男たちには、そばで聞いているミルス神父を責める言葉も、態度もない。ただ、シュペリング技師のなじる眼が、神父の顎髭のある横顔を見た。ラーベ代表は首をふった。信じられないといった顔だ。

「もっと調査したうえでなければ……」といって神父を振り返ったラーベは、驚いて神父をみつめた。ミルス神父は死人のような顔をしていた。ラーベにはそう見えた。

「神父さん、どうかしましたか？」

それには答えず、神父は顔じゅうに痘痕(あばた)のある男に、中国語できいた。そのいいかたは自分に問うているようでもあった。

「その話は、ほんとうかね？　あれから、あなたたちは、ほんとうに、その場所へ連れてゆかれたんだね？」

男は兵隊らしくきびきびとこたえた。

「ほんとうですとも……。嘘だと思うなら、あそこへいってみるといいですよ。死体がゴロゴロしているはずです」

技師がいった。「委員長、赤十字の調査団を派遣したらいい。僕が、ゆきましょう」

ラーベはミルス神父にいった。「神父（ファーザー）、これは、あなたの責任ではない。私たちにとっては、不可抗力の事件です」

シュペリング技師の灰色の眼が、ラーベ委員長と神父を見た。「ぼくは、委員会は協力するなといったのにな」彼はラーベにも非難の眼をむけた。

ミルス神父は四人の中国人を見まもっていた。茶色の髭でかこまれた桃色の唇をふるわせ、ひとり言のようにいった。「あの中尉は、私にはそんなことはいわなかった……」シュペリングが痩せた頬に冷笑をうかべた「……それで私は、皆に、自首して出るようにすすめたのです」

事務員に連れられたもう一人の中国人が、室にきた。ぼろぼろの服で、垢だらけの足に布靴をはいている。頭を剃った中国人は、黒服の袖を前に組み、銀の十字架を胸に垂らした神父を見るなり、若い事務員に早口にいった。

「この人だよ。わしらに名乗って出ろといったんだ。命は、助けてやるといったんだよ。このひとのせいで、あんた……」

興奮した男を、困惑した顔の事務員は両手で押して室の外へ出した。男は室をのぞき、まだいいつづけた。「この人だよ。おれたちに名乗って出ろといったんだ。この人のせいだよ……」

シュペリングがドアを閉めた。ミルス神父はドアの前にいった。開けて出ていった。病人のような歩きかただ。後を追おうとする技師を、ラーベが呼びとめた。

「シュペリング、そっとしておくんだ！」

大学構内を正門のほうへ歩きながら、ミルス神父はつぶやいていた。

「信じられない。私は日本人をよく知っている。大連でも、多くの信者と私は親しくした。それにあの中尉は、善良だった……」

神父はスワジー記念堂も、テニスコートも気がつかずに通りすぎた。その眼には、四人の若い兵士と、下士官の顔があった。自分が銃を棄てるようにいったあの彼らも、いまは、この世にはいない。神父は心でいった。

「私は、日本人を信じたい。彼らは、古い歴史と、立派な伝統をもつ国民だ。いったい、何が、彼らをこんなにさせるのか？」

3

つぎの日も、神父の姿は収容所にみられた。彼はやはり受難者や、その報告をもとめてあるいた。図書館収容所では、信用のできる事務員がこう話して、神父や外国人委員の助けを求めた。

「私は、証人として、その男を呼ぶこともできます。呼びましょうか？」

神父は首を振った。事務員は話した。あの日、大学から連れてゆかれた男たちは、いくつかの小隊に分けられ、一隊はまず五台山につれてゆかれた。そこから漢西門外の秦淮(しんわい)河畔に送られ、そこで機関銃掃射をうけて、ほとんどが殺された。

この図書館収容所には、五人の男が逃げもどっていた。神父はその一人に会った。この男は第一回目にテニスコートからつれてゆかれた難民で、彼もまた五台山附近での火刑の事実を証言した。彼の見たところでは、そこで八十人が殺され、四、五十人が逃げ帰ったそうだ。同じ収容所にいた難民で刺傷をうけて帰ってきた男も、同じ事実を報告した。

もはやこの事実は、疑う余地がなかった。それでもまだミルス神父は収容所をまわり歩いて、ほかにも同じ運命に逢った者を探した。

王(ワン)という包黄(ワンポー)（人力）車夫は、もっと詳しく神父に話した。

王は家族持ちの車夫で、兵隊ではなかったが、軍夫に使われるなら給金ももらえるだろうと判断して、自首組に残ったのだ。王たちは、五台山の廟の前の大きな家にいれられた。王はいった。

「廟では、大勢の中国の坊さんと、日本の和尚さんが、お経をあげていましただ……」そのほかに、廟の入口に長い紙が貼ってあるのを見て、王車夫は非常に驚いた。

ミルス神父がきいた。

「どうして、日本の和尚と判ったのかね?」

利口者らしい王は即座にこたえた。「そりゃあ、すぐに判りまさあ。あの和尚の足の親指が、草鞋の外に開いていたからね」

王は天津にながく住んだのでこのことを知っていた。線香を焚き、経を唱えている大勢の僧侶を見て、王は「これはよくないぞ……」と考えた。

「それで、君はどうしましたか?」

「そのうちに、暗くなりました。鉄砲に剣をつけた兵隊がきて、十人ぐらいずつ、針金で手を縛ったです。わしはそばにいる日本の兵隊を見て、この兵隊はいい人にちがいないと思ったです。髭ののびた四十ぐらいの兵隊でした。わしは、日本語で、自分たちはどうなるんだ? と訊いたんでさあ」

王は天津の日本租界を人力車を曳いて走りまわっているうちに、日本語を覚えたのだ。

「そうしたら、その人のいい兵隊は、黙って首を振ったです。それがこの王(ワン)には、悪いことが起るよと知らせてくれたように思われたでさあ。兵隊はやっぱり黙って、棒で地面に、〈大人の命令……〉と書いたです。わしは一生懸命に日本語を思い出していったでさあ。わしには、女房や子供もあるし、天津では日本の旦那がたや奥さんを、大勢、王の俥(くるま)にのせたんだとね。その兵隊は、ほかの兵隊にきこえないように、王に話したですよ。おれも、戦争は好きなわけじゃない。おれたちは、大人の命令に従わなければならん。おれには、何のために支那人と戦争をするのか、わからん……とね。そうしてその兵隊は、王の針金をほどいてくれたんでさあ。いま、逃げると危いから、途中で逃げろ、と手真似で教えてくれたんでさあ」

王たちは漢中門を出て、秦淮河の岸へつれてゆかれた。垣根があったので、王は列を抜けて身を隠し、暗闇で息を殺していた。しばらくして北のほうで、何とものすごい叫び声を聞いた。夜が明けたので、王車夫はこわいもの見たさに、その方角へいってみた。そこには手をつながれた死体があっちこっちにごろごろしていた。王は漢中門をとおって、難民区に無事に帰った。

神父は、この話を黙って聞いていた。神父はたずねた。「君は、この収容所から、最初に出発した組かね？」

「そうでさあ。わしは、お前さまの顔をよく覚えていますよ。委員の人が、名乗って出た者は軍夫にしてやるといったんで、出る気持になったんでさあ」この車夫も神父の顔色に気がついた。「先生（センション）、どうかしたのかね？」

「それで、あなたは、この私を恨んでいますか？」神父は相手の顔を見ずに訊いた。

「どうしてだね？　お前さんがただって、あの時は、わしらがどうなるか、知らなかったんだろう？　日本軍の命令だから、没法子（メーファーズ）でさあ」

「じゃあ、あなたは、この私を、許してくれますか？」神父は王車夫の人のいい顔を見た。

「許すも許さんもないでさあ。先生（センション）、気にしなさんな」

立ち去ろうとする宣教師に、王車夫は愛想よく声をかけた。「まったく、この王（ワン）は、運のいい男でさあ」

ミルス神父の疑問は、事実で答えられた。事実は覆うべくもなかった。そしてもっと明白なことは、あの自首難民を駆り出すのに、自分が一役買ったということだ。それよりも神父を絶望させ、苦しませることは、自分が神に裏切られたという考えであった。中国兵を難民区に収容した時も、そして今度も、神は彼に味方をしなかった。反対にいちばん残酷なやりかたで、神父に報いたのだ。ちょうど、三十五年前に、父のミルス司祭が、神に縋ろうとしたのに、黒人は私刑(リンチ)にされたのと同じだ。父は、その後は、説教にも熱がなくなり、庭で本を読むか、居眠りをしていた。

二十三日に、中国赤十字会の責任者は、国際委員会と赤十字会に、漢中門外にある死体を視察にゆくことを要請した。クロイゲル委員が二十三日の朝早く、ひそかに漢中門外へいってみたところ、彼は多くの死体を見た。しかしそれらは、城壁の上からは見ることはできなかった。

その後、城門は閉められていた。

4

ヨーン・ラーベも、この「事実」には注目していた。

(ラーベの日記)

十二月二十日。月曜日。私たちは上海の米国総領事にたいし、「事態切迫せるをもって、即刻、代表団を南京に派遣されたし」という公文書を送ることにし、日本大使館を通じて海軍に無電の打電方を依頼したが、むろん、この電報は打たれなかった。

十二月二十二日。水曜日。早朝五時から、私は百発以上の銃声を聞いた。私は、この夏、家族を国へ還してよかったと思った。この銃声は二人の子供を怯えさせるだろうし、妊娠中の妻にもよくない影響をあたえただろう。

昼ごろに、シュペリング君と近くの池のそばを通ったときに、五十人ほどの男の死体を見た。手を縛られ、そのうちの一人の頭蓋骨は割られて脳漿(のうしょう)が出ていた。「おそらく、軍刀の犠牲になったのだろう」と私は話した。

昼食をとりに帰る途中の路上で、一人の酔っぱらった日本兵が、キリスト教青年会の会員の父親を、銃剣でおどしているのをみた。その妻は、恐怖のために気が狂ったようになっていた。私とシュペリングは兵隊をなだめて、事なきをえた。

午後、鼓楼病院々長ダニエル博士の家を訪ねると、一人の日本兵がそこの召使の女を犯そうとしているところにぶつかった。この勇士が、ズボンをずりさげ、塀をのりこえて逃げるのを見て、私とシュペリングは女には気の毒ながら、思わず笑った。

夕方に、リグス委員と歩いて彼の家へ帰ると、そこに住んでいる五十四になる老婦人がはずかしめられたことを知った。彼女には気の毒だが、私たちとしても、一日じゅう、彼女のそばについているわけにはいかなかったのである。

十二月二十三日。木曜日。農村師資訓練学校収容所の難民七十人が銃殺された。彼らは、すこしでも怪しいと思えば、中国兵だといって銃殺した。人力車夫、大工、職工も捕えられた。

お昼、事務所に、頭部が焼けただれ、眼も耳も鼻さえも形がなくなった男が送られてきた。病院に送られて間もなく死んだ。事情はこうであった。日本軍は数百人を一団として縛りあげ、石油をかけて焼いたのである。彼もその中の一人であった。ただ、かれの縄がすこしはずれたので、石油は頭にだけかかったのだ。この話は、私たちには最初は信じられなかった。機関銃掃射では、なかには生き残る者もあるので、このような方法を選んだのかもしれない。私の住んでいる胡同でも、頭と腕に火傷をうけた男が路上にころがっているのを見た。もう、手当ての仕様がないとみえた。私も、町をゆく中国人も、見て見ぬ振りをした。その男は、あと何時間か、死ぬまでの途を苦しみぬいていた。

今日から、各収容所でも、登記が開始された。日本軍の上級将校は、私に、「難民区には、まだ二万の敗残兵がいるので、掃蕩したい」といった。私は、「せいぜい、百人足らずだろう」と答えた。

中国人の組織した自治委員会は、田中書記官の尽力で、昨日、正式に成立した。ミルス神父が代表となり、登録の仕事をたすけた。

明日のクリスマス・イヴのパーティには、六人の客がくるはずである。

外国人委員は、難民区収容所での住民登録に立ち会わないわけにはいかなかった。敗残兵を自首させる方法は中止された。自首して出る者もいなかったろう。ミルス神父らは、逃げ帰って委員に報告をした男たちの姿が、収容所にみえないことに気がついた。王車夫もその一人だ。王は自分の冒険を大勢にしゃべって歩いていたのだ。神父には、その行先が想像できた。神父は、ひょうきん者の王のために、彼がもう一度、人のいい日本兵にめぐりあうことを願ったが、王車夫はついに帰らなかった。金陵大学のテニスコートで、再び登記があったときに、憲兵が十人を選び出して連れていったが、そのなかには、例の報告をした者の一人がいた。

収容所には、ときどき憲兵がきて、自治委員会の中国人と何か話していた。腐敗させる黴菌が、各収容所のなかに根をおろしはじめた。こんな場合になると、どんな民族でも、人間は善であれ悪であれ、その持って生れた性格を暴露するものだ。そのなかから自分の同胞を売るような者も出てくる。収容所にあるそうした人間の本性を、外国人はみせつけられた。これはミルス神父の力でも、どうすることもできないことであった。

収容所の女や老人は、神父や外人委員を見ると、ひざまずいて、その夫や息子をつれもどしてくれるようにと懇願した。

ミルス神父はテニスコートへゆくのが苦痛になった。クリスマスの前日に、信者に会うために、神父は収容所へいった。信者を探していた神父は、ふと立ちどまった。一人の老婆が何かつぶやいていた。老婆はこういっていた。

「あのえらい軍人や、兵隊は、いったい、どんな人たちだろう？　なかには、きっと慈悲ぶかい人もいる。誰でも、妻や子供がいる。あの人たちのなかにも、妻や子を愛している人は多いだろうに……」

皺くちゃの老婆は誰に話すでもなく、壁にむかってつぶやいていた。それは神父には、自分が責められているようにきこえた。

ミルス神父は何も聞かなかった振りをして、足ばやに室を出た。

九章

1

クリスマス・イヴは、晴れた静かな夜であった。

ヨーン・ラーベは小桃源胡同の自宅に、六人の客を招いた。客は秘書役のスミス教授、それからミルス神父、難民区の食糧と燃料問題でかけまわっている英国人のチャールス・リグス、ラーベと同国人のシュペリング技師、外科医のウィルソンで、ほかに紅一点のミニー・ボートリン女史がいた。

客がくると、玄関先につながれた大きなシェファードが吠えた。その声が音のない胡同にひびいた。スミス教授のフォードが庭にとまり、ボートリンが先に降りた。玄関には、ランプをもったコックの陳が立っている。ミニー・ボートリンはロシヤ風の白いアストラカンの帽子と、黒いやはりアストラカンの短いオーバアを脱いだ。ほっそりしたからだには薄いピンクのワンピースを着ている。

上海製の厚い絨毯を敷いた客間には、ドイツのシュベヒテンのピアノがある。卓の鉄の燭台で五本の蠟燭が燃えている。ピアノといい、車庫にあるベンツといい、庭につないだ犬や旗竿の旗は、来客に、いやでもこの家の主人がドイツ人であることを意識させるが、今夜のラーベは、さすがにその細かな格子縞（チェック）の上衣にナチスの腕章はつけていなかった。胸には鉄十字章をつけている。

客がそろうと、よそゆきの黒繻子の長衫を着た陳が、食堂の用意ができたことを知らせた。六人の客は食堂にはいった。白布をかけたテーブルには料理やグラスが並んでいる。それでも主婦のいない家のクリスマスは何となく淋しい。ラーベはとっておきの葡萄酒を出してきた。軍司令部の白井中佐から贈られたスコッチのウィスキーもあった。

ラーベが葡萄酒を七つのグラスについだ。

「メリー・クリスマス！　皆さんの健康を祝します」

「メリー・クリスマス……」

七人は乾杯した。久し振りにお目にかかるビフテキと、ドイツ風に山盛りにした馬鈴薯の甘煮。陳の女房が纏足のよちよち歩きで、顔じゅうで笑い、大きな銀盆をはこんだ。鵞鳥（がちょう）の丸焼きだ。こんがりと焼けた瑪瑙（めのう）色の鳥を見て、男たちは眼を丸くし、

「おお、素晴らしい（スプレンデッド）！」

と、ナイフをとった。ラーベが嬉しそうに見まわした。

「ヴァイナッハ・ガンツ（鵞鳥の丸焼き）です。バイエルン風に味つけしました」

彼は立って、皆のグラスに、ウィスキーをついだ。

「これは、司令部のシライ中佐の贈り物ですよ。さきほど、従兵が届けてきたんだ。シライ中佐は、教養のある立派な軍人でね。ドイツにもいたことがあるんですよ」

ラーベは、昨日の午後、白井中佐が強姦をはたらいた兵隊を鞭で打った話をしたかったが、食卓だし、女性がいるので、遠慮した。

七人は久しぶりに平和な会食をたのしんだ。鳥肉を切るナイフの音がし、ブドー酒とウィスキーに酔った男たちの笑い声がした。彼らは今夜だけは血なまぐさい外のことを考えなかった。ただ、ミルス神父だけはブドー酒に手をつけず、黙って口をうごかしているが、時々、放心したようにフォークを持つ手がとまった。神父には皆の話は耳にはいらないのか、何かを考えているようだ。ほかの六人は、今夜の

神父のこの変った様子には気がつかなかった。それぞれの郷里の話、過去の思い出、縁があってこうして異国の同じ土地にきている彼らには、今までにない親しみが湧くようであった。国籍のちがう外人たちは、今夜の主人のヨーン・ラーベがナチスの信奉者であることに多少の侮蔑感は抱きながらも、半面、ラーベの善良さや、困難をひとつひとつ切り抜ける実行力には、親しみと敬意をもっているのだ。

食後、みなは応接間に移った。ラーベはきれいな皮表紙のシーメンスの手帳を六人に贈った。ボートリンがピアノを弾いて、一同は、讃美歌の「聖夜」を歌った。オールド・ミスのボートリンのそばかすのある頬には、ひと筋光るものがあった。ボートリンはそれを指先ではらって弾いた。

歌い終ったあと、外科医がウィスキーのグラスを片手にもって、よろけて立ちあがった。彼は珍しく演説をした。

「僕たちは、この困難な時期に、ラーベさんに、改めて敬意を表しなければならない。この僕の尊敬するドイツ人は、不抜の堡塁（ほうるい）のようなものである……」

金縁の眼鏡が鼻の上にずりさがった医師はそれだけいうと、がくんと椅子に腰をおろした。大男の肥った陳が、コーヒーと杏の砂糖煮、支那菓子をはこんだ。ラーベはいくらか酔っていた。

「いや、僕は、僕にたいしてよりも、われらのヒットラー総統にたいして、心から乾杯するよ」

彼はグラスをあげた。シュペリング技師のほかは、男たちはお義理にグラスをあげ、スミス教授は微笑を隠すために、いそいでウィスキーを咽喉にながしこんだ。ラーベは、皆を見まわした。

「総統（フューラー）こそ、われわれドイツ民族に、力と誇りをあたえてくれる指導者ですよ。第一次大戦後のドイツといえば、ひどいものだった。政治家は、自分のためにいがみ合うばかりだし、労働者はストライキをやる。街には、体を売る女がうろついている。戦場から還った僕らは、ほんとに情けなかったよ。民族の将来を考えると、絶望せざるを得なかった。そんなときに、ヒットラーが現われたんですよ……」

感激したラーベに、技師と神父と女をのぞく三人は、冷淡な微笑だけで相槌をうった。それはドイツのことだし、ここは南京だ。話は現実の問題に移った。ラーベが話をひきとった。

「そう。日本の軍人にも、優秀な人間はいますよ。たとえば、司令部のシライ中佐のような……」

スミス教授が片頬に皮肉な微笑をうかべ、手にもったウィスキーのグラスと、ラーベとを見た。ラーベは気がつかない。

「兵隊のなかにも、よいのと悪いのとがいて、つまりは、その軍人や兵隊が、どんな人間であるかによってきまるのだね。日本の独善的な、閉鎖的な軍人教育が、きっとよくないのだ」

アフリカ、中近東、アジアと、永年、外地で暮したラーベは、祖国のナチスについてはよく知らなかった。彼はヒットラーは、破滅に瀕した祖国を救う英雄と信じている。そのナチスがどのように狂信的な軍隊教育をやっているかを、この在外の商社員が知るはずはなかった。

今夜の話題は、切実なものになった。ミルス神父はソファに深くもたれて瞑目していた。そのつき出た顎髭が何かを語りかけているようにミス・ボートリンにはみえ、彼女はほほえんだ。あとの三人は、スミス博士の口許を注視している。クリスマス・イヴのせいでもあるまいが、この辺の住宅地には珍しく銃声もせず、静かだ。アメリカ人の若い経済学者が、単純な商売人や、神の使徒と、外科医、いくらか感傷的なオールドミスに、講義をして聞かせる結果になった。彼らはうなずき、スミス博士の話に耳を傾けた。病院が患者で満員のウィルソン医師だけは、眼鏡を鼻にずらして居眠りをしている。いつもは黙りこんでいるスミス教授は、スコッチのウィスキーをなめ、めずらしく雄弁になり、つづける。

「僕は、スチムソンの〈極東の危機〉という本を読んだのですがね。日本という国を分析するには、たいへん参考になります。その本には、こう書いています。日本は、短い数十年のあいだに、封建的島国から、一躍して、工業化された近代国家となった。これはすぐれた政治家と、勤勉な国民の力である。かれらは、欧米の自由主義と、議会政治とをとりいれた。そして、こうした日本は、一時期には、英国やアメリカとも、よい友達であったのです」スミスはちらとドイツ人を見た。「だが、これは表面的な観察であって、日本には、隠れた一面がある。それは軍と、その支配力である。このことに、多くの欧米人は注意をはらわなかった――前国務長官のスチムソンの意見です。それから、今度は、僕の考えですが、僕は、日本や中国の経済史にも、社会史にも興味をもっているんですよ。むしろ、その相互関係のなかで、この二つの国を理解しようとしています。日本についていうと、簡単にいえば、このめざましい近代的工業化は、半面では、財閥と軍閥の独裁的傾向を強めて、一般民衆はですね、農民でも職工でも、自分の幸福にたいしては、依然として権利がきわめてすくなく、ほとんど過去と同様である。

――日本の支配階級は、社会内部の不安をよそにむけるために、戦争を始めたといえると思う。つまりですね、ただ、この中国を征服すれば、日本は繁栄するという言葉を信じさせさえすれば、日本の支配階級グループは、農村の改革をひきのばし、その政治上、経済上の権力を保持することができるのです。しかし、ここで、われわれが留意しなければならないことは、日本の金融資本家や、産業資本家は、あきらかにかれらの地盤がくずれるかもしれない冒険から、手を引くかもしれないということです。かれらは馬鹿ではありませんから……。しかし、日本のもつ別の力――僕は暗黒な力と呼びますが、その力が、この国家を、どう、うごかすかが問題です。去年の二月二十六日に、日本では、若い将校のグループが、テロリズムによる革命を起そうとしましたね。ヨーロッパを見ても、英国の政治家は、弱々しい声で、こういっていますね。〈我々に、どのような方策があるか?〉と……」

ここで、スミス教授は口をつぐんだ。彼はナチスについて言及するのを避けたのだ。

スミス教授はながい話をやめた。彼は室の隅の蠟燭の光がとどかないソファで、自分の話に聴き入っていたミニー・ボートリンの顔には気がつかなかった。彼が話をやめたときに、ボートリンは低いため息をついた。

「それで、教授は、この南京の攻略を、どう考えますか?」

ラーベが質問した。しばらく黙っていたが、スミスは答えた。

「それによって、いま、お話しした日本の支配力が、どう変るか、ということがきまると思うんです」

隅の椅子で、とつぜん、ミルス神父がいった。いままで前に組んでいた手をほどき、ランプの光をうけるその緑色の眼は輝いている。

「そうです。その暗黒な力です。いま、私たちの前にあるのは、その暗黒な力です……」

思わず大きな声をだした自分を愧じると、神父はいつもの浸み出るような微笑をむけ、若い経済学者にこのことを教えてくれた感謝をあらわした。

神父は立った。ほかの客も立った。六人はラーベに別れを告げ、家を出た。燭台をもって玄関まで送ったラーベは、何となく淋しそうにみえた。彼はつながれたシェファードの頭をなぜてから、家にはいった。

「ラーベは、立派なドイツ人だ。彼は、すくなくとも信念をもっている……」

外科医は、まだいっている。

当直のリグスは、シュペリングとウィルソン医師をラーベの車で送ってから事務所へ帰ることにし、ミルス神父は神学院まで歩くといった。ミニー・ボートリンは金陵女子文理学院まで、スミス教授が送る。

二台の自動車は通りに消えた。ミルス神父は黒い帽子を深くかぶり、中国人がするように袖に両手をいれて組んで、自分の考えに沈みながら、ゆっくりと歩いた。吐く息が白くみえる。こんな冷える夜には、兵隊も外には出たがらないのだろう。珍しく銃声もきこえない。澄んだ空に星がちりばめられている。

神父はつぶやいた。

「神を、疑がってはいけない。絶望してはいけない。いま、自分の考えていることは、おそろしいことだ……」

あの若い大学教授は、日本の暗黒な力を教えてくれたが、それを知ったところで、自分の悩みは救われない。この不信と疑惑は、岩盤に浸みとおる水のように湧いてくる。ミルス神父はこれまではその岩盤にも似ていた自分の心の底に、神の存在を否定しようとする考えが影のようにかすめるのを知った。

その不信と疑惑には、銃を神父に渡した中国兵や、テニスコートに尻をおろして呑気に空をながめていた男たちや、壁にむかってつぶやいていた白髪の老婆がかさなるのである。

神父は自分の暗い部屋のつめたいベッドに這いあがると、服を脱ぐ気力もなく、胸に手を組み、眼をとじた。

2

翌日のクリスマスに、カソリック神学院のミルス司祭は、数人の外国居留民と中国人男女の信者の前で、ミサをおこなった。

茶色の顎髭がとがった神父の頬はやつれ、どこか元気がなくて、形式どおりに儀式をやっていた。最後に、彼は壇の上に立ち、三十人ほどの人に向かい合った。

「私たちは、神のなしたまうことに、疑いを持ってはいけません」

咳ばらいをして、神父はいった。力のないいいかただ。彼は自分にむかって話していた。

神父はもう一度、咳ばらいをした。

「人類は、これからもまだ、度々、戦争という罪悪を犯すかもしれないが、それは私たちに神の存在を疑わせることにはならず、神の試練として、その若悩に堪えることを教えるにちがいない……」その緑色の眼は小さな焔のように燃え、神父の口調には、いつもの確信が生れてきた。「こうして、われわれ人類は、すこしずつでも、神の世界に近づくのです。われわれは、眼前の事実を忘れてはいけないが、われわれの道は、もっと長く遠いのです……」

こう話すと、神父は緑色の眼で信者を見まわした。そのなかに、自分をみつめている黄士生の黒漆色の眼をみつけた。神父の話を聞いて、黄士生はうなずいた。彼の面長な顔は、まえよりも明るくなっていた。しかし神父は、信者にむかい、自分が空虚なことをいっているような自責を感じ、自分をみつめている黄士生から、眼をそらした。

ミサは終った。ミルス神父は黄士生を呼びとめた。ピアノがおいてある廊下で、中山服を着た青年と立話をした。

「黄君、雪珠（シュエチュウ）と会いましたか？」

「ええ……」黄はうなずいた。

「あのひとは、今日、こなかったね」

「母親の病気が悪いんです」

「君のお父さんは、元気ですか？」

「はあ。……そうだ。神父さんに会ったら、よろしくいってくれといっていました」

「黄君のお父さんには、私たちアメリカ人にはないものがあるね。私は、君にこのことを話してやりたいと思っていたんだよ」

神父ははじめて笑った。その顔を黄は見た。

「神父（ファーザー）、顔色がよくないですね」

「そうですか」神父は埃のついたピアノの蓋に指で線を描きながら返事をした。それは無意識に十字架になり、骨ばった細い指はすぐにそれを消した。彼は微笑した。「食慾がなくてね。いそがしすぎるのです。収容所では、食糧と石炭が不足しているのです」

「大変ですね。ぼくも、明日から、委員会に出ます。神父（ファーザー）、体を大事にしてください」

入口のほうへゆく黄を、神父は呼びとめようとした。しかし、やめた。ミルス神父は、この青年が、どう考えているかを知りたかったのだ。（……君は、今でも、神を信じないというかね？）

神父は後ろからいった。

「黄君、雪珠（シュエチュウ）によろしくいってください」

黄を送って庭に出た神父は、階段の脇に一つの紙包みがおいてあるのをみつけた。信者が忘れていったのか、それとも信者の贈り物かもしれない。それにしても信者なら、直接、自分に渡すはずだ。拾いあげると、包みには一枚の紙片がはさんであった。それにはへたな英文字で、「メリー・クリスマス。日本の兵隊より」と書いてあった。

部屋の机の上で開くと、キャラメルの箱や、羊羹(ようかん)、箱にはいった色鉛筆や、乾パンの包などがあった。神父はそれらを机に並べて、椅子にもたれて眺めていた。彼は初めて日本の兵隊の善意にふれたのだ。自然に笑いがうかんだ。

神父はドアを開けた。

「周！」と、ボーイを呼んだ。「周、筆と墨をもってきてくれ」

周が、筆と硯と墨をもってきた。神父はうれしそうにいった。「日本の兵隊が、これを呉れたよ。礼を書かなくちゃならん」

部屋を出ようとする周を、神父は呼びとめた。

「周……」神父は六十にちかい使用人のしなびた顔をじっと見た。顎髭がとがった神父の顔にはどこか残酷なものがある。「周、お前は、神を信じるかね？」

周はびっくりして神父を見た。「はい、ファーザー、周は、神様を信じていますだ」

「神が、私たちを裏切ってもかね？　周は、お前の国の人が、女や老人まで、こんなにひどい目にあっても、それでもまだ、神を信じるというのかね？」

「神様はおられますだ。周(チュン)は、神さまを信じていますだ……」

周は神父の刺すような眼にみつめられても、同じことをくり返した。ミルス神父は眼をふせた。

「周、もう、いっていいよ」

神父は紙をひろげ、墨をすった。日本語のカタ仮名を思い出そうとしているうちに、髭の生えたこけた頬は微笑をうかべ、緑色の眼にも柔和な光が生れた。神父は首をひねりながら、「ニッポンノヘイタイサン、クリスマスプレゼント、アリガトウ」と書いた。

それを持って門の外に出て、石塀にはめこんだ教会の行事などを書く黒板に貼った。神父はその紙包みをかかえ、ひろい校庭を長い裾を風に吹かれながら横切り、神学院の収容所へいった。小さな子供らの頭をなぜた。

「メリー、クリスマス。これは、日本の兵隊さんのプレゼントだよ」

といって、分けてあるいた。

十章

1

十二月二十八日に、つめたい霙が大雪になった。午後から夜どおし降った雪は三十センチほどつもった。難民区の藁葺き小屋はならんだ白い茸のようになり、道路も焼け跡も池の畔も、清浄な雪におおわれた。白い城壁の上にそびえる紫金山は、銀色に光って壮厳にみえた。

二十九日は青空になった。ミルス神父は英国人のチャールス・リグスと、難民区へいった。雪どけで藁葺小屋のなかは泥んこになり、まるで豚小屋のようだ。収容所の炊事小屋の煙突からは、粥を炊く煙がうすくあがっている。二人が炊事場をのぞくと、大釜をかきまわしていた炊事夫が黙って首をふった。二人は倉庫へいってみた。米の袋も、石炭も、あと僅かしかない。何日間もちこたえられるか疑問だ。これはほかの収容所も同様であった。

リグス委員らは、城外からの食糧と燃料の輸送について、毎日のように軍当局にかけ合っているが、らちがあかなかった。

国際委員会は、市政府から交付された三万担の米と、一万袋の小麦粉のうち、陥落前に米一万担、メリケン粉一千袋を城内に運んだ。市の内外にある食糧と石炭は日本軍におさえられ、その後、城門は堅く閉ざされていた。難民区の人たちは手持ちの食糧で何とかしのいでいるが、永つづきはしない。

雪のなかを歩き、炊事場の煙を見て、リグスは怒りをおさえた声で、ミルス神父に話しかけた。

「あと三日で、正月だ。日本軍に正月用の米を出すぐらいの配慮があれば、中国人は感激するだろうにね。彼らは戦勝に酔っているだけで、占領政策に考えをめぐらす将軍は、一人もいないのかと、ぼくは考えずにはいられないよ」

「何とかならないのですか？　リグスさん」

ミルス神父は白くなったアンペラ小屋が並んだ空地のほうへ雪の上に靴跡をのこして歩きながら、リグスにきいた。雪の上で遊んでいる子供もいない。

「いま、糧秣廠（りょうまつしょう）の少佐と話をつづけています。神父、手伝ってくれませんか？」

「むろんです。上海のキリスト教総会では、食糧を集めているそうです」

神父は藁葺小屋のアンペラを上げて覗いてみた。うす暗いなかの濡れたアンペラの上で、男と女の二人の子供が蒲団にくるまってふるえていて、赤ん坊にしなびた乳房をふくませた女が力のない眼で、外人宣教師を見あげた。そばにカラの丼や茶碗がある。

2

夕方になって、ミルス神父は疲れて神学院にもどった。神父の気持は暗かった。

礼拝堂につづく低い鉄門をあけると、大扉が半分開いた堂のなかから、ピアノの曲がきこえた。門の鉄枠につもった雪がくずれ落ちた。雪よけした石畳をゆきながら、久しぶりにピアノの音を聞いて、ボートリン先生でもきているのだろうと神父は考えた。やっぱり女はちがう。こんな時にも、音楽は忘れないとみえる……

しずかなピアノの旋律を聞くと、神父は今までの暗い気持をいくらか忘れ、微笑した。それにしても、これは耳馴れない曲だ。ピアノの音は、この収容所のなかにも、神学院の静寂な一郭があることを、神父に思い出させた。

しずかな旋律は、半開きのドアからながれてくる。神父は意外に思った。礼拝堂の廊下の突当りで、軍服の背中をみせた男がピアノを弾いていた。蓋の上にある軍刀で、将校だとわかる。

雪でしめった大扉のきしる音に、将校はふりかえった。眼鏡をかけた将校は、庭の雪を背にした黒い服を見て、立とうとした。

ミルス神父は笑っていった。

「ああ、あなたですか……」神父はこの若い将校を覚えていた。

神父が最初に見た日本軍戦闘部隊の若い指揮官だ。

「どうぞ、そのまま弾いてください」

ミルス神父は英語を話し、ピアノを弾くこの青年将校に、親しみを感じた。少尉はうなずき、つづけて弾いた。弾きながら、何か考えている様子であった。神父はきいた。

「それは、何という曲ですか？」

少尉は英語で答えた。「〈荒城の月〉――ほろびた城を照らす月という題の日本の曲です」

「ああ、私は大連にいたときに聞いたことがある。日本人の好きな曲ですね。私も好きです」

彼がこの曲で祖国を偲んでいたことが、神父にはわかった。弾き終ったときに、神父は笑っていった。

「少尉は、ピアノが上手ですね」

「いや、姉が習っていたものですから……。僕は戦争にきて、ピアノが弾けるとは思いませんでした」

少尉も笑い、蓋をして立った。「今日、自分は、神父（ファーザー）と話をしたくてきたんです」

「それでは、私の部屋へゆきましょう」

使用人の周が、裏口から顔を出した。

「周、お客様だよ。お茶を頼むよ」

ミルス神父は軍刀を吊り、皮脚絆をつけた少尉を、自分の書斎に招じいれた。小部屋には書棚と机のほかには装飾品はなく、独り暮しの簡素な生活がみえる。この神父は四十の半ばぐらいだ。

「寒いですね。石炭が無いのです」神父は笑った。「ピアノを弾きたければ、いつでもきてください」

「いや、自分は、神父さんと話がしたくてきたんです。この学校に教会があるのを見て、一度、ぜひ、来たいと思っていたんです」

「少尉は、教会にいったことがありますか？」

「ええ、母がクリスチャンです。しかし僕は、洗礼は受けておりません」少尉ははっきりといった。

「ファーザー……」

周がドアを開け、熱いコーヒーをおいた。ミルス神父は使用人にいった。

「周、薪があったね？　ストーブに焚いてもらおうか？」

「はい、ファーザー」

眼のしょぼしょぼした老人はさがった。少尉が気ののらない口調でたずねた。

「石炭がないんですか？」

「はい、石炭もメリケン粉も、米もです。日本軍は、そのすべてを封鎖したのです」ミルス神父の口調はついけわしくなった。それに気がついて、神父は微笑した。「軍は、私たちの手を通して、中国人に食糧や燃料を供給するのを好まないらしいのですね。中国人の自治委員会に、それをさせようとしています。私たちは、むろん、それでも構わないのです。難民が、饑えと寒さから、のがれられるならば……」

神父は雪のなかのアンペラ小屋を思い出した。使用人がひとかかえの薪をもってきた。

「いいよ。あとは私がするよ」神父は薪に火をつけながら話した。「ほんとに困ったことです。重大な危機です。私は、上海のキリスト教総会に救済を依頼するために、あなたがたの海軍の無電を使わせてもらうよう、いま、頼んでいます」

　神父は気がついた。

「そうです。これは、あなたに関係のないことです」

　薪が燃えつくのを見て、神父はその緑色の眼を、前の椅子にかけた若い少尉にむけた。自分は食糧と石炭のことで頭がいっぱいだし、この若い少尉には、中国人の食糧問題よりも、もっと重要な自分自身の問題があるらしい。

　神父は椅子にかけた。この少尉が何かで苦しんでいるらしいことが、その顔でわかる。少尉は何かを話そうとして、それがいえなくて悩んでいるようだ。信者の告解や懺悔を聞くことには馴れている神父は、黒い袖を前に組み、微笑しておだやかに少尉を見た。

　江藤少尉はやっと口をひらいた。

「神父さん、自分は、この南京にはいってから、いろいろと考えたんです。それで、ここしか、自分には、くる処がないと判ったんです。僕は、誰かと相談をしたいんです」

　神父は、それで？　……という顔をした。若い少尉の顔は、今度は、はっきりと苦悩にひきつった。彼は枯草色のラシャのズボンの上に二つの拳をおき、そろえた膝に視線を落して、つかえながら話した。

「神父（ファーザー）、自分は、戦場で、部下に、赤ん坊を一人、殺させました。それからもう一人、百姓の女もです。その女は、このぼくにむかって……」少尉は話すのをやめ、苦しそうな息を吐いた。その口許を緑色の眼がみつめた。「その女は、ぼくに手を合わせているんです。それから、南京に入城したあとで、捕虜を八十何名か殺すことを自分は部下に命令しました。まだ、あります。敗残兵といっしょに、一般の市民も……」

　ミルス神父は黙っている。少尉は顔をあげた。「神父さん、今日、自分は、このことを話しにきたんです。自分は、どうしたらいいでしょうか？」

ミルス神父はたずねた。「あなたは、神を信じていますか？」

少尉は首を振った。「いや、自分は信じていません。母は、クリスチャンですが……」

「それなら、なぜ、ここへきたのですか？」

神父はきいた。

少尉は口ごもった。「自分は、ただ、神父さんに、この話をしたかったのです。ほかに、こんな話をしにくる処はありません。自分の気持を、誰かに解ってもらいたいのです」

若い少尉は神父のやせた顔にある苦悩には気がつかなかった。神父は力のない声できいた。「少尉は、自分の犯した罪にたいして、どう考えますか？」

「仕方がないんです。命令です。自分には命令にそむく勇気はありません。もし、僕が軍法会議で罪を受けたら、家族にも不名誉なことになります。父も、母も、きっと悲しみます」

「少尉は、いま、この街で、あなたがたの軍隊がやっていることを、どう考えますか？」

少尉は黙りこんだ。彼は首を振って、うめく声でいった。「おそろしいことだと思います。しかし、自分には、どうすることもできないです」

彼はもう一度、首を振ると、自分に話すようにいった。

「ぼくには、どうすることもできない。ぼくたち日本人には、個人では、どうすることもできない運命のようなものがあるんです。ぼくは、それにしたがうだけです」

ストーブの薪が音をたてて燃えている。雲が切れて、夕陽が雪のつもった塀と庭を明るくした。少尉はうす赤く染まった雪に足跡がひと筋つづいた庭と、半開きになった大扉と、雫が落ちて雪がとけた石の階段とを見た。それからその眼を、前の椅子にかけ、自分をじっと見ている神父にうつした。

「ファーザー、教えてくれませんか。自分は、どうすればよいでしょうか？」

ミルス神父は首をふった。しばらく黙っていた。立って、やせた背中をまげ、ストーブに薪を足した。

燃えやすいように薪をそろえながら、神父はいった。

「少尉、あなたは、あなたがこの南京で経験したことを、一生、忘れることができないでしょう。さあ、私と、礼拝堂へゆきましょう」

背の高い猫背の神父の後から、長身の江藤少尉も木煉瓦の廊下に出た。彼は冷えた空気を深く吸った。別の入口から、うす暗い礼拝堂にはいった。たいして広くない礼拝堂は、彼が子供の頃に母親につれられていったカソリック教会とはちがう感じを、江藤少尉にあたえた。

ミルス神父は正面の聖壇にあがり、十字を切りながら、長い蠟燭に火をつけた。西側のまるい高窓からはいる光線が漏斗型の筋になり、その先に等身大の十字架像がある。茨の冠をつけ顔を垂れたキリストの木像は、髪の色やそのとじた目尻が、何だか中国人に似ている。

ひざをついた神父の後ろで、江藤少尉は前のほうの腰かけにかけた。子供の頃には、隣に母がいた。白い絹をかぶった母の横で、清は小さな手を前に組み、指で台に落書きしたり、もじもじと体をうごかし、神父のながい説教にアクビを嚙み殺した。

ミルス神父の低い声がきこえる。江藤少尉は子供の頃にやったように、手を前に組み、眼をつぶった。その瞼の裏に、頭が割れた赤ん坊や、ひざをついた百姓女や、両眼と鼻が赤黒い窩（あな）になった兵隊の顔や、捕虜の青い顔や、両脚をひらいた娘のからだがうかんだ。苦しんでいる自分自身の心が、まるで何かの生きものみたいにそこにとり出された。

江藤少尉は、神父のように祈ってはいなかった。彼は神を信じてはいない。何ものかにたよりたい気持になって、今日、ここへきたのだ。時間がすぎた。江藤少尉は前の台に両肘をつき、手に額をのせていた。少尉は肩をたたかれた。そばにミルス神父が立っていた。少尉は自分のいる場所に初めて気がついたふうに、見まわした。夕陽がうすれてキリスト像の顔は影になっている。神父は笑った。

「少尉、いつでも、ここにきなさい」

立った少尉はうなずいた。その眼鏡の奥の眼が何かにすがろうとしているのを、神父は見た。

神学院の礼拝堂を出て、江藤少尉は敷石道を歩いた。南京へきてから支給された新品の靴のしたで、雪がきしった。家の陰になった片側の雪は青い影になり、ならんだ家の一つの窓から年寄の女のしなびた顔がこちらを見ると、すぐに消えた。少尉にはそんなことはどうでもよかった。顎髭を生やした中年の神父が、あの緑の焔が燃えているような眼でこの自分の心の底まで覗きこんで、「あなたは、この街で経験したことを、一生、忘れることができないでしょう」といったのを思い出した。江藤少尉は歩きながら、つぶやいた。「そうだ。おれは、この南京で経験したことを、きっと、一生涯、忘れないにちがいない……」

江藤少尉はまるで他人に話すように、自分にむかって話しかけた。「二十七のおれは、人間がもっているすべてを見てしまったんだ。もう、おれは、人間というものを信じることができないかもしれないぞ……」

江藤少尉は、いま、礼拝堂で、自分が何を祈ったのか思い出そうとした。何もなかった。彼は何も知らない子供の頃に、母に教会へつれてゆかれただけで、今までに、神について考えたこともないのだ。教会では、母の横で早く外に出たかった。大学では、ボート部の合宿と教室が生活のすべてだった。江藤清は、ほかの日本人と変らない生活をしてきたのだ。そんな彼には、神は必要がなかった。

それだのに、今日の午後は、部隊本部へ命令受領にいった帰りに、あの教会の前を通りかかると、何となくなかにはいってみたくなった。何日かまえに、あの顎髭を生やしたカソリックの坊さんが、そこへはいってゆくのを見たからだ。あそこには、埃まみれのピアノがあった。しかし、あそこにいたときの自分は、いま、いるところ（それは軍隊だが）とは、まったく別の世界にいるような気持がした……

江藤少尉は大きくうなずいた。
「よし。また、あそこへいってやろう……」

3

江藤小隊の宿舎は、大通りの脇の原のなかにある木造の壊れかけた倉庫であった。何の倉庫だったか、なかは空っぽで、植物性の油か生皮のにおいがした。江藤少尉は高台の住宅地に空家をさがしにいったが、そこに分宿するのはやめて、六十名が合宿できる建物を探したのである。梁が高くてがらんとした倉庫の横には、管理人でも住んでいたらしい小屋がある。泥を乾かした煉瓦を重ねた上に、白い石灰が塗ってある。この小屋の土間に、鉄のベッドと机をおいた。広いコンクリートの床にムシロやアンペラや麻袋をそれぞれに敷き、下士官と兵隊は起居している。風呂はムシロがこいのドラム罐だ。トタン屋根の穴から雪どけの雫が落ちて、つめたい飛沫をとばした。床のまん中に、鉄板づくりの丸い大きなストーブがある。扉や卓をこわした薪が積んである。そばの机には飯盒がきちんと並び、石油罐は水をたたえている。小銃はそれぞれの場所に立てかけたり、置いてある。

「それで、おれは、馬の種付けをしながらよ。その家のおかみさんに、眼をつけていたんだ……」

片足を立て片足は組んで、かれの着ているのがま新しい冬の軍服でないなら、まるで股旅ものの映画に出てくる悪役の親分といった恰好で、寺本寅吉伍長は話をつづけた。兵隊の一人が立って、窓枠を踏み折り、ストーブにくべた。鉄板の丸いストーブから黒い煙が吹き出した。七、八人の兵隊は臥そべって毛布から顔を出したり、膝をかかえたりして、伍長の話を聞いている。

「その家の旦那は、競馬きちがいでな。筋のいい牝馬を飼っていた。むろん、草競馬さ。おれに、いい種馬を世話しろというんでな。ときどき、おれは顔を出していたんだ……」

隅のアンペラの上に毛布を敷き、丸めた毛布を枕にしてねていた倉田軍曹がいらいらと怒鳴った。

「おい、そんなとこでしゃべってないで、誰か、屋根にあがって直してこい」

うす暗い屋根裏からにぶく光って落ちてくる雫を、軍曹は横目で見た。

「班長どの、雪であがれません。トタンも無いです」

「ちょっ、なにもわざわざ、こんな破れ倉庫に宿営せんでもいいじゃないか。もっとましな家は探せなかったんか。ほかの部隊をみろ。うちの小隊長は、まったくどうかしてるぞ。まだ、戦場にいるつもりでいやがる……」

寺本伍長がふりかえって笑った。

「軍曹、一人で腹を立てたって仕様がないぜ。小隊長どのの命令だものな」

軍曹がいった。「おい、兵隊、薪をどんどんくべろ。薪がなくなったら、そこらの家をぶっ壊してこい。薪とりには、いったのか？」

「はあ、松下と、篠原と、青木がゆきました」

倉田重曹が黙りこむと、立てた膝をかかえた寺本伍長は話をつづけた。「旦那は、県会議員もやったことのあるたいしたもの持ちだ。なにしろ秩父の奥に、全部を見まわるには、一週間か十日もかかるという山を持ってるという話だ。この旦那とおれが、馬のことでよく話が合った。おかみさんは、そうだな、あの頃、三十五、六だったかな。色が白くて、弁天様みたいにふっくらした顔でよ。鬢の毛が長くてな。玉に瑕は、子供のないことだ。そのせいか、旦那は、町に女をかこっていたよ……」

寺本寅吉の話には、人をひきつける力がある。それは彼がひとよりも変った生活をしてきたからだ。隅では、不機嫌な倉田軍曹が両手を頭の後ろにかい、暗い屋根裏を見ている。倉田はどうかすると、不機嫌に黙りこんで、穴居動物みたいに隅で眼を光らしていることがある。その班長を、寺本はまた始まったという顔で見て、構わず自分の話をつづけた。彼には、仲間が自分の話に聞き惚れているときが、いちばん楽しいのだ。

「おれは、旦那の留守を見はからって、約束した種馬を引いていったんだ。種付けは、誰にも手伝わさなかった。終ってから、おれは、おかみさんに種付け料をもらいにいった。おかみさんは、裏口に出ていなすった。おれは、思いきって、日ごろ、思っていたことをいってやった。おかみさん、今夜、念仏堂で、待っていますで……。おれは、おかみさんみたいなお方を、たった一度でもいい、おれのものにしてみたいです。それがかなったら、寅吉は死んでもいいです。嘘じゃねえ……。おかみさんはびっくりした顔で、おれを見ていたがな。その白い顔が赤くなった。黙って、家へはいった。出てこなかったよ。それでも、おれには、判っていたよ。おかみさんは、念仏堂へくるにちがいないとな……」

　両手に顎をのせた若い一等兵が、ため息をついた。

「その夜だ。おれは、人目につかない処に馬をつないで、念仏堂で待っていたよ。念仏堂というのはな、松の生えたちょっとした丘の上にあってな、細い道をあがってくるんだ。村の婆さんどもが、月に何度かあつまって、鐘をたたいて、お念仏をあげるところよ。まあ、おれには、縁のない場所だ。格子戸を開けると、入口にお賓頭(びんずる)さまがあってな、頭をなぜると、病気がなおるというんだ。あんまりなぜられるもんで、ピカピカ光ってたぜ」

　寺本伍長は、そのときのことを思い出す顔になった。髭の剃り痕が青いその顔は、いかにも女に好かれそうに、ほかの兵隊にはみえる。

「月夜でな、大きな松の影が縁側に映ってな。格子戸を閉めても、畳を敷いたお堂のなかは、いくらか明るいんだ。だがな、おれは半分は諦めていたよ。なにしろ、相手は、大地主の奥さんだ。おれは、虫の声に耳を澄ましていた。その松虫の声がやんでな、坂をあがってくる息をはく音がきこえた。おれは頭がカッとなってよ、涙が出そうになった。奥さん、こっちだ……おれは、呼んだよ。おかみさんは、お堂にあがってきた。丸髷に結った首筋が白くてな、ふわっといい匂いがしたよ。おかみさんは、風呂にはいって化粧をしてきたんだ。おれは、汗くさい自分がはずかしくなった。おれが、手にさわると、おかみさんは、びくっとなって後じさりするんだ。抱くだけならいい、っていうんだ……」

寺本は煙草をすて、まじめにいった。

「おれは、あんな女に、はじめて会ったよ」

膝をかかえた木村上等兵がキンキン声をだした。「それで伍長は、女を抱いただけですか？」

寺本は怒ったようにいった。「お前らは、あの女を知らんからだ。さわるのが、もったいないみたいな女だ……。おれは、おかみさんの着物の裾をひらいたよ。まったく、あのときのおれは、いつものおれじゃなかったな。あんな女は初めてだ。まるで弁天様を抱くみたいな気持だ。おかみさんは、カビくさい畳の上にねたよ。おれは、あんな女は初めてだ。まあ、百人に一人という女だな。あんな奥さんがいるのに、醤油粕みたいな妾のとこに入り浸ってる旦那の気が知れねえ。小唄が歌えたって、三味線が弾けたって、そんなは、女のほんとの値打ちじゃねえよ。月明りじゃ足りなくて、しまいにおれは、マッチをすったよ。つくづくと見た。おかみさんは、あそこで、おビンズルさまが見てるって笑ったよ……」

寺本はその念仏堂のなかがみえるような顔をした。ストーブの薪は灰になった。屋根裏からは、光って雫が落ちる。

「念仏堂には、二時間もいたかな。おかみさんは髪がこわれたのを気にした。堂の前で別れた。おれは五里の道を、町まで、馬をふっ飛ばして帰ったよ。うれしかったからよ……」

眼も鼻も口も大きな寺本寅吉の顔はいつもよりも人間らしくなっていた。まるで自分のなかに生きているそのおかみさんに話しかけているようだ。だが、その人間らしさはすぐ消えた。彼はいつもの寺本伍長になり、荒々しくいった。

「おれはな、馬をとばしながら、どなってやったよ。ざまあ、みろ。てめえの女房は、馬喰うと寝たんだぜ……。おれが、旦那の留守を見はからって、種馬を引っ張っていったのは、はじめっから、おれにはその下心があったのよ。旦那が町に女を囲っていて、女盛りのおかみさんが淋しい気持でいるのを見抜いたからよ。おかみさんは、男がやさしい言葉をかけてくれるのを待っていたんだ。おれがそんなことをしたのは、旦那が、おれのことを、人間じゃなく、牛か馬みたいに扱いやがるのを根に持ったからだ……」

外から、兵隊がもどった。「篠原一等兵、ほか二名、ただいま、もどりました」

「ああ、御苦労……」

伍長は剃り痕の青い顎で答えた。二人の兵隊が車につんできた木材をストーブの横にはこんだ。寺本伍長がそれを見た。

「なんだ、おまえら、それは棺桶じゃないか？」

いちばん年下の松下二等兵が、直立不動で答えた。「はあ、そうであります。棺桶をぶっ壊しました」

「おまえら、それを、どこから持ってきた？　まさか、墓を掘ったんじゃあるまいな？　それで、中身は、はいっていたのか？」

「は？　中身でありますか？」顔じゅうに赤いニキビが出た松下二等兵は、伍長の顔を見て考えた。「死人は、まだ、はいっていませんでした。これから、いれるとこだったかもわかりません」

「それじゃあ、おまえら、かっ払ってきたんじゃないか。縁起でもないぞ。おれは、ちょうど念仏堂の話をしていたところよ。あのお堂には、そういえば、いろんな仏さまが並んでいたっけな。おれと、おかみさんのしていることを見ていたわけよ……」

隅で、倉田軍曹が大声でいった。「棺桶でも何でも、寒いよりはいいぞ。くそ、おれたちをこんな倉庫にいれやがって……」

篠原たちいちばん年少の兵隊は遠慮して、伍長からはなれて、ストーブにあたった。

「雪がとけたら、飯上げにかようのが、大変だな」

「うん、汁なんか、途中でさめるしな」

「汁は、ここで暖めりゃいいさ」

「はやく、道が乾かんかな。軍曹と伍長の靴みがきで、おれたちは顎を出すぜ」

「おい、きこえるぞ……」一人が肘をついた。

江藤小隊は原を越えた道路の向うに駐屯している工兵隊の炊事場から、食事を運んでいた。

あぐらをかいた寺本伍長は、いまの話をつづけた「おれと、おかみさんが寝たのは、そのとき、一度かぎりよ。それからあとは、おかみさんは、いやだといってな。人間の道でないというのよ。一年あとに、奥さんは死んじまったよ。何の病気か、おれは知らん。おれが寄ったときは、立派な仏壇で位牌になっていたよ。おれは、十日ばかり、腑抜けみたいになった。おれは、もう、一生、あんな女に会うことはないな、きっと……」

「おうい、寺本……」隅にねたまま、軍曹が呼んだ。「さっきから、何を、いつまでもしゃべってるんだ？おまえ、隊長はどこへいったか、知らんか？」

「さあ、知らんね。軍曹、そんなとこで怒っていないで、こっちへ出てこいよ」

「おまえのノロケ話は、たくさんだ。どこまでほんとか、解らんからな」

「ヘッ、ドン百姓め！」寺本は小声になった。「淫売のくさい尻（けつ）しか知らん癖によ。倉庫だっていいじゃないか。自分は縁（へり）のある畳の上に寝たこともねえ癖によ。おれは、子供の時分にゃあ、わらの上に寝てたんだ」

三十三になる大男の伍長は、親しみのこもった眼で部下を見た。「軍隊だから、こうやって、おれは威張っていられるんだ」

兵隊の一人がいった。「分隊長、いやにしめっぽくなったな。もっと女の話をしてくださいよ」

寺本伍長は胸ポケットから紙くさい「ほまれ」を出して吸った。金歯の光る大きな口で苦笑した。

「ばか。いくらおれでも、そう、お前らと、おまんこ話ばかりしていられるか……」

「分隊長らしくねえな」元印刷工の木村上等兵が、寺本の顔を上目で見て、声をひそめた。「分隊長、あれからまた、やったんでしょう？　どんな女だったですか？」

「つまらん話よ。銃をつきつけりゃ、女はいうことをきくんだからな。強姦というがな。手足でも縛らないかぎり、できるはずはねえんだ。おれのは、強姦じゃないよ。なあ、木村、おれは考えるんだが、戦争って、妙なもんだよ。おれたちが銃を持ってりゃあ、人は殺せるし、女もやれる。それで平気でいられるんだ。内地でやってみろ。監獄ゆきだ」寺本寅吉は根もとまで吸った煙草を床にすて、得意の浪花節でもうなりそうな顔になった。

「おい、篠原……」隅から、倉田軍曹が立ってきた。「小隊長は、どこへいったんだ？」

「部隊本部へゆかれました」

「それにしても、遅いじゃないか。小隊長は、この頃、よく外出するな。支那人の女でもできたのとちがうか？　まったく、占領気分で、将校から兵隊までたるんでるぞ。おい、寺本、みんな、整列だ、整列！」

倉田軍曹は五十人ほどの兵隊を、倉庫のなかに並ばせた。

「いいか。おまえら、ここは戦場だぞ。自分らは、いつなんどき、命令があって前線へ出動するのかもわからん。これから、軍人勅諭を奉読する。おれについて、おまえらも奉唱しろ……」

倉田軍曹は細い眼を宙にすえ、姿勢を正した。

「我国の軍隊は世々天皇の統率し給ふ所にぞある……」

二列に並んだ兵たちも、軍曹について誦んだ。なかで、ついてゆけなくて口だけうごかしているのは松下二等兵だ。小学校六年の学力しかないこの二等兵には、いくら内務班で気合を入れられても、この擬古文はどうしても理解できなかった。軍曹の口はなめらかにうごいた。

「昔神武天皇躬つから大伴物部の兵（つはもの）ともを率ひ……」

兵隊の唱和がこれにつづいた。倉田軍曹は満足の表情だ。その痩せた顔には、感動と陶酔がうかんでいた。

「中国のまつろはぬものともを討ち平け給ひ……」

この優秀な下士官の暗誦と陶酔は、この文章を唱え終るまでつづくだろう。直立不動の姿勢をとり、軍曹について奉唱している兵隊たちの横で、ストーブの薪は燃えつき、屋根裏からは間をおいて、雫が落ちた。

アンペラを張った大きな開き戸が開いて、江藤少尉がはいってきた。夕空の雲が牛の血をながしたようにみえる。少尉はならんで軍人勅諭を奉唱している兵隊をちらと見ると、白手袋を脱いだ。

倉田軍曹は寺本伍長を皮肉に見て、江藤少尉にいった。

「みんながたるんでるんで、軍人勅諭を奉唱していました」

「そうか」江藤少尉は苦笑しかけたが、笑い顔を並んだ部下にむけた。「もう、やめていいぞ。みんなに、話があるからな。みんな、聞け。元旦には、甘味品と、一人一合あたりの酒が支給されるぞ。おれは、司令部の兵站部へ連絡にいってきた。元日には、上海からはいる船で、郵便物もとどくそうだ。」

「うわあ……」五十何名かの兵隊は子供のように手をあげ、歓声をあげた。

「倉田軍曹……」少尉は軍曹を見た。「やっぱり、民家に分宿した部隊は、立退きを命じられたよ。江藤小隊は、今夜から、夜間も、歩哨を出すことになった。地図を見るから、軍曹はおれの小屋へきてくれ」

そう言って部下を見まわす江藤少尉の顔には、礼拝堂にいたときの苦悩の影はなかった。倉田軍曹を眼でうながし、大股で出ていった。

4

十二月三十日に、ラーベ代表は日本大使館へいった。

収容所で緊急をつげている食糧と燃料の問題についてである。ミルス神父とスミス秘書の二人が同行した。

総領事も書記官も不在ということで、三人はしばらく待たされた。正月の慶祝準備でいそがしい大使館の人たちは、外人委員に会うどころではないらしかった。ラーベはあきらめて、文書だけを手渡した。大使館の庭には、五、六十人の中国人が集められていた。大使館員は、彼らに新年の慶祝の方法について訓辞をしていた。集められたのは日本側が組織した自治委員会の中国人で、なかには収容所の幹事だった人たちの顔もみえる。

館員はいった。

「青天白日旗は、禁止する。今後は、五色旗を採用することにした……」

三人はつい気をとられて、失礼だとは知りながらも見物した。中国人は五色の見本の旗を見ながらも、その意味についてはよく呑み込めないらしい。

「あれは、今度、華北にできた臨時政府の旗ではないかな?」ラーベがひとり言をいった。「日本は、南京にも、王克敏政権にならって、新政権をつくる考えかもしれない……」

大使館員は五色旗と日の丸の旗を一千本ずつ作ることを、代表者たちに命令した。難民一千人以上の収容所は代表二十名、少数の収容所は十名を派遣して、元旦の午後一時に鼓楼に集合し、五色旗を掲げるように指示した。

「さあ、帰ろう」

ラーベが二人をふりかえった。車のほうへ歩きながら、ラーベは二人にいった。

「われわれの仕事も、そろそろ終りになるようだね」

その肥った顔からミルス神父はラーベの複雑な気持を読みとった。その表情には自嘲と安堵と不満がまじっているようにもみえた。広場の中国人をふりかえってから、神父はラーベの自動車(ベンツ)にのった。走る車のなかで、スミス教授がつぶやいた。

「明後日(あさって)の元日には、兵隊は酒を飲むかもしれないね」

運転台のラーベが答えた。「そうだ。収容所の女たちには、外出しないようにいおう」

元日には、高官の演説と軍楽隊の演奏があり、市民の旗行列もあって、その実況はニュース映画に撮影されるという。玄武湖にはまだ数えきれない死体がうかんでいる。収容所の人たちは饑えていた。

大晦日(おおみそか)の夜は、兵隊だけではなく、外国人にも何か思い出になる夜であった。国際委員会では、二十一人の委員が食堂で晩餐をともにした。

食事のあとで、皆は裏庭に出て、クリスマス・ツリーを燃やした。その火の粉が暗い夜空に消えるのを見ながら、皆は讃美歌を歌った。それから会議室にはいると、ラーベ代表はこのひと月の委員の努力と、そしてこの南京に残留した勇気をたたえたあとで、記念のために自分でサインした年賀カードと、黒枠赤十字の難民区徽章を皆にくばり、ひとりひとりと握手をした。

二十一人の外国人には、口には出さないが、それぞれに同じ感動がつたわった。彼らは戦火の南京に残留したということで、おそらく生涯消えないだろう人間的な絆に自分らが結ばれていることを知った。

たった一人の女性のミニー・ボートリンは、藍色の眼にうすい涙さえにじませていた。

「さあ、みなさん、今度は、くつろぎましょう」

ラーベはテーブルの上に、アフリカで撮った写真や記念品をならべ、そこの駐在員だった時の冒険談などを話して、皆を笑わせた。

しずかな夜であった。事務局には宿直のシュペリングが残り、皆は帰っていった。

会議室の電燈が消えた。

十一章

1

元日に、上海航路の船がついた。

その汽笛が、まだ雪ののこった下関（シャーカン）の埠頭にひびいた。日清汽船の船は兵隊には慰問袋や手紙を、外国居留民にも上海の友人からの手紙をもってきた。国際委員会にはそれらの郵便物が、日本大使館から転送されてきた。そのなかには、ミルス神父の友人である中国人の大学教授が送ってきた「上海新申報」という新聞もあった。

大方巷のA新聞の支局にも、同じ新聞が内地の各紙にまじってとどいた。山内特派員と中村記者は、小部屋のデスクで仕事をしている。

「山さん、新聞が着いたぞ」

別の記者が、新聞の束を机の上に投げて出ていった。内地の各紙にひととおり眼を通したあとで、山内は「上海新申報」をひろげた。上海で出ている日本人経営の漢字新聞である。

その社説には、こう書いてあった。

「南京の市街は、静寂である。愛の陽光は西北角の難民区に照り輝いている。死からのがれた南京の難民は、日本軍の慰撫のもとにある。彼らは路上にひざまずき、感激の涙を流している。日本軍の入城前には、彼らは軍隊の圧迫をうけ、病人には医薬の助けもなく、饑えた人は、一粒の米や粟も得られなかった……。入城した日本軍隊は、彼らに愛の手をさしのべ、恩恵の露をふり撒いている。日本大使館の西方に居住する難民数千名は、従来の反日的態度を棄て、生活が保障されたために、みな、楽しみ喜び合っている。難民区内では、日本兵が難民にパン、ビスケット、煙草などを分けあたえ、難民は感激している。兵営附近では、日本の兵隊が中国人に品物を贈っている光景もみられる……」

「東京日日新聞」はこう報道していた。

「南京市では、十二月二十八日には、各商店とも店を開き、市場も常態に復しつつあり、日本軍は外国人の難民救済に協力して、城内の敗残兵を粛清し、南京は、平静をとりもどした……」

二種類の新聞を読み終ってから、山内静人はそれを中村記者のほうへ放った。中村登も読んだ。複雑な顔で、二つの新聞をおいた。二人は黙っていた。何もいうことはないのだ。

「さて……」

中村は立ってノビをしてから、腕時計を見た。

「式典は、一時からだったな。飲めるかもしれんぞ。船がビールや酒をどっさり積んできたはずだよ。杉原荒助氏に紹介状をもらった森参謀にでも会うか。山さんも、いきませんか？」

「いや、代りに、君、いってくれよ。できたら、今後の軍のうごきが判らないかな？」

「さあ、それは……。とにかく探ってみます。じゃ……」

中村記者は襟に狸だか獺（かわうそ）だかの黒い毛皮のついた将校用の外套に腕をとおした。隣の編集室の壁にドアの反射が光った。一人になり、ストーブに石炭を足したり、大薬罐から茶をいれたりしていたが、山内記者も外出する気持になった。前から考えて、その宿営場所も聞いておいた江藤小隊へ取材にいってみようと思った。「××門一番乗りの小隊の勇士たち」というのは、正月向きの記事になりそうだ。

歩哨が立っている通りを、立派な鞍をつけた馬をひいた兵隊や、酔って赤い顔をした丸腰の兵隊が歩いていて、停っている戦車や装甲車には、日の丸と旭日旗の飾りがつけてある。山内静人は中国の街を歩きながら、郷里の村の注連(しめ)飾りや門松を思い出した。村の神社へお詣りする紋付に袴、山高帽の父の姿がみえるようだ。郷里の家にいる妻と三つになった男の子とを懐しく思い出す。すると山内記者には、小学校の教室からオルガンに合わせてながれてくる「年の初めの……」という唱歌の合唱がきこえるようであった。

工場か倉庫らしい木造のその建物は、市街地をはずれた原のなかにあった。原をつっきる道ともいえない道の両側は枯草の湿地で、草の根にはまだ雪がのこり、トラックのタイヤが泥を盛りあげたぬかるみを、カメラを肩にかけた山内記者は苦労して歩いた。

「警備隊　江藤小隊」と貼紙した建物の前で、シャツ姿になった兵隊が薪をつくっていた。空家を壊したらしい扉や家具が積んである。なかには棺の残骸らしい黒塗りの木片もある。

山内記者は兵隊をつかまえて、小隊長に面会を申し込んだ。

「はッ、隊長殿ですか。おられます」

兵隊は横にある土壁のカマボコ型の小屋の緑色のペンキがはげたドアを開けた。背の高い少尉が上衣のボタンをはめながら、出てきた。軍刀を吊っていた。

「自分が、江藤少尉です」

不審そうな顔をする黒縁の眼鏡をかけたどこかインテリくさい若い少尉に、山内記者は訪問の目的を話した。少尉は冷淡にうなずいた。

「さあ、何も話すことはないですよ。時間的にそうなっただけですよ。ストーブのそばへゆきましょう」

横の建物の正面にある大扉を開けた。中は薄暗くて、コンクリート床のまん中で大きなストーブに薪が燃え、両側のゴザの上で兵隊が臥そべったり、坐って話したりしていた。彼らは暇をもてあましているふうにみえた。

「そのまま……」

少尉は兵隊たちにいった。兵隊がストーブのそばに椅子を二つおいた。山内は手帳を出した。

「どんな話でもいいですよ。なるべく勇ましい、そして激戦だった模様をつたえるような話はありませんか？」

「激戦だったのは、まえの日の午後から、夜半までです。自分の隊の場合、入城は、案外、楽でした。それに、南京攻略の殊勲甲は、W部隊です。どうも、こういう話になると、自分は、どうも……」

若い少尉は照れて笑った。山内記者はこの少尉から、普通の軍人にはない体臭を感じて訊いてみた。

「あなたは、陸士ですか？」

「いや、自分は甲幹です」と少尉は控え目にこたえた。

「大学は、どちらです？」

「……です。法科です」少尉は大学の名をいった。

「少尉さん、何か話はありませんか。あとで、写真もとります。本紙に出ますよ」

少尉の表情はすこしうごいたが、また、もとの冷淡な顔になった。少尉は兵隊がおいた茶をのんだ。

「その話なら、倉田軍曹から聞いてください。おい、倉田軍曹を呼んでこい」

兵隊が外へ呼びにいって、ひきしまった顔の小柄な軍曹がはいってきた。

「軍曹、この記者の方に、十三日の朝の話をしてやれよ。なるべく勇ましい話がいいそうだよ」

少尉は笑った。山内記者は戦闘小隊のそれこそ勇ましい張りきった小隊長に会うことを予想していたのに、この少尉の気ののらない顔を見て、実は自分もこの取材には、あまり気乗りがしていないことに気がついた。まだ若いらしいのに、額が禿げあがった軍曹は、自分の話が新聞に出ると聞いて、細い眼をかがやかした。彼は新聞記者に話した。

「まったく、あの夜は激戦でしたよ。小隊からも、六名の死傷者を出したです。自分は軽機と擲弾筒を指揮して……」

「じゃ、自分は失敬します。本部に連絡がありますから……」

少尉は立った。

「少尉さん、写真をとりますから」といったが、山内は少尉がいなくても、記事はとれると考え直した。「いや、自分はいいですから……」少尉ははずれていた立襟のホックをはめた。それから眼鏡ごしに澄んだ眼で山内記者をみつめ、部下にきこえないように、低い声でいった。「一番乗りなんか、どうでもいいじゃないですか。……戦争は、罪悪ですよ」

山内静人は驚いて見返した。この二十代の少尉から、こんな言葉を聞こうとは思わなかった。山内もうなずいた。無意識にそうしたのだ。

背の高い少尉は軍刀を鳴らして出ていった。開いた扉から明るい外を遠ざかってゆく軍服の背中を見ていると、山内記者ははっとした。その少尉の後姿には、戦争があった。鉛筆と手帳を両手にして立ったまま、山内静人はぬかるみを歩いてゆく背の高い少尉を見送った。

後ろで、軍曹が大声でいった。

「おい、寺本、それからお前らもこいよ。××門一番乗りの話をするんだ。内地の新聞に、おれたちの写真が出るぞ」

大男の伍長が立ってきた。さっきから、こちらを注目していたらしい。その髭面を見たとたんに、山内記者はふいに思い出した。あの夕陽の丘で、自分のそばへきて、ポケットから一発づつ銃弾を出して銃につめた男だ。そしてこの小柄な軍曹は、あのときの指揮をとっていた。そうだ。あのときの冷酷な軍曹だ。二人の下士官は、山内があのときの記者だったことには気がつかないらしい。椅子にかけた山内は、なるべく顔を上げないようにして、機関銃手の顔が半分なくなったとか、八十三名を捕虜にしたとかいう話を、いい加減にメモした。上海の爆弾三勇士にしても、このようにしてつたえられたんだな、と考えた。彼はさらに考えた。戦争の実体は、もっと別のところにあるのにちがいない。しかしそれは報道できないのだ……。するど山内記者には、いま、「戦争は罪悪だ」といったあの少尉が自分に何をいおうとしたかがわかった。あの少尉は真実をいったのだ。しかしその真実には眼をつぶり、自分も上海新申報や東京日日の記者と同じことを書くだろう。

山内記者はあつまってきた兵隊たちにはわるいが、もう、「××門の勇士」を書く気持をなくしていた。この小柄の軍曹と大男の伍長から逃げたかった。そんな山内記者の気持は知らずに、小男の軍曹は話した。

「砲兵の掩護で、江藤小隊は城壁にかじりついたんです。なにせ五十尺からの城壁が、眼の前に直角に立っているんで、手のつけようがなかったですよ。なあ、寺本。それでも石と石との隙間に手をかけて、やっとよじ登ったんです。自分は日章旗を振ったんですが、敵が城壁の塹壕からとび出して、逆襲してきたです。そのとき、この寺本伍長が……」

伍長が語した。「自分が、麻縄で軽機を下から吊り上げたんだ。射ちまくってやったよ。チャンコロが、城壁からボロボロころげ落ちやがる。江藤小隊は、まっ先に市内にはいったんだ。なあ、軍曹」

山内記者はうなずいた。複雑な気持だ。彼には、砲煙のなかで、同じように城壁にとりついた富士井部隊の兵隊がみえた。男泣きに泣いたあの老部隊長や、そしてK・N部隊長は、いま、何処にいるだろうか？　それよりも彼は、この軍曹に、こういってやりたかった。「軍曹、××門一番乗りよりも、あの夕陽の丘のことを書いてやろうか？」

軍曹が逆に記者にきいた。

「記者さん、つぎの作戦はいつ始まるんですか？　自分らは、この豚小屋でゴロゴロしてるのは、もうやりきれんですよ。なあ、寺本……」

「そうだな。毎日、ゴロゴロしてると、女のことばかり考えてこまるよ」髭面の伍長は横目で新聞記者を見た。「あんたらは、どうかね？　うまいことやってるんだろう？　敵が前にいる時にゃあ、それどころじゃないがな」

軍曹が説明した。「自分らは、敵と戦っていないと、自分が生きてるような気持がしないです。ふつうの自分にもどっちまうような気持がするんだ」

「軍の作戦のことは、僕らには判りませんねえ。じゃあ、みんなの写真をとらしてください」

倉庫の前に並んだ兵隊を写真にとり、山内記者はまたぬかるみに踏みこんだ。水溜りで立ち往生をしている新聞記者を見て、倉田軍曹が寺本伍長をふりかえった。

「おい、寺本、おまえ、あの新聞記者を覚えてるか？」

「おれは、覚えていないな」

「ほら、あの時だよ。おれたちが四百何人を掃蕩したろう。あの時に、新聞記者が二人きたろう。おれは、初めっから気がついていたんだ。しかしな、××門を占領したのは、おれたちにちがいないものな」

寺本伍長は水溜りをとんでいる新聞記者を見た。「そうか。あいつか……」

「おい、寺本……」倉田は寺本の顔を見た。「鈴木上等兵は、あのことを、皆にいわんだろうな？　鈴木には気をつけんといかんぞ」

「大丈夫だ。班長よ、心配するな。鈴木は、江戸っ子だ。仲間を売るような男じゃねえよ」寺本伍長はぜんぜん問題にしていなくて、別のことをいった。「なあ、班長、新聞記者とか内地の奴らは、つまらんことに感心するんだな。一番乗りよりも、雨花台の戦闘のほうが、おれたちには、よっぽど忘れられんのにな」

「やっぱり、こう、芝居みたいな派手なことでないと、話にならんのだろう。戦闘の話なんか、地味すぎて、内地の国民には受けないんだ。弾丸(たま)がとんできて、誰かが死ぬだけだもんな。寺本、下給品の受領にいった奴らは、遅いじゃないか」

「おれには、手紙なんかくる当てがないよ」

「仕方がない。寝正月といくか」

二人の下士官はうす暗い建物にはいった。

2

雪どけの原から道路に出て、市街地のほうへゆきながら、江藤清少尉は皮肉に考えて、ひとりごとをいった。

「あの新聞記者は、勇ましい話といったけどな。どうせ、記者なんかには、戦争の実体は解りゃしないんだ。彼らが書く記事を真に受けて読む読者こそ、哀れというも愚かなりける、だ……」

同じ道路を、不精髭ののびた顔じゅうで笑い、鈴木初太郎上等兵が近づいてきた。郵便物をいれた雑嚢を前にかけ、その袋は彼が歩くたびに、肥った腹の前でおどっていた。鈴木は数歩前で立ちどまり、まじめな顔で敬礼をした。

「隊長どの、少尉どのにも手紙がきています。鈴木にもきています。それから渡辺伍長にも、女からきていますよ。気の毒にな」

「鈴木、おまえ、中身まで知ってるんじゃないのか」江藤少尉は笑った。

「冗談じゃありませんよ」鈴木上等兵は上衣のポケットから二つに折った長封筒を出した。「江藤少尉どの、自分の家内からきた手紙であります。子供も丈夫だし、職人を使って店をやってるそうであります」

「そうか。それはよかったな」

鈴木上等兵は前に下げた雑嚢の紐をとき、探し出した角封筒を少尉に渡した。横目で笑った。「少尉どの、彼女からでしょう。判っていますよ。自分は、隊に帰ります」

敬礼をしてはなれた。江藤少尉はすこし赤くなり、渡された白い封筒を無造作にポケットにいれた。原幸子からの手紙だ。鈴木上等兵のように自分が相好をくずして喜んでいないのが、不思議だ。

彼はさっきはミルス神父の礼拝堂へゆくつもりで隊を出た。あのひとりきりの場所で、考えたいことがたくさんあったのだ。一番乗りの武勇談？　少尉はまったく阿呆らしくなり、そんなことを聞きにきた新聞記者を軽蔑したくなって、部下のいる営舎をとび出したのだった。

そこの鉄門も、礼拝堂の大扉も開いていた。木煉瓦を敷いた廊下につづく裏口から、使用人の老人が顔を出したが、少尉を見て黙ってうなずき、ドアをしめた。神父はいないらしい。少尉は人のいない礼拝堂にはいった。軍刀をはずすと、後ろの隅の腰掛にかけた。彼は十字架像のある壇をながめていた。子供のときに母の隣でやったように前の台に両肘をついて頭をさげたが、彼には祈りの言葉はうかんでこなかった。自分の横に同じ恰好をした母がいるような感じがした。彼は顔をあげ、正面を見て、「神なんかいない……」と考えた。あそこに、中国人に似た顔の裸の男が首を垂れているだけだ。

しかし江藤少尉は自然にこんな言葉を口のなかで呟いていた。

「神よ。自分を許してください。自分のいる軍隊を許してください。自分は、もう二度と、非戦闘員は殺さない。捕虜も殺さない。軍法会議にかけられたってかまわない……」

それから彼は顔をあげ、キリスト像が両手をひろげ、頭を垂れているうす暗い壇や、赤や黄や青のガラスをはめた窓を見た。彼は、今まで自分は倉田軍曹や部下の兵隊たちとはちがう人間だと思っていたのに、それは間違いで、自分はやっぱり、あの赤ん坊と、百姓の女房と、捕虜や町の男たちを殺したのだと考えた。こう考えると、江藤清少尉は体のなかに氷をあてられたようにふるえあがった。首を垂れた木像を見た。

「おれは、どうしたらいいんだ？」

どこからも、答えはきこえない。少尉は自分にいった。「おれは、敵と戦うのだ。そしておれたちは、死のう。国のために……」こう考えると、彼はいくらか気持が軽くなった。

少尉は思い出したので、二つに折っておしこんだ角封筒をポケットから出した。鈴蘭の絵を描いた便箋のきれいな字を読んだ。彼はこの手紙を書いている幸子を思い出していた。

お懐しい清さま。

いま、中国の戦場のどこにいらっしゃるのかしら？　あの軍刀を吊って、きっと元気でいらっしゃることと思います。サチコは霧の深い街を、夜になるまで一人で歩きまわったけど、清といっしょに歩いたときのことを思い出して、ポロポロ涙がこぼれてしようがありませんでした。センチなお話はやめます。

冬休みになると、もう、卒論ですわ。お友達と、お正月には、志賀高原へゆくお約束をしちゃったけど、卒論のことを考えると、やっぱり気が重いのよ。清さま、ひとつ、あたくしの内緒話をしてあげるけど、私、この秋の文化祭で、歌舞伎に出たのよ。お笑いにならないで頂きたいわ。「千代萩」の栄御前よ。老け役で、身分はいちばん上、横柄で、しかもちょっとぬけてる……いじわる婆さんで、とてもむつかしい役だったの。かつらも、衣裳もちゃんとつけて、義太夫や、下座もついて上演したのよ。来週の火曜日には、写真ができます。お送りできるといいけど、あなたは、どこにいるのかしら？　清のことを考えると、涙が出ます。

こんなわけで、あたしの生活は、平凡よ。学校と卒論と、そしてお芝居と音楽会、このなかに、モチ、お友達との無限のおしゃべりを考えてくださっても、結構ですわ。

それから十二月には、ティボーがきます。もう、切符も買ってあります。私が聴きたいのは、ラローのスペイン交響曲よ。私はどっちかというと、清さんの好きなメンデルスゾーンのヴァイオリン・コンチェルトよりも、この曲のほうが好きですわ。情熱的だからって？

目白のお宅のお父さま、お母さま、お元気ですわ。おばさまは、毎日曜には教会へいっていらっしゃいます。

戦場って、どんな処かしら？　きっと、いろいろなおそろしいことで、いっぱいなのでしょうね。

きっと御無事でお還りになる日を、心からお待ち申し上げていますわ。

かしこ

幸　子

江藤清さま

彼は手紙から顔をあげた。しばらくは自分が南京にいることに気がつかなかった。幸子と二人で、銀座をあるいているような気持がした。聖壇とスティンド・グラスからはいる光を見て、彼はここが戦場だった街であることに気がついた。幸子は、別の世界にいる。あの銀座や新宿では、今日も若い恋人たちが通りをあるき、お茶を飲んでレコードを聴いたり、映画館にはいるだろう。

江藤少尉は封筒をポケットにしまった。彼は手紙の文章を思いだして、微笑した。幸子は、戦場には恐ろしいことが一杯あるのでしょうなんて書いているけれど、戦場のことなんか、考えたこともないのにちがいない。女子大生のお嬢さんには当然のことだ。日比谷公会堂と、血のながれた空地と、この礼拝堂とを結ぶ線の上におれはいるが、彼女には何の関係もない。原幸子とおれとのあいだは、切断されている。

江藤少尉には、女学生の裸の死体が、あのうす暗い部屋にみえてきた。十日まえに見たその裸の死体は、そのままの形で、少尉の前に存在している。

江藤少尉は結婚するつもりの恋人に、心で話しかけた。

「幸子さん、ぼくは、生き残って内地へ還っても、まえのぼくとは違うかもしれない。君は、まえとはちがう僕を見るだろう……」

少尉は軍刀を吊って、礼拝堂を出た。彼は微笑していた。

3

中村登記者は、司令部の近くにある佐官宿舎の一室に、膝をそろえて坐っていた。祝賀式が終ったあとである。中村は作戦主任の森貞一参謀にインタビュウを申し込むと、「まあ、宿舎へこい」といわれて、森中佐のお供をしてきたのだった。

洋館のこの一室に通されてから、もう二十分ぐらいになる。中村は何度も腕時計を見た。洋室には青畳が三枚敷いてあった。このことにまず彼はおどろかされた。畳には、小さな経机がおいてある。拭き浄められたその上には、経文が一冊、寸分の歪みもなく置かれ、小さな青銅の香炉では、香が線香くさい細い煙をあげている。中村登は首をのばして、その経文の表紙を見た。「妙法蓮華経如来寿量品」と、口のなかで読んだ。ところが社会部記者の彼には、これが何宗のどんな経文であるのかは解らない。

中村記者は度胆を抜かれてしまった。森参謀という人は、戦場にきても畳の上に坐り、朝晩、経文を唱えているらしいのだ。

ノックして若い従兵がはいってきて、最敬礼をし、ささげた茶碗を畳においた。膝をくずしかけていた中村は、あわてて坐り直した。茶は玉露にちがいない。

「杉原さんは、えらい参謀に、おれを紹介しやがった……」

中村がここへきたのを後悔して、香の煙を眺めていると、ドアが開いた。中村は茶碗をおき、坐ったまま不動の姿勢をとった。無意識にそうしたのだ。紹介状を手にした森中佐がはいってきた。上衣は着ずに、幅の広い帯革をしめ、白い靴下にスリッパをつっかけている。

四角ばった顔に、眼が輝いている。

「君は、A新聞の記者だな」

「はッ」

「貴公は、このおれに会って、何を訊こうというんだ?」

「はッ、実は杉原先生が、中佐殿にぜひ、会ってみるようにといわれたもんですから」

森中佐は机を背に正坐した。

「会ったって、おれには何も話すことはないぞ。まあ、楽にしなさい」

そのまま、中佐は黙りこんだ。その眼で見られると、何だか縛りつけられたみたいになる。ふしぎな力をもった男だと中村は考え、質問の項目を探した。彼は勇気をだして、きいてみた。

「中佐どの、この戦争は発展するんですか? それとも、ここで停戦となるんですか?」

「停戦はせん。徹底的に支那軍を殲滅する」

「じゃあ、つぎの作戦に転ずるんですね? いつ頃ですか?」

「貴公は、それを訊きにきたのか? 君は、記者になって、何年になるかね?」

「四年です」中村は小さな声で答えた。

「まあ、戦争のことは、兵隊に任せとくんだな。軍は、国民の信頼を裏切るようなことはせんよ」

「あのう、中佐どの、杉原先生は支局で、僕らに、女や子供も含めて、てっとりばやく殲滅するのは、一種の慈悲だといわれましたが、ほんとでしょうか?」

森中佐は記者をじろりと見た。「それは、どういう意味かね?」

「それは、実は、軍が、この南京でやったことなんですが、このような行動も、戦争に勝つためには許されるという……」

従兵がおいた茶をすすって、森中佐は瞑目した。いつまでも黙っているので、中村記者は不安になった。出すぎた質問をしたことを後悔した。中佐は眼をあけ、茶碗をおいた。微笑して中村を見た。

「評論家という者は、なかなかうまいことをいうじゃないか、あの連中は、そんなふうの理窟をつけんと、気がすまんのかな？　貴公なんかは、どうかね？　やはり、理窟がほしいほうかね？」

「僕には、よく解らないんです。そりゃあ僕だって、日本人として、勝つのを望むのはあたりまえですけど……」

「中村君か」中佐は紹介状を見た。「君は、この戦争を、どう思うかね？」

　中村記者は返事ができなかった。中佐は微笑していった。

「この戦争は、日本人と中国人の単なる喧嘩だと、貴公らや国民は考えとるようだ。いいか。この戦争は、間違ったことをやる弟を、兄が諭すようなものだ……」それから森中佐は経文を唱えるように、底力のある低い声で話した。「民族には、優劣の差がある。世界で最も優秀な民族である日本民族が、他の民族を指導し、徳化するのは、その使命である。どうだ、貴公には解るか？　このことが」

「はあ……」中村は仕方なくうなずいた。それよりも彼は足がしびれて、そっちに気をとられていた。

「では、わが日本民族が、なぜ、世界で最も優秀かというとだ。万世一系の皇室を中心に、惟神(かんながら)の道を実践してきたことにある。この点、厩(うまや)で生れた父無し子のキリストを信仰する毛唐なんかとはちがう。この南京にも、外国宣教師や商社員が残って、いろいろと工作をしておるようだが、特に宣教師には、注意せんといかん。彼らは、スパイだ。仮面をかぶって、自国の利益のために働いているんだからな」

　森中佐は話をもとにもどした。

「日本人は、純血、単一の生命体で、その生命は神祖に発しておる。われわれ日本人は、すべて神の子孫である。貴公も、おれも、神の子だ。わかるか？」

「はあ……」

「しかもだ、ここが大切だ。日本の神は、外国の神とちがって、われわれの祖先か、われわれの同僚を祀ったものだ。中村新聞記者も、森中佐も、神業の道に精進することで、神になることができる。いいかね、これが、日本民族と神との関係だ。君らインテリは、唯物論だの、共産主義だのと外国の思想にかぶれて、自分の血のなかに流れておる日本人の魂を忘れておる。自分は、日本の知識階級は、国をほろぼすと心配しておるのだ。この戦争は、欧米流の侵略戦争ではない。日本民族が神業を達成せんとする戦争である……」

これだけ話すと、森中佐はまた瞑目した。この軍人から、神という言葉を聞いて、中村登は森中佐から自分に何かがのり移ってくるような感じになり、自分には中佐の話がほとんど理解できなかったにもかかわらず、あの丘や埠頭で、兵隊が中国人を殺していたのも、このことで説明できそうな気持になった。中村は考えた。(かれらがやったことは、日本の神の名で許されるのではないか?)

森中佐が笑いをふくんだやさしい眼で若い記者を見た。「貴公は、おれのいうことが解らんような顔をしているな」

「いえ、そんなことはありません。よく解りました」

「まあ、無理をせんでいいよ。おい、従兵……」

中佐は立ってドアを開けた。

「誰かおらんか? 当番、ウィスキーをもってこい。新聞社の方に、お土産にもたしてあげろ。君は、酒保へいって、森にいわれたといって、好きなものをもって帰りなさい」

「いや、結構です」

「まあ、遠慮をするな。また、話しにきたまえ。おれがいそがしくならんうちにな」

中佐は中村の肩を軽くたたき、経机の前に正座し、経本をひらいた。経をよむ低い声がきこえた。

その背中にむかい手をついて頭をさげると、中村記者はしびれた片足をひきずり、部屋の外へ逃げ出した。

当番兵が敬礼して、ウィスキーの箱を渡した。

「自分が、酒保へ御案内します」

と、先に立った。

中村登は、狐につままれたとは、このことかと、混乱した頭で考えた。まるで何かの呪縛からとかれたような気持で、兵隊のあとを、びっこをひいてついていった。


「どうだった？　森参謀は話してくれた？」

中村が支局の小部屋のドアを開けると、ストーブにあたっていた山内静人がふりかえった。

「いや、いや、まるで狐につままれたようなもんだ。何を話されたか、さっぱり覚えていないんだ。その代りに……」

中村は外套の両方の大きなポケットから、手品師みたいにウィスキーの細長い箱と、罐詰とスルメの束を出した。「これをくれたよ。スコッチだぜ。おまけに、酒保で、これをもらってきたよ。おうい、井上君……」

井上がはいってきた。三人はストーブのまわりに椅子をよせた。「スコッチのウィスキーとはね。たまげたよ」中村が三つの茶碗にウィスキーをついだ。彼はほかにも話すことがいっぱいあった。とにかく、今日は度胆をぬかれた。あのお経をよむ参謀が、現地軍の作戦を指導しているとはな。

山内がストーブの上に、スルメをおいた。井上が石炭をかきおこす。山内はスルメをひっくり返し、中村を見た。

「何をニヤニヤしてるんだい？　森中佐って、どんな人だい？」

「まあ、待てよ。考えをまとめてから、話すよ」

山内静人がいった。

「おれは、今日は失敗だったよ。南京入城のときの第一線小隊を訪ねたんだ。そうしたら、中村君、その小隊長は、大学出のインテリ少尉でね、さっぱり反応がないんだ。たったひとつ、記憶に残る言葉をいったよ。戦争は、罪悪だって……。これは実感にちがいないよ。しかし、こんなことを考えながら、戦闘ができるのかな？　ところが、君、それだけじゃないんだ」山内はウィスキーを口にふくみ、微笑した。「その小隊は、あの丘で、中国人を掃蕩していた連中なんだ。中村君、あのとき、軍曹と、髭面の大男の伍長がいたろう。その二人がいるんだ……」

「へえ、それで、あんたのことを覚えていたの？」

「いや、覚えていないようだったな。ぼくは、あの丘のことを思い出すと、胸が悪くなって、取材どころじゃないんだ」

「山内さん、何です？　その丘とか、軍曹とかいう話は？」

井上が二人の顔を見た。山内は笑った。眼の縁が赤くなっている。

「例の鶏だよ。ぼくたちは、そのときに、二人の中国人の命を助けたんだよ。何百人のうちの二人をね」

「さっぱり判らんよ。二人とも、変ですぜ。南京へきていらい……」

「井上君は、記者でなくて仕合わせだよ。なあ、中村君……」

中村もうなずいて、ウィスキーを飲んだ。

「そのことで、おれは、森中佐に、杉原さんのいったことを話したんだ。例の殲滅は、慈悲だってことさ」

中村登をみつめる山内静人の眼は真剣になった。

「それで……？」

「何だか、日本の神がどうとかいってたよ。森参謀はね、宿舎の室に畳を半分だけ敷いて、机の上にお経の本が一冊のっているんだ。軍は、大作戦に転じるらしいね。そうなると、ぼくはまた、従軍だな」

「中村君、その神の話をしろよ。中佐は何ていったの？」

「おれにはよく解らんけどね、この戦争は、日本民族の生命の発展であるといってたよ。おれたち日本人は、神なんだそうだ。そしてその神業（わざ）（といってたな）を達成しようとして、他の民族を導くのが、日本民族の使命であり、この戦争の目的である……」

「……むつかしい問題だな」

山内静人はまじめな顔で考えた。

「それから、山内さん、あの中佐は、日本のインテリ階級は、国をほろぼすといってたぜ」

「とにかく、彼らが信念を持ってることは確かだね。国家と民族のことを真剣に考えているよ。そこが、おれたちインテリとちがうところだ。その信念が危険でなければな。森参謀は、信念のためには、平気で何万という市民を殺せる男かもしれんよ……」

ひとりごとみたいにいっていた山内は顔をあげ、つまらなそうにウィスキーをなめている井上オペレーターと、中村に笑いかけた。

「おい、今日は元日だ。景気よく飲もうや。酒は、まだ、地下室の倉庫にあるよ」

「そうだよ。山内さん、もう、議論はよしましょうや。愉快に飲みましょうや。ぼく、歌いますよ」

井上が手をたたいて調子ぱずれな声で、おけさ節を歌いだした。

山内は黙って中村の茶碗にウィスキーをついだ。

十二章

1

日本軍当局は、難民区の難民が自宅に帰ることを望んでいた。難民のなかには、収容所を出て、自宅に帰る家族もいた。

（報告書の一部抜萃）

第一七四件（一月一日）金陵大学養蚕科校舎収容所にいた難民一家は、二条巷の自宅に帰るように命令された。その夜、三名の日本兵が門を破ってはいり、主人を呼び起した。一人は軍刀をさげ、一人は銃をもち、一人は素手で、皆、おどろきあわてるには及ばないと言い、男を下に寝かし、捜索したのちに、軍刀をもった一人は十二歳の少女を強姦し、残りの二名は五十をすぎた妻を姦し、夜中に出ていった。翌日、四人家族は、また収容所にもどってきた。

第一七六件（一月二日）午前十時半頃、一人の日本兵が、陳家巷五号の劉培坤の家にきた。ここには七家族が住んでいた。兵隊は劉の妻にしつこくつきまとい、劉の妻が逃げようとするのをとめたので、劉は兵隊をとらえ、頬をうった。兵隊は立去った。午後四時、日本兵は銃を持って、ふたたびきた。劉は隣家に救いをもとめたが、その効なく、土間で射殺された。

一月三日に、全身に傷をうけた一人の女が、鼓楼病院に送られてきた。この女は銅銀巷六号に住む寡婦で、痘痕（あばた）のある醜い顔をしていた。数日前に、軍人の衣類洗濯という名目で、六人の女が連れてゆかれた。そこは城内のある建物で、野戦病院になっていた。ここで、女たちは日中は洗濯をし、夜には兵隊の相手をさせられた。手当を受けたのちに、この寡婦は職員に話した。

「私は顔が醜いので、十人から二十人の相手をさせられました。もっと若くてきれいなひとは、四十人も相手をさせられたそうです」

三日後に二人の兵隊が、この女を原につれ出し、十カ所に傷をつけた。何の理由か、女には判らなかった。後ろの頸に四刀、腕に一刀、顔に一刀、背中に四刀である。兵隊は女が死んだものと思ったのか、立ち去った。女は空に輝く太陽と星のしたで、一日と一晩、ほうっておかれた。寒気で血が乾いたのが幸いであった。この女は傷ついた一羽の鳥のようにそこに横たわっていた。その翼から羽根が抜け、肉は腐って骨だけになっても、誰も見向きもしなかったであろう。それでも太陽は輝いていたであろう。

この女は手当をうけて助かった。しかし首は自由に廻らないだろうと医師はいった。

収容所の外の街で、毎日毎夜のようにおこっているこうした事件の報告を受けて、委員たちは、難民に帰宅をすすめることをためらった。その旨の意見書も日本側に出した。帰宅命令は、二月五日まである。

数百人の女が、外人委員に懇願した。女たちはいった。「私たちを、家に帰さないでください」帰って家のなかで、身を穢され殺されるよりは、この収容所で生命を落したほうがましだというのだ。一人の中年婦人がミルス神父のそばへきた。黒繻子の服を着、纏足をして、ひっつめの髪に赤珊瑚の簪（かんざし）をさしていた。この上品な女は、ゆっくりと神父に話した。

「あなたがたは、今までに、私たちを半分だけ救ってくださいました。いま、もし、私たちを見棄てるならば、あなたがたが今までに尽してくださったことは、すべて無になります。この国には、仏を送るからには、西天まで送らなければならないという諺がございます。いいことは、最後までなさってください」

神父はうなずいた。しかし彼は別のことを考えていた。各収容所には、食糧も燃料も不足している。リグス委員の話では、あと半月、もつかもたないかだという。神父は自分をみつめている中年婦人の黒い眼と、それから子供を抱いたりした女たちにむかい、茶色の顎髭でうなずいた。

「わかりました。私たちは、できるだけのことをします」そういったが、その言葉には以前のように信仰から生れる強い力はなかった。

それでも不自由な収容所を出て、住み馴れたわが家へもどってゆく者も多かった。その人たちの家は焼けなかったのだ。収容所で寒さと饑えにふるえているよりも、商売でもしたいと考える落着きが出てきた。街通りには人出も多くなり、露天の店もぼつぼつ出はじめた。

区域外に住んでいる人たちを見まわるのも、委員の仕事になった。

2

その日、ドイツ人のシュペリングと英国人のリグスの二人は、広州路の裏町へいった。家並には人の顔もみえ、町はいくらか平静をとりもどしているようにみえた。

せまい路地裏で、ひとりの老婆が二人をみかけ、こそこそと家のなかにはいった。二人は戸をおし開けて、房子(ファンズ)にはいってみた。入口に老婆が立っていて、奥の部屋の寝台で、裸になった兵隊と半裸の娘が抱き合っていた。二人は思いがけない情景に、あっけにとられた。まだ前髪を垂らした姑娘(クーニャン)の細い腕は、男の肩を抱いていた。ドイツ人技師は眼をそらした。棚で、頬の赤い娘々廟(ニャンニャン)の張子(はりこ)人形が笑っている。

技師はうろうろしている老婆に、へたな支那語でどなった。

「この男を追い出せ！　はやく、その娘に服を着せろ！」

丈の高い外国人の剣幕におどろいた若い兵隊はおとなしく服や剣を抱え、裏口から出ていった。そのあとで皺だらけの小さな婆さんは、キンキン声で二人の外国人に食ってかかった。

「お前さんたちは、何をいうんだよ。わしらに、饑え死にをしろというのかね？　わしらに何ができるというんだよ。この娘の父親は、殺されたんだよう！」

二人は低い寝台の上で起きあがる青白い脚から眼をそらし、隅の卓を見た。よごれて乾いた二つのドンブリが並んでいて、丸い筒になった白木棉の靴下が片方だけおいてある。その口から米粒がこぼれていた。ラベルに魚を描いた罐詰もひとつある。リグスがその罐詰を手にとった。

「鮭(サーモン)だ……」

としかつめらしい顔で呟いた。それから、

「シュペリング、出よう……」

と彼は首をまわした。

雪のまぶしい路地裏には兵隊の姿はなくて、戸口に腰かけて老人が日向ぼっこをしていた。リグスはいま出てきた戸口をふりかえり、苦笑した。

「シュペリング君、あの婆さんがいったことにも、理窟はあるよ。まったく、饑え死にをするよりはましだろうからね」

のっぽのドイツ人は思い出すのも胸くそが悪いという顔で、両方の肩をすくめた。

一月九日の午後に、ルイス・スミス教授とラーベ代表の二人は、城内の西南地区へ、帰宅難民の状況を視察にでかけた。六日には各国の大使館が再開されたので、「これで、情勢もよくなるだろう」と二人は話しながら歩いた。

街の空には、四カ所から火の手があがっていた。

今度の戦争だけではなく、二度の革命で焼かれた旧市内は路はばがせまく、荒れたままの空地も多い。表通りも屋根の低い商家で、名産の繻子、緞子、薬などの店が並んでいるが、まだ表戸をおろしている店が多く、二人の外人の眼にはいるのは、ぼろぼろの服を着た男や、日本の兵隊と、うろついている野犬ぐらいのものだ。

二人は表通りから路地にはいった。ここには白い土塀や朱塗りの門や、せまい庭の植木などがみえ、やはり人影はない。それは人が近づくと蟹がみな穴に逃げこんでしまう砂浜に似ていた。一軒の家の門の外に、銃をさげた若い兵隊が一人、立っていた。兵隊はスミスたちを見て、あわてて庭にはいった。土塀の上から、庭のなかがみえた。

若い兵隊はいった。「おい、寺本伍長、毛唐がきたぞ」

庭の枯草にねかした女の褲子をはぎとっていた伍長がふりかえった。

「毛唐？　毛唐がどうした？」

「あそこから、見てるぞ」

「ほっとけ。邪魔しやがったら、ぶっ放せ」

「だけんどよ。伍長、あれはアメリカ人かもしれんぜ」

木村上等兵は江藤少尉からパネー号事件のことを聞いていて、外国人に手を出すと大変に面倒なことになるぐらいは承知していたのだ。それでも彼は銃をかまえて、外に出た。

ラーベがスミスに目配せし、塀のそばからはなれた。二人の外国人は、いまきた通りを後も振り返らずに歩いた。二人とも黙っていた。ルイス・スミス教授には、いま、ちらと見た庭の情景が焼きついていた。枯草の上に、下半身を裸にされた女がねていた。大男の兵隊がズボンのバンドを解こうとしていた。スミス教授は嫌悪に顔をしかめた。彼は思い出した。その女は、片手に赤ん坊を抱いていた。どうしてそのことに今ごろ気がついたのだろう。教授には、青い頬にほつれ毛が乱れ、眼をつぶった女の顔と、片手で胸に抱いた赤ん坊とが、はっきりとうかんだ。あの女は、きっと、赤ん坊を守るために、自分を投げ出したのだとアメリカ人の教授は考えた。彼には二人の兵隊にたいする憎悪と怒りが、新しくおこった。スミス教授は自分にいった。「なぜ、はいっていって、とめなかったのか？」かえって銃をさげた若い兵隊のほうが、自分たちを見て逃げ出しそうな恰好をした。スミス教授はラーベの血色のい肥った横顔を見た。自分に、「行こう」と目配せしたのは、ラーベ氏だ。このドイツ人にたいする侮蔑と、自己嫌悪とで、彼はまだ青年の面影がある顔をゆがめた。スミスは皮肉をこめていった。

「ラーベさん、いまのあの女は、赤ん坊を抱いていましたね」

ドイツ人にも、若い友人のこの非難はわかった。

「しかしね、教授、へたなことをして、あの女や、赤ん坊に怪我でもさせたらこまるよ。僕は、そう考えたんだ。命さえ助かればいい。あんなことは、つまらんことだ……。スミス君、僕はね、日本軍の入城いらい、どんなことを見ても、何も感じなくなったよ」

スミス教授はうなずいた。ラーベのこの言葉には真実がある。「そうですね。ぼくたちは、何もしなくて、かえってよかったかもしれないな。なにしろ、相手の二人は銃を持ってるんだからね」彼は顔をしかめ、頭のなかから、いま見た情景を追い払おうとした。髭面の大男の兵隊、赤ん坊を抱いて臥ている女……。スミス教授はひくく笑った。虚無的な笑いだ。

「ラーベさん、僕はヒューマニズムなんて信じないな。もう、ヒューマニストぶるのは、やめたです。現実は違うんだ。あんなことの上に、人類の歴史はつくられてきたんだ。ヨーロッパや、アメリカだって同じさ。ぼくは、無神論者になりますよ……」

彼はミルス神父の痩せた顔の緑色の眼と顎髭を思い出していた。上衣にナチスの腕章を巻いたラーベは肥った下腹をゆすり、革長靴を鳴らして大股に歩いていた。その赤ら顔には、何の影もない。彼は無造作にいった。

「そんなことは、どうでもいいよ。考えるよりも、仕事だ。スミス君、われわれのやっているのは、価値のある仕事だよ」

「おい、木村、毛唐はいっちまったか？」

眼をつぶった女のうえになった寺本伍長が、土塀の外にきいた。女はまだ片手で赤ん坊を抱いている。

「ああ、角をまがっていっちまった……」年下の兵隊は塀の外で答えた。

「木村、よく見張っとれよ」

木村上等兵は塀のなかは見ないようにして、路地の両端に眼をくばり、いったりきたりした。赤ん坊が泣きだした。つづいて寺本の太い声がした。

「やかましいガキだ。いいから、勝手に泣いてろ」

女のあやす声がし、赤ん坊は泣きやんだ。寺本がいった。「木村、いいぞ。はいってこい」

木村上等兵は庭にはいり、さげていた銃を塀に立てかけた。寺本伍長は悠々とズボンの紐をしめた。彼は満足していた。「おい……」と上機嫌で、木村を呼んだ。

木村上等兵は眼をそらした。「いや、いいよ、おれは……。自分は、やめたよ。伍長……」

伍長にくらべて貧弱な体をした上等兵は、枯草の上に仰向けにねている女を、横目で見た。まだ眼をつぶっている女の青い頬にはほつれ毛が乱れ、両手で赤ん坊を抱いている。その裸の下半身から、木村は眼をそらした。

「ほんとにいいのか？　木村、」寺本がきいた。「変な奴だな。自分から先にいいだしてよ」

木村は口のなかで何かいった。彼は女のそばへいってしゃがむと、指で赤ん坊の頬をなぜた。

「おい、起きなよ。おれが抱いていてやるよ」と女に手真似でいい、赤ん坊を抱きあげた。彼はおとなしくしている男の子を抱いて、ヨイヨイとあやして歩きまわった。女はふるえる手でそばにある褲子をとり、体をおこした。寺本は塀にむかい、ながながと小便をしている。すわったまま、褲子をはいている女を、木村は見ないようにした。奇妙な場面であった。そのうちに女の埃でよごれた頬をひと筋の涙がすべり落ちた。ゲートルをきちんと巻き腰に牛蒡剣をぶらさげた兵隊は、女がすっかり身仕舞いをするまで、赤ん坊を抱いて歩きまわった。

　木村上等兵は女の顔は見ないようして、赤ん坊を返した。彼には、いまの自分の気持をどう説明してよいのか解らなかった。ただ、女の頬をすべる涙を見たときに、彼の胸にも変なま暖いものがひろがった。おどかされて、死んだみたいになっている女とやったって、つまらん……と木村上等兵は考えた。やっぱり、おたがいに愛情がなければなあ……

「なんだ、おまえ、ほんとにいいのか。木村、帰るぞ」

　妙な顔をした寺本寅吉伍長は、塀に立てかけた銃をとった。大男の伍長の後ろになり、木村は唾を吐いた。前をゆく頑丈な背中や広い腰から、何ともいえない不快なものを感じた。「やっぱり、こいつは馬喰うだ。牛か馬みたいだ……」とつぶやいた。寺本の石臼みたいな臀が意外に白くて割目にまで黒い毛があったのを思い出し、木村上等兵はよけい顔をしかめた。

「もう、おれはやめた。こいつのお供をするのはやめた。こいつの女の話を、面白がって聞くのはやめた……」

　銃を担いだ木村上等兵はひとり言をいっていた。さっきの二人連れの外人は、裏通りのどこにも見えなかった。銃をさげた大男の兵隊を見ると、娘は家に逃げこみ、母親はあわてて赤ん坊を抱きあげて戸口に消えた。

「おう、てめえら、おれがこわいのか。日本の兵隊をなめやがると、承知しねえぞ！」満足して上機嫌になった寺本寅吉はわざと肩をいからし、女たちがいなくなった路地を睨みまわした。

家々の窓や裏口や土塀のどこかから、男たちの憎しみに燃える眼が、二人の兵隊を見ていた。伍長に誘われてきたときとはちがい、木村上等兵は寺本の肩に隠れるように小さくなって歩いた。

3

ルイス・S・C・スミス教授は上海向けに出航する外国船に託して、上海にいる友人に手紙を送った。

「……新年いらい、難民区内の状況はすこしよくなった。その最大の原因は、日本軍の主力が他地区に移駐したからで、これは『軍紀の回復』のためでも、秩序回復にやってきた憲兵隊のおかげでもない。だからもしも新しい軍隊が再び入城してくれれば、何時どのような事態が発生するかは、保証できない。一月の初めに、日本側が各国大使館や領事館に、その館員派遣を許可したことだけは、現状を安定させるのにひとつの希望をあたえた。

南京市では、一万人以上の非武装難民が殺された。ある人たちは一万人ではきかぬとも主張した。事実、死体処理による統計では、四万人以上に達していた。勿論、犠牲者のなかには中国兵もいたが、彼らはすでに武器を放棄し、あるいは南京を逃げられずに捕虜となったものであった。多くの市民も、別に敗残兵の嫌疑もないのに銃殺もしくは刺殺され、なかには婦女子もすくなくなかった。友人のドイツ人の統計によると、強姦事件は二万件にのぼった。私は最低限度八千件とみている。たんに金陵大学、職員家庭、外国居留民の住宅とその附近だけについてみても、私は百件以上の強姦事件の詳細な記録と、三百件以上の同様な報告をもっている。

私は、現在の仕事が片づきしだい、この街を去るつもりだ。これからこの国は、ながいあいだ、戦場になるだろう。私には、戦場になる国にとどまる関心も、興味もないのだ。南京市難民区国際委員会も、遠からず閉鎖されるだろう。私たちといっしょにはたらいているミニー・ボートリン女史も、私と同行する希望をもっている。私は彼女といっしょに、本国へ還ることになるだろう。
私がこの手紙を書いている室の窓の外では、日本軍部隊の行進がつづいている……」

上海のキャセイ・ホテルの一室で、シカゴ・デーリー・ニュースのグリーン特派員は、タイプライターをたたいていた。

「日本軍隊がこの中国でおこなった種々の暴行は、戦勝の興奮に酔った将校や兵隊が、正常な心理を失っておこなったものであろうか？　あるいは、それは日本軍当局のとった計画的な恐怖政策を代表するものであろうか？

軍隊の暴行は、一都市を占領したときに、あるいは、苦しい戦闘が終りに近づいたときに、たまたま起るもので、こうした行為は、むろん許すことはできないにしても、その状況の原因、経過は、把握しがたい。

ところが、例えば南京の事件は、二カ月にわたって継続され、記者がそこを去る日まで、まだ完全に終熄してはいなかった。

私は、このように推測する。これは、〈一部の日本軍隊が統制を失ったというのではなくて、その最高当局は、恐怖手段をもって、中国民衆を恐怖屈服せしめる目的を達するように希望していた〉とみられるのである。

以上のほかに、第三の結論は見いだし得ないだろう。

しかし記者は、このような文章で、日本民族全体を呪詛する気持はないし、また、そう願ってもいない。南京で、私が知った日本軍人のある人は、自分は戦争を好んでいるのではないけれども、ただ、我我は命令には絶対に服従しなければならないと話した。彼らは、或る制度によって束縛されて戦争に参加し、また、自由も失っていたので、自分らがいったい何のために戦争をするのか、その結果がどうなるのかも考えなかった。

　そうした軍人の極端な一典型を、私はつぎのような挿話（エピソード）にみることができる。

　カタギリ部隊のムカイ・トシアキ少尉と、ノダ・イワオ少尉の二人は、句容作戦で、風変りな競争をおこなった。すなわち南京を攻略するまでに、その軍刀で百人の首を斬ったほうが、賞をとるという競争である。アサヒ新聞の消息によると、句容作戦いらい、二人の記録はつぎのとおりである。

　ムカイ少尉　八十九名

　ノダ　少尉　七十八名　」

　グリーン記者はタイプライターを打ちおわり、パイプに火をつけた。いかにもうまそうに煙をくゆらした。パイプを持ったその手は胸の辺でとまった。一人の日本人記者の苦渋に沈んだ眼を思い出したのだ。その記者には、南京の城壁の上で会った。

「君らはいいね。事実を書くことができて……」腕に従軍章を巻いたその男は、不精髭がのびた頬に苦笑をうかべ、グリーンを見た。

　グリーンはパイプをくわえ、煙を吐いた。

「そうだ。あの男は、ほんものの新聞記者だった。まるで獲物をとれない猟犬みたいな眼で、おれを見た。事実を見ながら、嘘を書くのは、まったく、つらいことだからな……」

　彼は上衣に腕をとおした。下のバーで、中国美人を相手に、一杯飲みたくなった。階段を降りながら、彼はあの日本人記者のために乾杯してやろうと考え、微笑した。

4

前の夜の雪が霽れた日の昼ごろに、山内静人記者は、下関の埠頭へいった。そこはすっかり片づけられ、雪に被われた埠頭一帯には、戦火のあとはみえなくなっていた。

揚子江を溯航してきた日清汽船の船が岸壁に横づけになった。山内はこの船でくる同僚を迎えにきたのだ。東京本社の吉川という同僚は一等船室のデッキに出て、はじめて見る南京市の雪景色を珍しそうにながめていた。青空のしたに雪化粧をした紫金山が陽にかがやいている。吉川記者は山内をみつけて、手をあげた。山内もこたえたが、同じ一等デッキでさわいでいる女たちに気をとられた。ひと目でわかる水商売の女たちだ。毛皮のオーバーから太い脚を出した中年女と、毛皮の和服コートを着て銀狐の首巻をまいた痩せた女との二人が女将格とみえ、五、六人の芸者風の若い女たちが、キャーキャーさわいで、ハンカチや、手を振った。その相手はどうやら埠頭に立っている肥った将校だ。その後ろに、カーキ色の自動車がとまっていた。スルメ烏賊みたいな形の外套の肩には金色の肩章が光り、ポケットに手をつっこんで足踏みしながら立っている中年の佐官の刀帯の赤い裏と、光る赤革の長靴に、山内の眼はいった。デッキの女たちのそばには、背広に腕章をつけた軍属風の男がいて、世話をやいていた。

タラップがつけられた。着物の女たちは裾をつまみ、歩き難そうに降りてきた。将校は肥ったほうの女将に白手袋の片手で軽く会釈し、軍属風の男と笑って話している。

「きれいな街じゃないの」

和服を着た痩せた女が、金の縁なし眼鏡をかけた狐みたいな顔で、見まわした。

そのかんだかい声を聞いた瞬間に、山内静人の立っている足許では、雪が消え、そこには死体が折り重なり、呻き声もきこえ、血の溜りがみえた……

「やあ……」

肩をたたかれて、山内は自分にかえった。トランクをさげ、カメラを首に吊った吉川記者が笑っている。吉川も雪景色をながめた。

「さすがに古都だな。あれが、有名な城壁か……」

街の屋根の上に、雪をのせた城壁がつづいている。

「いや、君、街は今はきれいになってるがね……」いいかけて、山内はあとはごまかして口をつぐんだ。「——ひと月まえには、それどころじゃなかったんだ。おれは見たんだ。ちょうど君が立っている此処でね……」と、彼はいおうとしたのである。

「じゃ、お女将(かみ)さん、さよなら」

少佐と話している女に、吉川が手をあげた。洋装の肥った女は振り返って金歯をみせ、愛想笑いをした。

「ごめんやす。吉川はん、ぜひ、きとくんなはれ」

そこへ、何処から出てきたのか、ボロを着た中国人の子供らが三、四人、女たちのまわりにあつまってきた。「まあ、この子たち、可哀そうに……」

洋装のおかみは附添いの男に何かいい、手提げ鞄を開けさせた。ダイヤの指輪が光る手で、キャラメルか飴玉を子供らにやった。「かあさん、あたしも持ってるわよ」と若い女がハンドバッグを開けた。

「謝々(シェシェ)、謝々……」

子供らの声がきこえる、八つか九つの垢だらけの子は、上衣一枚のしたに胸と腹が出ていた。おそらく孤児にちがいない。子供らは船が着く度に、何かもらいにやってくるのだろう。でっぷりした佐官も笑いながら見ていた。

「いい写真になる。ひとつ、撮ってやろう」

「やめろ！」

カメラを持とうとする同僚の手を、山内静人はつよい力でおさえた。そのときに、山内はわけのわからない怒りにかっとなり、意味もない罵声が口から出かかるのを、おさえつけた。吉川記者に弁解した。

「くだらんよ。あの女どもは、淫売だ。さあ、いこう」

そこへ二台の自動車がきた。運転していた兵隊が降りて、将校に敬礼をし、ドアを開けた。将校は二人の中年女と自動車にのった。ほかの女たちもさわぎながら、あとの二台にすし詰めにのりこんだ。雪の上に、青い排気ガスがのこった。

山内は気がついた。

「おい、荷物を持とう。いいんだ。よこせよ。支局までは、たいしたことはないんだ。歩いてゆこう」

山内はトランクをもった。吉川記者が訊きもしないのに話した。

「あの洋装の貫禄のある女ね、あれはたいした女なんだ。下関（しものせき）の春帆楼のおきんといってね。S・I兵団長の内命で呼ばれたんだそうだ。あの附添いの男は、くだらん男さ。神戸でダンスボールをやっていたそうだ。女でひと儲けをたくらむ利権屋さね。女どもは、安芸者だ。大阪や京都の雇仲居（やとな）もかなり集めたらしい。まだ、第二便もくるそうだ。山内さん、一度、遊びにいってやろうよ」

黙りこんでいる山内静人の顔に気がついて、吉川は話題を変えた。

「あんたの入城記、評判がよかったよ。歴史的文章だね」

「そう……」

複雑な顔で苦笑した山内記者は、雪どけの通りを見まわした。雪の上に豚肉や野菜や鶏などをならべて、露天商人が出ている。老人が長い煙管（きせる）をくわえ、のんびりと陽にあたっている。山内には、あの夕陽の丘や、明け方の下関（シャーカン）で見たことが、なんだか事実ではないように思われた。

彼は白くかがやく紫金山を見あげた。いいようのない無力感が、この新聞記者をおそった。

二人は北大門のほうへ雪の道を歩いた。トランクをさげた山内が、ふと同僚の顔を見た。山内は苦笑をうかべていた。

「吉川君、そのうち、あの女将（おかみ）の料理屋へいってみるか」

「ああ、いいね」吉川記者も笑った。「そのトランク、おれが持つよ」

「いいよ。もう、たいしたことはないんだ。あれが揚子飯店（ヤンズファンテン）で、こちら側にあるのが、海軍クラブだ。この先に、英国大使館がある。おれは、女の匂いをかぎたくなったよ」

「わかるね。半年も、兵隊と暮してきたんだからな」

「いや、そのせいじゃないんだ。何だかこう、おれは……」

「料理屋へいくのに、理窟はいらんぜ」

「そうだな。今夜は、銀座の話でも聞くかな」

同期に入社した二人は、顔を見合わせ、声をだして笑った。

十三章

1

カソリック神学院のミルス神父にとっては、毎日が、困難と試練であった。朝、眼がさめると、その困難な仕事が待っていた。神に裏切られたなどと考えている暇はなかった。哀れな難民をみると、ミルス神父は、どんな困難な問題にもぶっつかってやろうという気持になるのだ。

一月の半ば頃には、どの収容所でも、食糧と燃料が乏しくなった。ほうっておいたら、餓死者が出るかもしれない事態になった。死なないまでも、この一カ月あまり、粥や雑炊を食べてきた女子供や老人は衰弱している。

食糧を市内に運びいれる城門は閉められ、交通は遮断されていた。

収容所にはまだ五万人の難民家族が残っていて、市中の二十万市民にしても、同様に食糧難におちいっている。

このことで心を痛めているのは、ミルス神父ひとりではないにしても、神父はこのことを考えると、夜もよく眠れなかった。

そんな神父も、その日は晴々とした顔で、司祭館から礼拝堂へ出てきた。彼は金襴の聖衣(スータン)を肩からかけ、白い肩衣をかけた中国人の少年を一人、したがえていた。

礼拝堂には十四、五人の中国人があつまっていた。いちばん前に並んで立っているのは、今日、ここで結婚式をあげる黄士生と、葉雪珠で、黄は黒の中山服、目立たない紺木棉の長衫を着た花嫁は、断髪の上に、白いヴェールをかぶっている。横の木の椅子には、黄の父親と、雪珠の家の年とった女中がかけている。雪珠の母親は、去年の暮に死んだ。あとは、みな、若いひとばかりだ。

神父は儀式をし、二人を祝福した。

花嫁の手をとって翡翠（ひすい）の結婚指輪をはめてやった。そのときに、きめの細かい黄玉色の手がふるえているのを見た。神父はその手の上に黄の手をかさね、その上に自分の手をおいた。

うつむいた雪珠の頬を、涙がつたわった。黄士生はこわばった表情だ。

神父は手をはなし、両手で二人の肩を抱くようにしてから、顎髭の生えた痩せた顔で参会者を見まわし、うなずいてみせた。神父には、今日、ここにあつまった人たちが複雑な気持でいるのがわかる。黄と雪珠の友達の若い男女は、みな、特別な身なりはしていなくて、なかには、収容所からきたらしい汚れた服の青年もいる。花束もなかった。

ミルス神父は壇にもどり、結婚式のきまった祝辞に、ひと言だけ、つけ加えた。

「銃弾のなかでおこなわれるこの結婚式は、きわめて印象的です……」

この式がすむと、リグス委員と、食糧のことで、日本大使館へゆかなければならない。

神父は自分をみつめる黄と花嫁の黒い眼を見て、もう一度、顎髭でうなずいた。この二人は、これから、きっと、うまくやってゆくだろうと考えた。

礼拝堂の入口のドアが開いた。

ミルス神父ははっとした。将校がはいってきた。江藤少尉だ。少尉はドアに手をかけたまま、ためらったが、中国人のなかに、花嫁の白いヴェールを見ると、微笑して、後ろ手にしずかにドアを閉めた。

ミルス神父は口のなかでいいかけた。「エトウ少尉、きてはいけない！　君は、事情を知らないのだ……」

江藤少尉は微笑をうかべたまま、腰の吊鎖から皮張りの軍刀をはずし、皮脚絆をはいた靴のきしむ音をおさえて、後ろの腰掛にかけた。彼は信者のように手を組んだ。

その靴のきしりは参会者にもきこえた。二、三人がふりかえった。略帽をぬいだ日本軍の若い将校に、中国の若い男女の眼がむけられた。

憎悪の眼だ。

ミルス神父は壇の上で、立ち往生していた。

少尉は顔をあげた。眼鏡をかけた眼は、神父の前にならんだ若い二人を微笑して見た。彼はこんな戦争中に、結婚式をあげる中国人を意外に思うと同時に、何となく祝ってやりたい気持ちもしたのだ。白絹をかぶった花嫁を見ると、原幸子を思い出した。彼はこのときには、自分の軍服を忘れていた。

ミルス神父はあわてて言葉を探したが、うまい言葉がみつからないでいるうちに、とうとう一人の中国青年が立った。水色木綿の大掛児を着たその男は、少尉のそばへいった。早口で何かいった。出ていってくれといっているらしい。中国語の解らない江藤少尉は、相手の憎悪の眼におどろいて神父を見た。神父は壇を降り、二人のそばへいった。まわりのささやきが消え、新婚の二人も、ほかの人たちも、日本軍の少尉と、若い男を見まもった。

ミルス神父は少尉にむかって微笑した。

「少尉、この若い男は、君に、出ていってほしいといっているのです。その理由は、あとで話すよ。少尉には、関係のないことだが……」

「どうしてです？　何の権利があって、僕に出てゆけというんです？」江藤少尉も顔色を変えていた。「自分は、礼拝にきたんだ。ここへは、誰がはいってもいいはずです」少尉は新婚の二人を見た。「それに神父さん、自分は、あの二人を祝ってやりたいと思ったんです。それがどうしていけないのか？」

向かい合った若い男の口からは、聞くに堪えない言葉が出た。もっと興奮すると、ツバでも吐きかけそうだ。神父はハラハラした。その相手の気持が、少尉にも判らないはずはない。背の高い少尉の整った顔にも、日本軍人としての誇りがうかんだ。自分と同年配の中国人を見すえたまま、彼の左手は腰掛に立てかけた軍刀に無意識にのびた。女の低い悲鳴がきこえた。中国の青年は顔色を変えない。出ていってくれといい張った。この若者には、たいへんな勇気が必要であった。

ミルス神父は二人の青年のあいだに立った。江藤少尉は軍刀をとらなかった。彼はここの場所に気がついたのだ。しかし理由もないのに、自分に敵意をもつ中国人にたいする怒りで、少尉の顔も青くなった。

二人のあいだに立つと、神父には、日本人と中国人の若者の両方に愛情が湧いた。やっと落着きをとりもどして顎髭に手をやり、二人を見て笑った。

「どうぞ、私のいうことを聞いてください。私には判りました」神父は英語と中国語で、両方にいわなければならなかった。「私には判ります。エトウ少尉、もう、すぐ、式はすみます。あなたたち二人は、友達です。日本にも、中国にも、友達になれる君らみたいな人はいる。私の部屋で待っていてください」

江藤少尉はうなずいた。彼は自分を罵った中国青年をにらみつけ、軍刀を腰に吊った。靴のきしむ音が礼拝堂を出ていった。その軍服の背中を、十何人の憎悪の眼が見送った。大きな扉がしまった。

庭に出た江藤少尉はドアをふりかえった。彼には口の脇に唾をためたあの中国人のいったことがさっぱり解らなかった。しかしあの若い男や女が、自分を憎悪の眼で見た理由はわかる。彼はそれも仕方がないと考えた。彼にはまた、いつもの固定観念がうかんだ。道にすわって、自分にむかい、手を合わせていた百姓女や、捕虜たちの救いをもとめる青い顔……

「おれは、この教会からも、追い出されたんだ……」

江藤少尉は苦笑して、門のほうへいった。神父が待っていてくれといったのを思い出した。神父は何か話がありそうだった。同時に彼は、今日、自分がここへきた用件も思い出し、赤煉瓦の建物のほうへいった。ドアが開いているので、机と本棚のほかには装飾もない部屋にはいり、椅子にかけた。開いたほうのドア口から、礼拝堂のなかの神父の声がきこえた。声だけで、言葉はわからない。江藤少尉が室にはいるのをガラス越しに見たミルス神父は、

「皆さん、しずかに――」

と、ざわめきをおさえた。

また聖壇の下にもどり、前に腰かけている一同を見まわした。

「私のいうことを聞いてください」神父は水色の服を着た男を見ていった。「戦い合う人たちのなかにも、友人がいるということを、私たちは忘れないようにいたしましょう。それでは、伝道書を読みます。私は、この一節を、黄君夫婦に贈りたいと思います」

ミルス神父は聖書をひろげて、中国語に翻訳して読んだ。

「何事にも季節あり……生の時あり、死の時あり、建設の時あり、泣く時あり、笑う時あり……得る時あり、失う時あり、そして愛する時あり、憎む時あり……」

この言葉は、弱い光が窓からさす礼拝堂に、しずかにひろがった。いちばん前の腰掛には、杖を膝のあいだについた黄士生の父がかけていた。お椀型の帽子をかぶり、白い髭を黒の礼服の胸に垂らした老人は、さっきからずっと瞑目していたのである。ただ神父の朗読を聴いている証拠には、その白い髭はときどき、うなずいた。

式が終り、ミルス神父は自分の部屋へいった。椅子にかけた江藤少尉は庭を見ていた。中国人たちが帰っていった。そのなかに、今日の花嫁の青白い横顔もみえた。

「お待たせしたね」

神父は聖書を机においた。「少尉、さっきは、驚いたでしょう?」

神父は葉雪珠の受難の話をした。黙って聞いている若い少尉は沈欝な表情になった。彼は礼拝堂で見た花嫁の顔を思い出しているのであろう。

「それで、ファーザー……」少尉は顔をあげ、ミルス神父を見た。「その黄君は、そのことを知っているのですか?」

「むろんです」

神父はうなずいた。江藤少尉はいった。

「彼にくらべたら、ぼくたちは、仕合わせだと思います。実は、ぼくにも、東京に結婚したいひとがいるんです」

「そうですか。そのひとは、元気ですか?」

「ええ、いまは大学の冬休みです。友達とスキーにゆくそうです。手紙をくれました」

「そのひとは、エトウが無事で還るのを祈っているでしょうね」

「ええ」江藤少尉は何かを思い出した風に、神父の顔を見ていった。「自分は、今日、お別れにきたんです。自分は、もう、教会へこられないかもしれません」

神父はうなずいた。江藤少尉は眼鏡ごしに澄んだ眼で神父を見て、微笑した。

「神父さん、ぼくは、何だか安心して戦える気持になりました」

「そうですか。それは、いいことです」神父も笑った。「少尉、もし、アメリカが戦争をする場合には、私も、銃を持って戦うよ」

周がコーヒーを運んだ。今日はストーブは燃えていない。

「少尉は、表の掲示板を見ましたか?」コーヒーをすすり、ミルス神父が嬉しそうに話した。

「いや……」

「去年のクリスマスに、日本の兵隊が贈り物をくれました。そのお礼を私が書いて、まだ、貼ってあります」しかし神父は暗い顔になった。「船がないので、上海から、食糧が送れない。収容所には、もう、食糧も、石炭もありません。私の友人のイギリス人は、こういっています。日本軍は、戦勝に酔っているだけで、占領政策に考えをめぐらす将軍は、一人もいないのかと……。その人たちに多少の配慮があれば、中国の人たちは感激するでしょう」

少尉は黙って聞いている。

こんな重要な問題になると、一小隊長では黙りこむより仕様がないのだ。そのことは判っていても、ミルス神父のしずかな口調には、日本軍の上層部にたいする非難があった。神父も、この若い少尉に話さずにはいられない気持だ。十五以上も年齢がちがい、また国籍も異ったこの二人には、人間として何か通い合うものがあった。

「……じゃ、失礼します」

江藤少尉は立った。

「さようなら、神父(ファーザー)……」

神父は握手をした。痩せた手がつよく握り、緑色の眼が少尉をみつめた。このときに、この中年と青年の二人は、魂がふれ合った。二人とも、そう感じたのである。

「エトウ少尉、君の健康を祈ります……」

うなずく江藤少尉の眼鏡の奥の眼に、ミルス神父は心の安らぎに似たものがあるのを見た。その黒い眼には、以前の苦悩はなくなっているようだ。少尉は神父の眼に、神父が自分を許していることを知った。

江藤は軍刀をひろい、挙手の礼をして、司祭館を出た。ミルス神父は礼拝堂の階段まで出て送った。

少尉が鉄門のところで振り返ると、背の高い痩せた神父は階段に立ち、顎髭の生えたやせた顔の緑色の眼が、まだ彼を見ていた。

2

江藤少尉と別れた後、午後になって、ミルス神父は英国人のリグス委員と二人で、日本大使館へいった。用件は、窮迫した食糧問題の打開だ。それには日本側の機関と折衝する以外に、方法はなかった。南京の陥落前に、馬市長は米とメリケン粉約五万担を国際委員会に譲渡して、難民の救済用にあてようとした。占領後に、城の内外の交通が途絶したので、そのうちの五分の一を搬入したにすぎなかった。日本軍は収容所にいる難民にたいしては、自宅へ帰るように勧告し、二月五日までに強制的に収容所から出すと布告しているが、市内に帰っても掠奪、暴行に遭うので、難民は帰りたがらず、帰っても、また、もどってくるしまつだ。商店は店を開かないので、米などの生活必需品を買うこともできない。現在のところ、収容所の難民は五万であり、これは十万にふえることも予想される。

ところが、火災の煙のなかを銃をもった兵隊がうろつき、商店もこわがって戸を開けない現状では、布告にしたがうことは、難民を危険地帯に追いやるのと同じであった。

食糧の問題については、ミルス神父とチャールス・リグスが最初から担当していた。昨年の十二月二十一日に、国際委員会は、日本大使館にたいし、委員会の貯蔵食糧、燃料は、二十万市民の生活を維持し難いので、この危機に対処する措置を講ずるように要請した。二十七日に、この問題で、二人は大使館へゆき、福井官補と協議した。福井官補は、「米の問題については、軍が自治委員会に、その措置の責任を負わせ、燃料については、自分が個人として取計う」と答えた。

神父とリグスの二人は、また、糧秣廠の石田主計少佐とも話し合った。石田少佐は、米五千袋、メリケン粉一万袋の譲渡を許可した。一月七日に、国際委員会は石田少佐に米三千袋、メリケン粉五千袋を買うことを予約し、石炭六百トンの譲渡も許された。

三日後に、ミルス神父とリグス委員が、その受領にゆくと、石田少佐は、突然、「米、メリケン粉、石炭の支給は、一切できない」といい渡した。

会議の席で、「これでは、われわれの救済事業は、つづけることが不可能だ。委員会は、解散したほうがいい……」と悲観論を唱える委員もあった。

ミルス神父は黙っていた。シュペリング技師が冷静な態度で、神父に辛辣な眼をむけた。おれは、無神論者だといっているこの独身の技術者には、ミルス神父のどこまでも相手を信じようとする愚直さが我慢できないのだ。技師はいった。

「あんたがたは、から廻りをしてるんですよ。日本軍は、かれらの占領政策に、われわれ外国人が干渉するのを嫌っているんだ。自治委員会にやらせようとしている。かえって、任せておいたほうがいい」

「しかし、そのあいだにも、収容所の女や子供は饑えています」

神父がしずかにいった。重要な会議では、いつもこの二人の意見が対立する。

「シュペリング君、議論をしている時じゃない。仕事です」

ラーベ委員長のいうことも決まっている。

しかしこの頃になると、委員たちには、自分らは歴史のなかで仕事をしているのだという自覚が生れていた。このことは、なにも歴史に残る仕事をしているという意味ではない。いま、自分らのやっていることを、人類共通の問題として、のちの時代につたえたいという希望である。

とはいえ、食糧と燃料の問題は、暗礁にのりあげた。収容所にいる人たちの生命の問題だ。

一月十五日の朝、ミルス神父がニコニコして事務室にはいってきた。一枚の紙を持っている。

「ラーベさん、リグスさん、上海から電報がきましたよ」

神父は昨年の暮に、上海のキリスト教総会に、食糧の救援を依頼した。その返事だ。上海貯蓄銀行に在庫中の米麦三千袋、食料品六百トンを送るから、その輸送について、軍の許可を得られたしとの内容だ。

神父とリグス委員はさっそく日本大使館へでかけて、田中書記官に会った。書記官は輸送について、軍に斡旋を頼むことを引き受けた。委員会は、軍の許可を得しだい、至急に輸送するようにと打電した。

――これは今から三日前のことだ。

二人に会った田中書記官の顔は能面のようにみえた。彼は無表情にいった。

「船舶が欠乏していますので、軍は、この物資の輸送を許可しない方針です」

二人は顔を見合わせた。

田中書記官がいった。「上海銀行に在庫中の米麦は、日本軍に没収されました」

リグスがいった。「この米麦は、委員会の所有で、没収する理由はありません」

「日本軍は、それを市民に分配したのでしょう」

ミルス神父はこの会談の初めから黙っていた。田中書記官の返事には、明確でないものがあり、それは田中だけの責任ではないように、神父には思われた。英国人がかなりはげしい口調でたずねた。

「結局、日本側は、どのような御意見なのですか？」

「日本軍は、市民の食糧を維持する責任を負います」

リグス委員はするどく反問した。「十二月十四日より今日まで、日本軍が供給して市民に買わせたのは、米二千三百袋、麵粉一千袋にすぎないのを、あなたは、ご存じですか？」

書記官はプラチナ縁の眼鏡をはずし、絹のハンカチで神経質にふいた。その無表情な顔が困惑と苦悩で翳(かげ)るのを神父は見た。書記官はあいまいに微笑した。

「さあ、私には、そんな額だとは思われませんが、いま、正確な数字がありませんので……」

「それでは、上海からの食糧輸送について、日本側は拒絶したということを、私たちの代表に回答してもよろしいですね？」

「よろしいです」

三十を半ばすぎた書記官は、表情をくずさずにこたえた。この返事は各国の外交機関に通報してもいいという内容を含んでいる。

二人は三日前とはちがう暗澹(あんたん)とした気持で、赤煉瓦の建物を出た。ミルス神父は会談中に、ひと言ものをいわなかった。田中書記官が無表情で、事務的な返事しかしなかったのも、そのせいかもしれない。神父の緑色の眼は、このようにして、度々、自分をだます相手の心をのぞきこんでいたのだ。その黒服の内ポケットには、上海からきた無電が大切にいれてある。

事務局で、二人の委員の報告を聞いたラーベは、さっそくペンをとった。宛先は、ドイツ大使館のローソン、米国大使館のアリソン、英国大使館のベイロニーである。

難民区の食糧危機をのべたのちに、上海の食糧の輸送が許可されないことについて、「あなたがたに、どんな援助をすることができるか、私には判りませんが、何とかしてこの問題を打開していただきたい。日本側に強迫するのは賢明ではないにしても、日本大使館側で、軍は市民の食糧を維持する責任を負うと言明している以上、あなたがたは、或る種の非公式方法を用いることはできると信じます。つまり日本軍に、この問題の重大さについて、注意を喚起するとともに、難民を餓死させない措置を至急とるように抗議していただきたい……」

さらに彼はつぎの実施方法もつけ加えた。

一、毎日、一千六百袋の米、あるいはメリケン粉を支給する

二、毎日、石炭四十トン乃至五十トンと、その他の燃料を支給する

三、自治委員会は車輛が欠乏しているが、日本軍はトラックがすこぶる多いので、米、メリケン粉、石炭等は、日本軍において自治委員会に送るように取計らわれたい

委員長　ラーベ

そばの机で、ミルス神父も、日本大使館宛の公文書を書いた。この英文は、中国人職員が日本文に翻訳する。神父は福井官補と石田少佐と田中書記官との交渉の経過を書き、最後にこう書いた。

「……方法すでに決定するも、貴方（きほう）は、何故、中途にて突如、取消さるるや。特に書簡をもって真相お尋ね申し候。難民は、米なく、石炭なく、如何にして生きんとするや、お聞き致したく候」

3

二月初めのある朝、まだ空が明けきらないうちに、ミルス神父は揚子江の江岸へいった。黄色い濁流をつつんだ霧のなかに、汽船や日本の軍艦がみえた。

神父は下関（シャーカン）の繋船場へいった。小舟や画舫やジャンクが浮かんでいて、桟橋にいる一組の男女が、霧のなかにみえてきた。背の高い神父の黒服を認めて、二人は頭をさげた。黄士生と、その妻の雪珠だ。士生は百姓風の黒い長い服を着、両側に垂れのある山羊皮の帽子を被っている。雪珠も紺木棉の質素な大褂児（タークワル）を着て、腕に籠をさげていた。籠のなかには食糧がはいっているのだろう。足許にも包みがあった。なるほど、この姿なら、この二人は、街から田舎へ帰る農村の若夫婦といっても、怪しまれないだろうと、神父は安心した。

ジャンクの上では、大男の船頭が舟を出す仕度をしている。

霧が霽れてきて、三人の背後には城壁もぼやけた形を現わした。神父に訊かれない先に、黄が元気に話した。

「ゆける処まで、舟でいって、あとは歩くつもりです。しかし、どこまで行けるか、この雪珠（シュエチュウ）が心配です」

士生はいたわる眼で妻をみた。雪珠は笑った。神父は対岸の遠くを見た。

「舟でどこまでゆけるか、戦争にまきこまれないように気をつけるんだね」

「わかっています。大丈夫です。日本軍は、鉄道に沿って、徐州を目標にしているようですから……。友達が無電で聞いた話では、五万の広西（カンシー）軍が蚌埠（バンブー）に防禦線を敷いているそうです。ぼくと雪珠（シュエチュウ）は、船で戦線を通り抜けて、あとは歩いて味方の防衛線内にはいる計画です……」

黄士生は顔を赤くして説明した。雪珠の信頼する眼が、その顔を見ていた。この二人の決心のまえには、神父は何もいうことはなかった。

船頭が大声で、舟の用意ができたと知らせた。霧が霽れてゆく埠頭の貨物の野積み場のほうには、日本の兵隊がみえるが、この三人には気がつかず、憲兵の姿も見あたらない。

「ファーザー、それでは僕たち、ゆきます」

「ああ、二人とも、元気で……」

ミルス神父は黄士生の手を握った。それから思い出したことを、早口に話した。「黄君は、君たちの結婚式のときに、教会へきた日本軍の少尉を覚えてるだろう？　あの少尉も、出発していったよ。君たちと戦うためにね」そういってミルス神父は黄の顔を見、それからやさしい眼を雪珠にむけた。「あの若い少尉は、君たちの結婚を、心から祝福していたよ。あの少尉も、今ごろは、どこかの戦場にいるのだろう……。じゃあ、あなたも、元気でゆきなさい」

神父は雪珠の肩を軽くたたいた。雪珠は神父の緑色の眼を仰いで、膝をつきそうにしていった。

「神父さま、有難うございます。私たち、ゆきます」

自分を仰いでいる雪珠の黒い瞳を見て、神父はうなずいた。雪珠が何を感謝しているのかわかる、雪珠は、どこも穢れていない。かえって苦悩が、この若い女の心を洗い浄めた。この二人はおそらく死ぬときは、二人で死ぬだろう……神父はこんなことを考えた。

「君たちが、無事で、目的を達するように、私は神に祈りましょう」

雪珠は腕にかけた籠から、細長い紙包みを出しひらくと、翡翠の玉をつけた簪(かんざし)を神父の前に出した。

「ファーザー、これは母の形見です。お受け取りになってください。そしてこの簪を見て、私たちを思い出してください」

雪珠は指先で涙をふいた。神父に雪珠が何を考えているのかわかった。二人は日本軍に捕まって、殺されるかもしれない。それも覚悟の上で、民族のために戦う決心をした二人は、神父にとめられても、その考えを変えなかったのだ。

「有難う。これは喜んで頂くことにします」

「旦那、はやく、乗ってくだせえよ」

船頭にせかされて二人はジャンクに乗った。本流に出て帆が風をうけると、傾いたジャンクは舳先で波を切り遠くなった。帆柱の前に立った雪珠が手を振っていた。黄士生は頭をさげた。ミルス神父も手を振った。ジャンクは濁流の上に小さくなった。それを見送っていたが、神父は首を振りため息をつくと、舟着き場を出た。

「二人とも、無事でいってくれればいいが……」とつぶやいた。

神父の頭には二人の青年があった。一人は日本の若い将校だ。一人はこれから抗日戦線に参加しようとする中国人だ。

あの二人の青年はどうなるだろう？　裏通りを難民区のほうへ歩きながら、ミルス神父は江藤少尉と黄夫婦のこれからの運命について考えていた。それは世界中の若者にも通じる道であった。

4

ルイス・スミス教授とミニー・ボートリン女史の二人が上海へむけてたつ日に、ミルス神父もラーベ代表らと、下関（シャーカン）の埠頭へいった。

そこにはアメリカ砲艦が横着けになっていた。スミスたちは、上海からアメリカへ帰国することになっている。事務局のボーイが、フォードからトランクを出して、アメリカの水兵に渡した。近くで貨物船から荷揚げをしている日本の兵隊が、一団の外国人を珍しそうに見た。砲車や弾薬箱が荷揚げされていた。砲艦では、若い水兵が手すりにもたれて、こうした風景をのんびりした顔で眺めている。

寄りそったスミス教授とボートリンは、見送りの外人委員や中国人にかこまれている。ミルス神父は微笑して、二人を眺めた。この南京の戦火のなかで、しかも自分の知合いから二組の夫婦が生れたことを、彼は不思議な運命のように思った。

黄夫婦は、今ごろ、どこにいるだろうか？　あの若い二人は、無事でいるだろうか？　神父には、大砲や小銃の音がきこえる野を、手をつないで歩いている黄士生と籠をさげた雪珠の二人がみえるように思われた。

神父はスミス教授のそばへいった。

「では、スミス君、これを頼みます」

手紙と紙包みを渡した。包みには、黄雪珠からもらった翡翠の簪がはいっている。それを南部の町にいる老母に届けてくれるように、スミスに頼んであったのだ。

「ええ、できるだけ早く送りますよ。もし、行けたら、お訪ねするつもりです」

「よろしく頼みます。母も、ずいぶん年をとったはずです。何しろ、もう十四、五年も会わないんだから……」

そばからボートリンがいった。「あたしたち、落着いたら、きっとお母さまをお訪ねするわ。神父のことも、よくお伝えします。あなたが、中国や南京で、どんなお仕事をなさったかもね」

手紙と紙包みをポケットにしまい、スミス教授がきいた。「ミルス神父、あなたは、これから、どうなさるんですか？」

神父は笑った。「私は、中国に残りますよ」それから心のなかで自分にいった。（この中国で、自分のする仕事は、ますますふえた……）

艦の上で、士官が笛を吹いた。いそがしくはたらく水兵のうちのデブが、下に向かって口笛を鳴らした。「おうい、そこのお二人さん、出航だぞ。ハネムーンの豪華船に乗り遅れるぜ。大砲のついた船によ」

スミス教授はラーベの肥った手を握った。ラーベも秘書役として働いてくれた若いアメリカ人の手を握った。ラーベはこの寒い日に、ハンカチで猪首とくれた顎をふいた。スミスはナチス党員のこのドイツ人に、時には反感をもったこともあるが、自分はやっぱりラーベを好きだったのだと考えた。長身の彼は、小柄な女性の手をひいてタラップをあがった。

岸壁をはなれる砲艦の舷側にならんだ二人を見ると、ミルス神父はその二人がアメリカにいるような錯覚をうけた。同時に、自分が中国にいることをつよく感じた。自分は、この中国で生きてゆこう……。

濁流にのった砲艦は、見ているあいだに下流に小さくなった。

「あの二人も、いってしまった……」ヨーン・ラーベがため息をつき、ひとり言みたいにいった。「彼らは、ひと月後には、もう中国にはいないね。神父（ファーザー）、われわれの仕事も終ったらしいね。日本は、中国に新政府をつくる腹でいるようだよ。さあ、帰りましょう」

ラーベの運転する自動車に乗るまえに、神父はもう一度、揚子江を見た。濁流には砲艦はみえなかった。

ラーベたちと事務局へもどった神父は、机に両肘をついた。委員長秘書だったスミス教授の机だ。この事務室から、スミスと女史の二人がいなくなっただけで、急に淋しくなった気持がする。

頬や顎に茶色の髭がのびた痩せた顔をあげ、神父は窓を見ていた。その外に、女や子供もまじった大勢の声を聞いた。それは泣き声に変った。錯覚であった。窓の外には、何の声もきこえなかった。

大きな靴音と、ラーベ代表の元気な声がはいってきた。

「あの二人も、いっちまったね。ミルスさん、今日までの報告書は、できてるだろうか？　日本大使館へ行きましょう」

情報担当だったスミス教授の机には、その報告書があった。ミルス神父は片手でくぼんだ眼をこすり、その書類をひろげた。

第一七九件（一月三日）発育不完全な十四歳の小娘が、日本兵に強姦され、ひどい傷をうけたので、手術せねばならなくなり、治療している。

第一八六件（一月九日）午後三時頃、ラーベ、スミスの二人が、城の西南にいって、状況を視察した。たまたま、一人の女が嬰児を抱いて、日本の兵隊に犯されているのを見た。他の一名は見張りに立っていた。

第一九五件（一月十五日）金陵大学附属中学校収容所から、一組の男女が城南の自宅へ帰った。日本兵の一人が汚辱を加えようとしたが、女は堅く拒んできかなかった。女は、その場で射殺された。

第二三二件（一月二十九日）陳王という二十八の女は、女の連れと帰宅する途上、折悪しく三名の日本兵に逢った。陳はひざまずいて懇願したが許されず、店にひきこまれ、陳は三回汚された。

第三八二件（二月一日）呉金生が光華門外の家へ帰ると、七人の日本兵が老婦人を引き出してきて、二人に性交するように強迫した。彼らはそばで笑って、見物した。

第四二六件（二月五日）午前、一人の日本兵が漢西門五十六号の曹家にきて、女に汚辱を加えようとした。家人が憲兵を呼んできたので、獣欲をとげえなかった。四時ごろ、その日本兵がまたやってきて、曹氏の顔に切りつけた。病院で治療しているが、ウィルソン医師の話では、顔の傷は重く、怪我人は昏睡状態で、おそらく頭蓋骨が砕けているだろうとのことである。

第四三六件（二月五日）三名の日本兵が、三牌楼の姓剣という老婆の家に侵入し、一人は門口を見張り、二人は代る代る汚辱した。この老婆はすでに六十数歳である。終ったのち、一人の日本兵は老婆に舌で陽物の汚物を舐めるように強迫した。

第四二五件（二月七日報告）二月六日午後五時頃、百子亭の裏に、三人の男と一人の女が撃たれて斃れていた。今日の午前に、隣家の者がわれわれの事務所にきて、このことを知らせた。四時半に一人の娘がきて、屍のひとつは彼女の母親であることを告げ、我々に助けを乞うた。その母親は、数日まえに収容所から帰宅したもので、所持していた金は、母親がこつこつと働いて、家を建てようと準備していたものである。娘は、我々に母親の死体から、現金を探してくれるように頼んだ。

実際の経過はこうであった。ひとりの老人が、椅子二個を持って鉄条網に沿って歩いていた。日本兵に阻止されて、その場で撃たれた。同行していた女は、老人がまだ死んでいないことを発見したので、二人の男を呼んできて、板戸にのせてかついで帰ろうした。ところが、三人が現場にくると、また日本の狙撃兵に射撃された。一人も助からなかったのである。

ラーベとスミスの両人が、その地点にゆくと、死体四つが血潮のなかに横たわっていた。そばには長方形の板戸があった。時間が遅すぎるので、必要な手続きがとれず、両委員は、明朝、自治委員会に報告することに決めた。

八日の朝、ドイツ大使館のローソン博士も、我々の調査に同行した。この地点は、道路から約二百ヤード離れており、日本軍の駐屯地からははるかに遠い処であった。住民の一人の話では、この地区には大勢の住民が帰ってきて、畑仕事をしていたが、この事件のために、皆いなくなってしまったとのことだ。四つの死体は芦のムシロに包まれた。老人の頭髪は白く、女の手にはいっぱい血がついていた。

第四二八件（二月七日）十二歳の少女が、夜なかにはずかしめられた。少女は、昨日、やっと大方巷の自宅へ帰ったばかりであった。少女の下腹部は腫れあがり、うごくことができない。

四百二十八件目の記録で、スミス報告書（レポート）は終っている。この記述で、彼が感情をつとめて抑制しようとしていることがよくわかった。同時に、神父にはスミス教授の皮肉な微笑もみえた。河をくだってゆく砲艦の士官室にいる二人も、まるで映画の画面のように神父にはうかぶ。彼は、この報告書のことは、忘れているだろう。いや、彼はきっともう、思い出したくないのにちがいない……

「神父、出かけますか」

ウィルソン医師に不抜の砲塁のようだといわれた肥ったドイツ人は、先に事務室を出た。

5

二月十八日に、国際委員会は閉鎖された。これまでの仕事は、中国人の自治委員会にひき継がれた。

第三十四号文書（一九三七年二月十九日附国際委員会発、米国大使館アリソン、英国大使館ジェフレー、ドイツ大使館ローソン宛公信）

拝啓

二月十八日より、当委員会は、南京国際救済委員会と改称することに決定いたしました。そして現在おこなわれている実際的な活動に、さらに側面より協力しようと希望しております。

貴大使館が、南京難民区にたいし、その成立の時より現在にいたるまで、絶えず種々の援助を与えられたことは、まことに感謝の至りであります。今後とも、当委員会の救済事業に、ひきつづき御援助を賜わるようにお願い申し上げます。

委員長　ヨーン・H・D・ラーベ

ラーベ代表とミルス神父は、各国の大使館をまわり、難民区収容所を閉鎖する報告をした。

ラーベと別れて神学院にもどったミルス神父は、自分の部屋の椅子にかけた。二カ月間のいろいろな疲労が急に出たような虚脱感で、しばらくぼんやりとしていた。

収容所だった寄宿舎へいった。建物には人はいなくてがらんとしている。校庭に出た。庭の隅に、いくつかの新しい土饅頭がある。神父は広くもない庭を歩きまわった。彼には、自分に何にもできなかったことがよくわかった。自分という人間の存在そのものが有害であった。この自分のせいで、あの兵隊や男たちは殺された。一神父の身で、戦争という巨大な力とたたかってきた自分が、滑稽にも思われる。ミルス神父は人のいない校庭や建物のなかを歩きまわった。この自分は、いくら責めても責め足りない。

暗くなってから、ミルス神父は司祭館にもどった。裏の食堂では、周がテーブルに夕食をおいて待っていた。神父は黙って椅子にかけた。周がスープ皿をおいた。豆のスープだ。まん中の大皿には、煎餅(チエンピン)が重ねてある。周も黙って椅子にかけた。二人は短いお祈りをした。神父はスープをすくった。

「ほう、肉がはいっているね」

「妹が持ってきてくれました。モヤシや野菜も……」

「よく城門を通れたね」

「日本の兵隊が通してくれたそうです」

「もう、帰ったの？」

「はい。村では、安心して畑に出られなくて困ると話していました。いつもなら、二月初めから春耕が始まるのに、今年は半月も遅れています……」

神父は大豆モヤシと豚肉を炒めたのにニンニクを入れ、トウモロコシの粉でつくった皮で包んだ煎餅を、うまそうに喰べた。周も安心して、うれしそうに神父を見ていた。

十四章

1

一九三八年（昭和十三年）の四月八日に、徐州作戦が発令された。

中支派遣軍と北支方面軍との七個師団が、五十個師団の中国野戦軍にたいして包囲作戦に出た。中国軍は機動退却戦に移り、軍団の編成をといて小部隊ごとに日本軍の間隙をつき、戦場を離脱していった。日本軍の目的は、中国軍主力の殲滅にあった。

南京市対岸の浦口と天津をつなぎ大陸を縦断する津浦線では、その中間にある徐州を守るために、中国軍は鉄橋を破壊し、線路の枕木をはずした。

五月十九日に、徐州は陥ちた。

日本軍のつぎの攻撃目標は、揚子江上流の武漢三鎮だ。

ちょうど中国大陸では入梅どきで、毎日、雨が降りつづき、あまつさえ中国軍は退却に際して、川という川の堤防を切って落とした。濁流と泥濘と石ころの山道は、日本軍を悩ました。工兵隊が橋をかけ、道路作業隊が道をつくって進んだ。城壁にかこまれた県城を占領し、麦畑のなかのトーチカを沈黙させ、山岳地帯の陣地を奪うという戦闘がつづいた。

霖雨（りんう）が降りつづいた。将校も兵隊も服は泥にまみれ、みなが同じ髭面になった。後ろには増水した川が白く光り、架け渡した軽渡橋が霧雨のなかに消えている。前面の遠くに、ときどき山の稜線が墨絵のように現われた。

泥のなかで、砲車が立ち往生している。倒れた馬が首をのばし、もがきながら脚を痙攣させた。車輪をうごかそうとしている兵隊の雨合羽が雨にうすれ、「セイノ、ヨイサッ……」という掛声だけが近くきこえた。

背後の川岸には、部隊が集結している。伝令がぬかるみを往き来し、ところどころで青い炊煙が低く這った。叉銃をした銃が濡れている。集結した部隊は、山脈の麓にある県城を攻撃しようとしていた。そこは山脈の切れ目にある町で、近くを流れる川は揚子江に合流している。漢口まではここからは直線距離で五十里だ。部隊はこの川岸で夜を明かし、攻撃は翌日の明けがたときまった。雨は降ったり、やんだりだ。

江藤小隊は本隊と連絡を保ちながら、渡河地点の左翼の防備にあたっていた。倉田軍曹に部下三名をつけて、斥候に出した。江藤小隊長は三十名を散兵線に配置し、残りは交代のために待機させた。まわりは綿畑の丘だ。雲のなかに、ときどき、山頂らしい尾根が現われるだけで、三キロ先にある部落は霧のなかにかくれ、ここからは見えない。道の脇に、大きな楊樹がところどころにぼやけて見える。江藤少尉のそばにも、ひと抱えほどの木があり、弾薬箱が積んである。木の下には小さな石の祠がある。紙の服を着た男女の土人形が祀ってある。

本隊から伝令がきた。「攻撃開始は、翌朝未明、各隊は警戒を厳にして、休養をとれ……」

靴を泥まみれにした倉田斥候がもどった。前面の部落には、敵のいる様子はない。中国軍は高さ五メートルの城壁がある県城の守備を固めている。

「敵の守備は厳重です。多分、人口二万ぐらいの田舎の町です。しかしおそらく食糧は豊富にあると思われます」

報告をすると、軍曹は木の下を離れた。

幕が降りるように陽が昏れた。雨はやんだが、枝から雫が落ちる。むし暑い曇り空に月がぼやけているが、川岸は深い霧だ。江藤少尉は弾薬箱に背中をもたせかけていた。

「小隊長どの……」

鈴木上等兵がきたが、軍刀を抱いて眠っている少尉を見ると、黙ってはなれた。

兵隊の話声がする。増水した川の音がしている。江藤少尉はときどき眼がさめ、濁流の音と、まわりのうす闇に気がつくと、自分が戦場にいることを知ったが、また、流れの音も部下の話声もきこえなくなった。試験場で、外交史の問題が書けなくて、苦しんでいた。応接間で、父と母がコーヒーを飲んで話している。そこに自分のいないのが不思議だ。父は新聞をひろげている。父と母は、幸子さんの話をしているらしい。黒い水着姿の幸子が砂浜を走ってゆく。自分は追ってゆく。幸子の後姿は小さくなる。母の声がはっきりときこえた。「幸子さん、どこへいくの？　清は、死にましたよ……」

彼はハッとして眼をさました。暗闇で低い話声がしている。明日の攻撃をまえにして、彼らは眠れないのだ。しかしこんな戦闘には、馴れっこになっているはずだ。軍曹の報告では、近くには敵はいない。戦闘は、明日だ。「おれは、いつ、死んでもいい……」江藤少尉は見まわして異状がないと知ると、また軍刀を抱え、固い箱にもたれた。死んでもいいと考えるようになってから、おれは南京にいた時みたいには苦しまなくなった。ただ、おれについてくる兵隊が、気の毒だ。鈴木上等兵には子供が二人いるし、篠原一等兵は母ひとり、子ひとりだったかな。おれが戦死したら、幸子さんは悲しむかな？　彼は砂浜の向うへかけていった水着姿の幸子を、もう一度、見たいと思いながら、また、眠った。

「軍曹どの、小隊長は眠っておられますよ。眠らしてやりましょう」

「うん、そうだな。戦闘は、夜が明けてからだ」

倉田軍曹は小高い綿畑にあがった。うすい月明りに川が光り、大地を埋めて、黒い影がある。合羽をかぶって寝た兵隊や、砲車や、光る銃剣や、馬繋場にならんで鼻を鳴らしている馬や、ぬかるみを歩いている兵隊だ。軍曹は交代の兵隊が仮眠をしている窪地の草の上にもどり、煙草に火をつけた。梱包用のシートをちゃんと占領している寺本伍長は髭面の口を開け、大イビキをかいている。木村上等兵の細い顔が心細そうにうす明りのなかにみえる。倉田は煙草をゆっくりと深く吸った。彼は過去のことは、何も思い出さなかった。明日の戦闘を前に、こうして煙草を吸っている自分がここにいるだけだ。彼は念のために、警戒線の兵の配置を考えてみた。大丈夫だと、安心した。この地形なら、何処から敵が夜襲をしてきても、本隊を掩護する任務は完全にはたせる。彼は江藤少尉をゆっくりと眠らせてやりたいと思った。この県城は田舎町にすぎないが、揚子江に出るには、どうしても通らなければならない要害の地なのだ。西には、大別山の山脈がつづいている。

倉田軍曹は懐中電燈で腕時計を照らすと、立ち上った。警戒線のほうへいった。

江藤少尉は同じ恰好で眠っていた。空の一方がすこしづつ白みはじめ、川岸に散らばった部隊が見えてきた。少尉は眼をさまし、立ち上った。部落の向うには、県城があった。城壁が箱庭のようだ。その上に、山脈がそびえたっている。それらが、しだいにはっきりと見えてくる。

川岸の部隊もうごきだした。そのうごきや、話し声や、号令が、ひとつの意志を現わしはじめた。

「おい、起きろ。作戦開始だ……」

倉田軍曹が兵隊を起しいる。倉田は木の下に立った江藤少尉を見て、白い歯をみせて笑った。

「ようし、やるぞ！　みんな、起きろ！」

寺本伍長の大きな声がした。

江藤少尉は丘の木の下で、胸を張って県城を見た。生命の充実感があった。彼には、自分が国家のために戦っているのだという実感がおこった。彼は上衣のボタンをはめ、軍刀に手をそえて、丘の上に立った。

「江藤小隊、集合！」

2

攻撃は八時間つづいた。

午後二時には中国軍は県城から退却した。両側に金や青の文字が古びた看板がさがり、どの壁にも抗日スローガンが書いてある町通りの石畳には、銃を構えた恰好をしたままの兵や、こちらに足をむけて俯伏せになったり、仰向いて眼をあけた死体がつづいていて、江藤小隊はばらばらになって町にはいった。道路には絵入りのビラが散らばっていた。銃をさげた倉田軍曹が一枚をひろった。「敵は、我らの家を焼き、父母兄弟を殺した。この仇を必ず討とう」彼にもだいたいの意味はわかった。軍曹はビラを丸めてほうった。

江藤小隊は町の一角の広場で休んで、命令を待った。入城してみると、悪臭のただよう廃墟みたいな町で、住民もいない。さっそく状況偵察と食糧徴発に出かけた寺本伍長が佐藤一等兵をつれて、もどった。寺本はこの頃は、すこし頭のにぶい佐藤一等兵を腰巾着にしているのだ。

「ひでえ町だよ。どの家にも、米粒はおろか、食いものといえるものは、何にもねえよ。漬け物ぐらいあるかと思って探したんだがな。こんなものが、吊してあったぜ」寺本は干した煙草の葉をみせた。

「葉巻にして吸ってやろうと思ってな……」

石畳のせまい通りの向うで、声がした。やはり食糧探しにいった鈴木と木村の二人が、二人の中国兵に銃をつきつけて歩いてくる。捕虜の一人はビッコをひき、二人とも頭の上で、両手を組んでいる。

「隊長どの、捕虜です」

鈴木上等兵は得意そうだ。二人の捕虜は二十前後で、ぼろぼろの軍服を着、髪はのび顔は垢だらけだ。

「おっそろしく汚ねえ捕虜をつれてきやがったな。そばへつれてくるな。臭えよ」

民家から持出した椅子に腰かけた寺本伍長が葉巻を吸い、唾きをして、痩せこけた捕虜をつれてきた鈴木と、木村をからかった。江藤少尉は戦場で覚えた中国語で、二人の部隊名を訊いた。石畳にすわった二人は答えない。少尉は軍曹をふりかえった。

「倉田、これは、軍官学校の服だろう？」

「そうです」倉田はうなずいた。

「そうか。じゃあ、しゃべらせようとしても、無駄だな。それにしても、敵は、よほど物資に困っているらしいな」

「敵ながら、天晴れですね。こいつらが、あんな抵抗をするんだからな」

「二人とも、弾丸を撃っちまったらしいんです。あまり抵抗はしませんでした」鈴木上等兵が教えた。

捕虜の一人は足に負傷をしていた。それを助けようとしてまごまごしているうちに、逃げ場を失ったのだろう。二人は覚悟をしているらしく顔をあげ、黒い澄んだ眼で、将校と下士官を見ていた。

「隊長どの、自分が報告にいきましょうか？」自分の手柄みたいな顔をした木村上等兵がきいた。

「いや、いいよ。おれが連れてゆくよ」江藤は南京に入城したときの苦い経験を思い出し、あわてていった。

「おいちょっと傷を見せろ」鈴木が負傷兵の血が浸みたズボンにさわろうとすると、中国兵はその手をはらいのけた。もう一人が頰がこけた垢だらけの顔の眼を光らせ、口の脇に唾をためていった。

「鬼！　お前らが、南京でやったことを、おれは知ってるぞ！」

自分を睨む捕虜から、江藤少尉は眼をそらした。「鈴木に、それから木村もこい……」

「はッ。おい、立て……」木村上等兵が銃をつきつけた。

少尉はいった。「鈴木、肩を貸してやれよ」

「はあ……。おい、ニーデ」顔をしかめた鈴木上等兵が仕方なく相手の腕を肩にまわすと、中国兵は抵抗しようとしたが、足の痛みで顔をゆがめ、観念して立った。少尉が先頭になり、木村は捕虜に銃をつきつけ、鈴木は肩を貸して歩いた。

「よう、鈴木、似合うぞ」葉巻を持った寺本が唾をした。「苦えな。まったく、ガッカリさせやがる。この町は、すっからかんだ……」

江藤少尉は部隊本部へいった。そこはこの町の豪家で、衛兵が立った門には、まだ「第百十師本隊」と中国軍の部隊名を書いた紙が剝がされないである。黒煉瓦塀の横の水のきれいな濠には、石の竜の口からこんこんと水があふれている。

棗の葉が繁った裏庭に机を出し、部隊長は副官や中隊長と、地図をひろげていた。江藤少尉は報告をした。

「なに、捕虜？　置いてゆけ。あとで調べる」

白い髭が目立つ大佐は顔をあげずにいった。副官が少尉を見た。

「その捕虜は、どこに置いてあるんだ？」

「はッ、表の庭です」江藤少尉は地図を見て考えこんだ部隊長に何かをいおうとしたが、考え直した。

「江藤少尉、帰ります」

「ああ、御苦労……」

少尉には部隊長が二名ばかりの捕虜にかかわっておられないのが判った。それでも捕虜を本部に引き渡したので、満足した。二人の捕虜は庭に坐らせられ、鈴木上等兵が監視していて、木村上等兵は見えない。

「仕様がない奴だ……」江藤少尉は苦笑した。

「よう、江藤……」

同じ幹候出の清川少尉が、家の横で呼んだ。

「おまえ、捕虜を連れてきたそうじゃないか」

「うん、一人は軍官学校の出身らしいんだ」

「軍官学校というと、南京にいた奴らだな。今朝の戦闘は、どうだった？　おれの隊では、上等兵が一人、やられたよ」

「おれのとこは、兵隊が一人、手をやられただけだ」

「それはよかったな。おれは、報告にきたところだよ。これから、火葬をせにゃあならん。いやなもんだよ」

「少尉どの、江藤少尉どの……」

「おい、兵隊が呼んでるぞ」

清川少尉が教えた。銃をさげた鈴木上等兵が家をまわって中庭にきた。不精髭ののびた肥った顔が青くなっている。「小隊長どの、副官殿が、あの捕虜を斬るといって、連れてゆかれました」不動の姿勢をとった鈴木は口がもつれた。

「なに？　よく判らん。もう一度、いってみろ」

「はッ、小川大尉殿が、捕虜のうちの一名を、連れてゆかれました。これから、斬るんだそうであります」

清川少尉が江藤少尉の顔を見た。

「連れていった？　どっちだ？」

「外の、畑のほうであります」

江藤少尉は門を出た。近くの畑の楊樹の下に、何人かの将校や下士官がいた。兵隊も遠くから眺めている。江藤少尉は踏まれた綿畑を、急いでそのほうへいった。捕虜は畑にあぐらをかいている。

江藤少尉は大隊副官の小川大尉の前に立ち、その日焼けした角ばった顔をまっすぐに見た。

「副官殿、この捕虜をどうされるんですか?」

「やあ、江藤少尉、貴公、まだ、いたのか……。この捕虜は、わが軍の行動を探ろうとして残っていた形跡があるよ。それに何を訊いても、答えないんだ。殺せ……というだけだよ。それでおれが、お望みに従ってやろうと思ってな」

小川大尉は徐州戦のあとで、南京の司令部から、部隊に転属になった。剣道三段だということを、同じ有段者の清川から聞いた。

「大尉殿、捕虜を斬るのはやめてください。お願いします」江藤少尉は眼を離さずにいった。

「おかしな男だな。相手は、殺してくれといってるんだぞ」

「とにかく、自分のいる処では、やめてください」

「貴公は、おれに命令するのか?」

「はい。部隊長殿にうかがってきます。それまで待ってください」

「まあ、待て。少尉もどうだい? もう一人いるじゃないか。貴公は、だてにその軍刀をぶら下げているわけじゃないだろう。おれは、今日やれば、これで五人目だ。おれの刀は、無銘だが、鎌倉後期の作だよ。よく斬れるぞ。なあ、少尉、戦場にきて、貴公は日本刀の切れ味も知らんでいいのか?」

「小川大尉殿、しばられた捕虜を斬ったってつまらんでしょう。もう一人は、負傷をしています。おい、鈴木……」

江藤少尉は離れて心配そうに見ている自分の部下に、大声でいった。

「お前は、あの負傷をした捕虜を、衛生隊につれていって、手当をしてもらえ。じゃ、大尉どの……」

江藤少尉は敬礼をし、部隊長を探しにゆこうとした。まわりには、見物の将校や下士官はいなくなっていた。大尉は苦笑した。

「頑固な男だな。捕虜の一人や二人、どうでもいいじゃないか。足手まといだぞ。こんな奴らに構っておられるか。目標は、武漢だ。小娘みたいなことをいうなよ。少尉、そんな気の弱いことをいって、お前には、戦闘ができるのか？」

「はあ、自分は、戦闘をしてきました。部下も死にました。どうしても捕虜を斬るといわれるなら、先に自分を斬ってください」

若い少尉は七つか八つ年上の上官に、淡々といった。彼は顔には出さずに微笑していた。この大尉は、おれが死んでもいいと思っていることを知らないいんだな……。副官の小川大尉は捕虜を斬る興味をなくしたらしい。

「判ったよ。貴公のいいようにしろ」といい、軍刀を腰に吊ると、大股に門のほうへもどっていった。

一人になった江藤少尉は捕虜を見た。あぐらをかいた若い中国兵は空を眺めていた。二人の将校の問答には、無関心だったらしい表情だ。

「おい……」少尉は顔を横にまわした。「立つんだ……」

骨と皮みたいに痩せた捕虜は、はじめて江藤少尉を見た。体も心も生きる力をなくしているのに、眼だけがまだ生きていて、その眼は下から江藤少尉を見た。憎悪の眼だ。今度は江藤も眼をそらさずに見返した。何かの動物に睨まれたときのように、彼にも憎悪がうつると、この敵兵を斬ってやりたい気持が起ったが、江藤は軍刀をはずしただけで、しばられた垢だらけの細い手首を見た。若い中国兵は空を見た。その方角には山脈が重なっていた。中国兵は泣きそうな顔になった。口を開け放心したように山を見ていた。

「おい、立つんだ……」日本語でいい、江藤少尉は軍刀の鐺(こじり)で捕虜の背中をおした。捕虜は頭をたれて歩いた。軍官学校の肩章がついた軍服の破れたズボンから、泥で汚れた細い脚が出ている。

江藤少尉には、この二人の捕虜がどうなるかは解っていた。巨大な足に踏みにじられる虫ケラみたいなものだ。この県城から揚子江に出る平野や山岳地帯には、三十五万の敵兵力がいるのだ。日本軍にも、どれほどの戦死者が出るかわからなかった。

3

六月半ばの或る日、H枝隊の江藤小隊は山の麓にある戸数五十戸ばかりの小部落を占領した。

ここは揚子江の北岸にある山嶽地帯で、山脈を越えると、揚子江の流れがみえるはずだ。南京対岸の浦江から津浦線の鉄道沿いに進んだ部隊は途中で南下して、江岸の街の安慶、九江の攻略をめざしていた。江藤小隊は「尖兵となり、山嶽に拠る敵の側面を攻撃し、本隊を掩護する」のがその任務であった。崩れた石の壁でかこまれたこの桃溪鎮という部落には、敵兵はいないようだ。日本軍の先遣隊がはいっても、銃声ひとつしない。泥煉瓦や石で造った家が段々になり山のほうに重なっている部落の三方には、小高い山がつづき、梅雨（つゆ）晴れの青空に、標高千数百メートルの大別山山脈が青く霞んでいる。

丘の上から、このひっそりと静まった小さな部落を見たときに、江藤清少尉は、「ほう！……」と思わず声をだした。山の下を澄んだ青い川がゆたかな水をたたえ、キラキラと光って流れている。草原に散らばった十五、六頭の黄牛が草をはんでいて白鷺が舞いあがった。兵隊もしばらく見とれていた。一人がため息をついていった。

「おい、茶畑があるぞ。まるで内地みたいだなあ」

彼らは今まで禿山と濁ったクリークと泥濘ばかりを見てきたのだ。

「この辺には、水牛はいないな。牛肉を食いたいよ」

「倉田軍曹……」江藤少尉が軍曹を呼んだ。「この村を偵察して、異常がなければ、ここに宿営しよう」

「はあ……」

軍曹は用心深い眼で部落を見た。少尉は見まわした。川の反対側は松林の丘で、梢のなかに寺院らしい白壁と反った屋根がみえる。その横に五十尺くらいの古い塔があり、てっぺんには大きな木が生え、塔は苔で被われている。部落の後ろの高い山から、二条の滝が落ちていた。

江藤少尉は作戦上の多少の犠牲や過ちは犯しても、ここで一日休んで、戦闘の疲れをいやし、殺伐な気分をやわらげたいと考えた。兵隊にも、牛肉をくわしてやりたい。

「よし……」

決心して、江藤少尉は片手をあげた。

小隊が部落をかこんだ石壁に近づくと、石畳の道に三人の男が出てきた。白い顎髭をたらした屯長が、江藤少尉に頭をさげ、質問に答えた。手真似や筆談で、どうやら意味は通じた。中国兵は、この村には一人もいない。村の若者は兵隊にとられたりして、残った男の数はすくなく、女や子供は山のなかに逃げている。

「その女や子供は、村に呼びもどしなさい。日本軍は、村の人たちに危害を加えない。ただ、中国軍に通報する者があれば、屯長はじめ、男たちを銃殺する。それから食糧の徴発についてお願いがある」

屯長はうなずいて、道に集まってきた男たちにこのことを伝えていた。屯長の案内で部落じゅうを調べたが、敵兵はいない。屯長は手真似で教えた。

「十日ほど前に、兵隊は、風のように、あの山の向うを通っていきましただ……」

少尉はうなずいた。中国軍はこの山間の小部落を戦略的に価値がないとみて見棄てたのか、それとも日本軍の急進撃にあわてて山嶽陣地まで後退したのかどちらかだろう。老人は白い顎髭をうごかし、山羊のような茶色の眼で若い隊長を見て、従者がさし出す紙に筆で書いた。

「ちょうど二十三年前にも、同じようなことがありました。民国三年に、白狼匪（びゃくろうひ）がやってきて、そのときに、あのお寺のえらい坊さんも殺されました。その後は、あのとおり、荒れたままになっております」

村の周囲には歩哨をおき、松林の丘の寺に宿営することにした。石造の荒れた禅寺の傾いた牌楼の前で、江藤少尉は部下にいった。

「小隊は、この村に宿営し、本隊を待つ。それまで休養をとることにする。許可なくして、部落に立ち入ることを禁止する。終り」

兵隊が質問した。

「小隊長どの、川で、体を洗ってもいいですか？」

「いいだろう。ただし、銃は、いつもそばにおいておけよ」

丘の下の川で、兵隊は体を洗ったり、下衣を洗濯した。江藤少尉も体を拭いた。屯長が知らせたとみえ、山のほうから、村の人たちが帰ってくる。橋桁（げた）に南無阿弥陀仏と彫った石の眼鏡橋を、裾の長い服を着た姑娘（クーニャン）や、赤ん坊を抱いた女が通る。娘の後ろにたらした長いお下げに結んだ赤いリボンから、江藤は眼をそらした。川にはいった兵隊が変な声でからかうと、娘たちは走りだした。天秤棒で荷物をかついだ農夫が、少尉に笑いかけた。畑には鍬をもった男も出ていた。村の人たちの素朴な態度は、これまで、おびえた顔や、敵意の眼に馴れてきた江藤には、なにか奇異にさえ感じられた。

褌一枚で水浴びしたり、ふざけて角力をとったり、臥そべたったりしている部下を見ると、江藤少尉はうれしくなった。

南京を出発してからこの四カ月の戦場で、江藤少尉はいつも、危険な尖兵小隊や将校斥候を志願した。部隊長に「江藤少尉は、今度は残れ」といわれても、彼はきかなかった。「うちの小隊長は、おれたちを殺すつもりか」と不平をいっていた兵隊たちも、しまいには危険な索敵行に馴れた。部隊じゅうに、江藤小隊の名が高まるにつれ、「どうだい、うちの隊長は、大学出でも、陸士出の将校に負けないだろう」という誇りに変った。江藤少尉は黙々として、危険な任務には、まっ先に志願した。

桃溪鎮で、一日の休養をとることにしたのは、部下にそんな無理をおしつけてきた自分を、少尉は知っていたからだ。彼は南京出発いらい、或る決心をしている自分に忠実についてくる五十四名の部下に謝まりたかった。しかし自分のこの決心は、倉田軍曹にも話したことがない。

少尉が胸毛の生えたひろい胸を拭いていると、部下をつれた倉田軍曹が報告にきた。

「小隊長、食糧は豊富です。牛一頭と、高粱二袋を徴発しました」

「牛一頭は、大きすぎるな。久し振りに、肉を食うか。牛は、うまく料理できるのか？」

「寺本という専門家がいます」倉田軍曹も白い歯をみせ、兵隊をふりかえった。「これは、屯長から、小隊長へ贈り物です。支那酒（チャンチュウ）です」

兵隊の足許には、担いでもってきた甕（かめ）がある。

「ああ、飯のときに、みんなに分けてやろう。軍曹、警戒だけは、厳重にしろ」

「はッ。それから部落民は、全部で百二、三十名で、うち、男は、約三十名です。敵のゲリラはいない模様です。武器も見当りません。念のために、探しますか？」

「その必要はないだろう。倉田、おれの見るところでは、この村の連中は、日本と中国との戦争に、あまり実感が湧いていないようだよ」江藤少尉は苔の生えた塔と、青い山から落ちている滝とを見た。「こんな処に住んでいたら、そうなるだろうな」

「江藤少尉どの、自分らも、ずいぶん遠くへきたもんですなあ」

倉田軍曹も茶色の眼で山々を見あげた。少尉と軍曹は話しながら、禅寺のほうへいった。

4

草原に臥ていた寺本寅吉伍長が、裸の上体を起した。彼はやはり近くにねている兵隊に話しかけた。

「おい、木村、おまえ、どうしても行かんのか？　おまえ、この頃、変ったぞ」

木村上等兵はねたまま、答えた。「ああ、自分は、よしますよ。誰か、ほかの兵隊を誘ってくださいよ。分隊長……」

寺本は髭面の眼を光らせた。「なぜだ？　お前、南京で女を殺したときには、面白がっていたじゃないか。木村、ほんとに、これが最後になるんかもわからんぜ。あとで後悔するな。おれたちは今まで生き残ったのが、ふしぎなくらいだものな。木村、見ろ。あの山には、敵がウヨウヨしてるぜ」

寺本伍長は山のほうを見た。

「とにかく、自分は行かんです。分隊長ひとりで、いってくださいよ」

「まったく、おまえは変だぞ。木村、お前、あの女たちを見たろう？　山からもどってきたんだ。なに、おれがうまく話をつけてやる。手荒なことをせんでもすむさ」

「さあね。それよりも、伍長どのこそ、気をつけるんだな。さあ、シャツが乾いたらしいぞ」

木村上等兵は立ってシャツを拾うと、そこを離れた。寺本伍長は草の上に唾を吐いた。

「へっ、腰ぬけ奴！　やりたくて、ピンピンさせてやがるくせに……。おい、佐藤……」

彼は乾いたシャツをとり、そばで歌を歌っている一等兵を呼んだ。寺本は生乾きのシャツに腕をとおしながら、ひとりごとをいった。「どうして、おれはこうなのかな？　ヒマになると、やりたくなる。女の臀（しり）を見ると、ガマンできねえんだ……」

小隊にもどる坂道で、木村上等兵が振り返ると、武装した寺本伍長と佐藤一等兵の二人が、道に短い影を落して石壁のほうへゆくのがみえた。部落の入口に立っている歩哨に、寺本が話していた。二人は石畳の坂をあがり、家のあいだに消えた。立ちどまって見ていた木村は、自分もついてゆけばよかったと思った。石橋の上を通った女たちが、眼にのこっている。銃をさげた歩哨はのんびりと歩いていた。木村はひとり言をいった。「寺本伍長は、女のこととなると、まったく人間が変るな。戦闘のときは、立派な兵隊だのにな……」

それでも、このことは黙っていてやろうと考えた。

原では炊事をはじめていた。「木村、何をボヤボヤしてたんだ。水でも汲んでこんかい」と向う鉢巻をした鈴木上等兵が怒鳴った。そこへ一頭の仔牛を曳いた兵隊がきた。仔牛が啼いた。倉田軍曹が松のあいだを降りてきた。

「おう、牛がきたか。おうい、寺本、寺本伍長はおらんか？　おい、誰か、寺本を知らんか？」

兵隊は顔を見合わせた。

「おい、木村、寺本伍長を知らんか？　さっき、川原で、話してたじゃないか」

「さあ、まだ、シャツを干してるんじゃないかな……」

木村は水嚢を持ってそこを離れた。倉田軍曹は仔牛の背中を叩いて、鈴木上等兵に話しかけた。

「なあ、鈴木、スキヤキを思い出すなあ」

「それは無理ですよ。焼肉か塩煮だね。軍曹どの、料理は、あっしに任せてくださいよ。少尉殿と班長には、タン・シチュウーってやつをたべさせますからね。タンてのは、フランス語で牛の舌ってことだ」

「なに、これの舌？」倉田軍曹は妙な顔をした。

「フランスの高級料理でさあ。自分は、白雲閣の板前に教わったんだ。鈴木は、西洋料理も、ひと通りはやるんですぜ」

「いくらフランス料理だって、こいつの舌を食うのか？」倉田は黄牛の鼻の孔をなめる桃色の長い舌を気味悪そうに見た。「まったく変った部隊だよ。床屋もいるし、木村は印刷屋か。戦場じゃ、役に立たんな。篠原は若旦那で、青木は店員か、おれは、百姓だ。この辺は、漆(うるし)の産地らしいな。シナの百姓は、のんびりしてるよ。土地が広いからな。おれも、せめて畑が一町歩ありゃあ、現役志願なんかしなかったよ……」

銃声がした。部落のほうだ。それが深々と山にコダマした。しばらくおいて、三方の歩哨線で撃った。石壁の処の歩哨は、部落にむかい、畑に伏している。

「敵襲！　集合！」

倉田軍曹は寺の丘にかけ登った。兵隊も後につづいた。放された仔牛は草に首をのばした。五十数名の兵隊が配置につくと、江藤少尉は部落に双眼鏡をむけた。川をへだてて千メートルほどはなれた部落は、肉眼でもよくみえる。

「変だ。さっきまでは、抵抗する様子はなかったのにな」

いかにも不審そうな少尉の言葉に、軍曹もうなずいた。

「部落に宿営しなくてよかったですね」

銃声はそれきり絶えた。石畳の坂に銃をさげた日本兵が一人出てきて倒れたが、また立ちあがって歩いた。

「寺本伍長だ」

江藤少尉が教えた。歩哨が走ってゆき、寺本の腕を肩にまいて、部落からはなれた。銃を肩に吊った伍長は腹に手をあてている。その二つの影が石畳と乾いた道をうごいてきて、まわりは嘘のようにシンとしている。

「おい、助けにゆけ。軽機は、掩護射撃をしろ」

五、六人が松林からとび出していった。木村上等兵は松の根の上においた銃の照準をつけ、考えた。

「佐藤の奴が帰ってこないな。おれは、ゆかなくてよかった。伍長は、おれがとめたのに、ゆくから悪いんだ……」

最初の二、三発だけで、ふしぎに部落からは撃ってこない。兵隊の肩にすがった寺本伍長が松林のなかをあがってきた。青い顔に汗をだし、腹をおさえた手が赤く染まっている。「なあに、大丈夫だ……」と気丈に金歯をみせて笑ったが、顔をしかめた。「……軍曹、佐藤がやられたよ」

「なに、佐藤が、あそこにいるのか？　寺本、おまらは、あそこへ何をしにいったんだ？」

寺本伍長は首を振ってうなった。松の下にねかせてから、衛生兵がバンドをとくと、弾丸は横腹から下腹にぬけ、傷口から出た腸がゴムのようにふくらみ、傷口からみえる腹腔には血がたまっている。衛生兵はガーゼでいい加減に腸をおしこみ、繃帯をまいた。毛布を枕にした伍長はうなっている。

双眼鏡から眼をはなした少尉が、軍曹の顔を見た。倉田軍曹は、「だめです……」という風に首をふった。

部落はしずかだ。それが不気味だ。

「うーん、痛い！」寺本がうなった。「水、水をくれ……」

鈴木上等兵が水筒の水を飲ませた。肥った顔に不精髭がのびた彼は涙声でいった。

「分隊長、苦しいですか？　我慢してくださいよ。傷は浅いですよ」

眼をあけた寺本は、月並なことをいうなという顔でニヤッと笑った。しかし鈴木上等兵は寺本の腰の下に毛布をいれたり、水筒の水で濡らした手拭で額の汗をふいてやったり、一心に看護をした。松の根許で銃をかまえた木村上等兵は、寺本があの部落へ何をしにいったか、小隊長に話そうか話すまいかと迷っていた。

「敵は撃ってこないな。ゲリラかもしれませんね」

倉田に顔を見られて、少尉はうなずいた。

「小隊長、やりますか？」

「よし、やろう！」

江藤少尉は命令した。「倉田軍曹は、ニコ分隊と軽機を指揮し、部落正面から突入し、残敵を掃蕩する。鈴木上等兵は、寺本伍長に代り、擲弾筒を持って石壁の附近まで進出し、突入分隊を掩護せよ。自分は、部落後方に迂回して、敵の退路を断つ……」

「おい、木村……」江藤少尉は木村上等兵を呼んだ。「お前は、衛生兵と、ここに残れ」

三つの隊は、松林を出ていった、江藤少尉の鉄帽も倉田軍曹の小柄な後姿も、散開した兵隊とともに遠くなった。三人が残された。松林のなかは急に静かになった。人のいない寺も、古い塔も、山の滝と煙った山脈も、今までと変らない。大きな黒い蝶が舞っていった。寺本伍長と佐藤一等兵の二人が射たれた理由を知っている木村には、小隊が無駄なことをしているように思われた。

「あー、痛い……」

寺本がうなった。額に油汁が出ている。木村に衛生兵が教えた。

「……手当のしようがないよ」

寺本は眼をあけ、うなりながら木村に話した。

「くそっ、佐藤の間抜けめ！　おれがすむまで、見張っとれといったのに、てめえの銃をほうり出してよ。女をおさえつけやがった。それで、外から射たれたんだ。あんな奴をつれてくんじゃなかったよ。ああ、痛い。苦しい。木村、もう、おれは駄目だ。殺してくれ……」

「我慢しろよ。あんたのせいで、小隊は、出動したぜ」

「佐藤の間抜けめ！　銃をとられやがって……。うーん、苦しい。腹が焼けるようだ」

木村上等兵は寺本のそばを離れて、木のあいだから部落のほうを注目した。

「……変だな」とつぶやいた。

部落はしずまりかえっている。

5

江藤少尉が部下をつれて背後から部落にはいると、倉田分隊の兵隊が、男や女を家から引き出していた。なかに屯長もいた。少尉は一軒の家の前に倒れている佐藤一等兵を見た。うつ伏せになった彼はズボンの上に裸の尻を出し、頭のしたに血が溜っている。横に銃がある。佐藤一等兵はゲリラに抗戦した様子もないし、ゲリラは佐藤のズボンをはぎとろうとしたのか？

少尉をみつけて、屯長がそばへきた。

「大人（ターレン）、二人の日本兵が……」

軒下にしゃがんで茫然とした顔でこちらを見ている二人の女を指さして手真似で話すのを、少尉はすぐに理解した。一人は三十ぐらいで、一人はお下げを垂らした娘だ。少尉の顔に、困惑の表情がうかんだ。

広場には男と女があつめられた。どの顔も血の気がなく、皆はふるえている。機関銃手をつれた倉田軍曹があがってきた。

「小隊長、全部、集めました。ゲリラは、このなかにいるにちがいありません」

「軍曹……」少尉は声を低くした。「寺本と佐藤は、命令に違反したのだ。女に乱暴しているところを、射たれたんだ」

倉田軍曹は表情を変えない。拳銃をもった彼は、部落民の前に立った。「この兵隊を殺した者は、前に出ろ。出ないと、女も子供も、みな殺しだ」

軍曹のいうことは部落民にも解ったらしい。石畳の広場には沈黙が凍りついた。江藤少尉は山にかかった二筋の滝を見た。或る眩暈（めまい）を感じた。ここにいるのが自分ではなくて、自分の存在感がなくなった。一人の男がよろけて前に出た。女の悲鳴と泣声がした。屯長が少尉のそばへきて、膝をついた。その山羊のような眼とふるえる白い髭を見て、江藤少尉は自分にかえった。

拳銃をもった倉田軍曹が靴を鳴らして近よった。

「小隊長どの、部下が、二人殺されたんです。許せません。全部、銃殺しましょう。おい、大田……」

彼は機関銃手をふりかえった。

「待て。軽機、待て！」江藤少尉は手を振った。「撃ってはいかん。罪は、こっちにあるんだ」

軍曹がさけんだ。その細い眼が光った。「軽機、撃て！　戦友の仇だ！　何をぐずぐずしてるんだ」

石畳に軽機関銃をすえた兵は、小隊長と軍曹を見くらべた。

「撃て、撃て！　かまわん。倉田軍曹が命令するんだ」

軍曹は前に出ていた男を拳銃で撃ち、屯長も撃った。江藤少尉に拳銃をもぎとられて、叫んだ。「撃て、撃て！　こいつらを皆殺しにしろ！　寺本と佐藤の仇をうつんだ。腰ぬけめ、卑怯者、それでもお前らは、日本の兵隊か……」

ボートできたえたつよい力で倉田軍曹の腕の逆をとった少尉は、部下に軍曹を寺へつれてゆくようにと命令した。

松林のなかの寺では、木の下にねかされた寺本伍長は、うわ言をいうようになった。腹がふくれあがり、眼には光がなくなり、大きな唇は血の気がない。

松のあいだから見ていた木村上等兵がふりかえった。

「おい、帰ってくるぞ。あれは、倉田軍曹だ。戦闘にはならんらしいな……」

彼はもどってきて、寺本の横に銃を抱いてあぐらをかいた。眼をあけた寺本が、視力をなくした瞳をすえ、口をうごかした。木村はその口に耳を近づけた。寺本伍長はうわ言をいっている。

「おまえら、そばへくるな。あっちへゆけ。おれじゃねえよ。軍曹が、やれといったんだ。ああ、おかみさん、どこへいくんだ？」

眼をとじた寺本は笑うような顔をし、起き上ろうともがいたが、その顔は横に傾いてうごかなくなった。耳を澄ましていた木村は、伍長の胸に耳をあててから、首をふってつぶやいた。

「こいつは、死ぬまで、女のことをいってやがった……」それから彼は考えた。「こいつは、女にもてたといったけどな、ほんとうは人並に女房をもてないでさびしかったんだ。かわいそうな男だ」

蝉の声が耳にはいった。

佐藤一等兵の死体を収容して、小隊がもどった。松の下に、寺本伍長と並べて毛布をかぶせた。

江藤小隊は、寺の周囲に警戒線を敷いた。部落を占領しているのは不利であった。夜の九時頃に、部落へ出した斥候がもどった。

「村のなかは、空っぽです。誰もいません」

江藤少尉は予期していたようにうなずいた。倉田軍曹と作戦を練ったが、少数の兵力で部落にはいるよりも、この寺にいるほうが有利だとの結論に達した。

山の嶺から、赤いノロシがあがった。しばらくしてチェッコ機関銃の音が、谷にコダマした。江藤少尉と倉田軍曹は笑い合うと、蠟燭を消した。少尉が、後ろから倉田の肩をたたいた。

「軍曹、おれは、間違っていたんじゃないかな？」

月光のなかで、軍曹はふりかえった。「そんなことはありません。自分らの任務は、敵の所在を探って、敵を一人でも多く殺すことですからね。今までだって、そうだったです」

「わかったよ、軍曹……。じゃあ、一人でも多く敵をやっつけるか」

少尉は部下を見廻った。味方がうちこんだ擲弾筒で、部落は火災をおこした。石壁や畑のあたりで、機関銃と小銃の火が光る。弾丸が寺の煉瓦の塀に音をたてた。敵は包囲を縮めてきた。半月でいくらか明るい靄のなかを、ラッパを吹いてやってくる。

「そら、きたぞ。夜襲だっていうのに、ラッパを吹いてきやがる」

「奴らの気持がわからんよ。きっと、景気をつけるんだろう」

中国兵はわあわあと声をあげ、橋を渡ってきた。水に映る月光を散らして川をわたってくる者もいる。敵の数は二百名ぐらいだろう。その黒い影に、味方の小銃と軽機が火を吹いた。江藤少尉も寺本の小銃で応戦した。彼は微笑していた。しずかな気持だ。死はそんなに拒否すべきものじゃない。あの男と屯長は気の毒なことをしたが、村の人たちを逃がしてやってよかったと考えた。彼は黒い影に狙いをつけ、引金をひいた。

迫撃砲弾が落下しはじめた。逆襲してきた敵はいったん後退したようだ。迫撃砲だけを撃ってくる。砲弾は近くで炸裂した。負傷したらしい兵の声がする。倉田軍曹がきた。

「小隊長、自分が、あの迫撃砲をやっつけます」

「よし、頼む」

軍曹は三人の部下をあつめ、持てるだけの手榴弾をポケットにいれた。出てゆきがけに月明りのなかで、彼は苦笑した。「寺本がいればなあ、ばかな奴だ……」

写真のフラッシュを焚いたように辺りが明るくなった。二人の兵隊が負傷者を抱いてきて、寺のなかにねかせた。砲弾があたり、材木や壁が落ちてくる。また、ヒュル、ヒュルと音がした。黄色い閃光と爆発音と火薬の匂いのなかで、江藤少尉はなぎ倒された。

気がつくと、まだ、ヒュル、ヒュルと音がし、松の枝が照らし出された。彼は寺のなかにねかされていた。起きあがろうとしたが、右足に錘りをつけられたみたいだ。膝が焼けるように熱く、血管の脈打っているのがわかる。「出血してるな……」と江藤は考えた。

隣で、うめき声がする。少尉は手をのばしてその体にさわった。

「おい、誰か?」

うめき声はやんだ。「鈴木です。小隊長、大丈夫ですか?」みなまでいわないで、鈴木上等兵は咳をし、むせた。

「おれは、脚をやられた。うごけないよ」

「自分は、胸です」鈴木はまた、咳をした。

丘の下のほうで、つづけて爆発音がした。

「やったぞ!」と兵隊がどなった。まるで嘘のように敵の銃声は間遠になり、ラッパの音もきこえなくなった。

「小隊長どの、敵は逆襲を諦めたらしいです」

兵隊がはいってきて、少尉の膝の繃帯を結びかえた。

「油断をするな。またくるぞ。小隊の損害は?」

「木村がやられました。戦死です。ほかに鈴木と、青木が重傷です。おい、鈴木上等兵、大丈夫か?」

「大丈夫だ」隣で、鈴木がむせた。

「……胸をやられたんです」

兵隊は教えて出ていった。少尉が体を起してみると、月光をうけた鈴木上等兵の口からは血の泡が出ていた。「少尉どの、少尉どの……」口をきこうとしてむせると、泡が出た。彼は何かを話したいらしい。

「鈴木、黙っていろ。もうすぐ、手当をしてやるからな」

鈴木は子供のように首をふった。「少尉どの、話が……。鈴木は、悪いことをしなかったです。鈴木は、女を殺さなかったです。少尉どの……」

「よし、わかった」

江藤少尉もめまいがした。膝の傷から血のにじみ出てゆくのがわかる。上等兵はまだいっている。

「少尉どの、自分は死ぬんですか? お美津、正太郎、父ちゃんは、死なないぞ。お美津、おれは悪いことは、何にもしなかったよ。おまえの写真を……」

鈴木は胸ポケットをさぐるような手つきをし、顔をあげようとした。

「……小隊長、ここは、どこですか?」

「ここは、戦場だよ」

「そうか。おれは、本所の店かと思った……」

鈴木は何かよほど気にかかることがあるらしく、同じことをいった。「江藤少尉どの、自分は、女を殺さなかったです……」

「ああ、お前は、殺さなかったよ。それよりも、鈴木上等兵、おれを、許してくれ……」

鈴木上等兵はむせながら、妻と子の名を呼んでいる。

倉田軍曹が寺にはいってきた。「小隊長、傷はどうですか?」彼も肩のあたりに血の出ているのが蠟燭の火でみえた。

「ああ、足がうごかんよ。膝をやられたよ」

「出血をとめんといけませんね」倉田は繃帯を結びかえた。「おうい、衛生兵、隊長殿の脚を止血しろ」

「倉田、敵はどうした?」

「部落にいますが、攻撃はしてきません。迫撃砲はやっつけたつもりです」

「倉田……」仰向けに壁にもたれた江藤少尉は眩暈をこらえていった。「おれに代って、小隊の指揮をとってくれ」

「はッ」

倉田軍曹は立って姿勢を正した。「倉田軍曹は、小隊長に代って指揮をとります」外の月明りを背にした彼のやせた顔には、笑いがうかんだ。軍曹は出ていった。指揮をとる声がした。少尉は眼をとじた。

丘の下と部落とでは、小銃で撃ち合っている。瞬間的に意識が薄れそうになると、江藤少尉は快い気分になり、自分が出血で死ぬかもしれない重傷を受けていることを忘れた。彼にはこれまで自分を苦しめた罪の意識はなくなっていた。

「おれは、国家のために死んでもいい……」と自分にいい、江藤清は眼をつぶった。安らかな気持だ。繃帯やズボンの濡れているのがわかる。

彼は気がついて、隣を見た。「おい、鈴木、鈴木上等兵……」と呼んだ。やっと体をねじり、片手で鈴木の肩をゆさぶった。鈴木はうごかない。破れた軒先からさす月光に、口から血の筋を垂らした髭面が浮いてみえる。

江藤少尉は頭が軽くなる感じをうけ、昏睡に落ちていった……

初版あとがき

この作品は、つぎの資料に拠った。

○南京市難民区国際委員会報告書

○ティーンバーリー著「外国人の見た日本軍の暴行」

（以上は同一書）

これは欧米人の側から書かれた記録である。

作中の新聞記者のみた状況は、もと朝日新聞記者、今井正剛氏の「南京城内の大量殺人」（別冊文芸春秋　昭和三十一年十二月号）を基にして書いた。これは目撃者による数すくない貴重な記録の一つである。

○「日本の百年」第三巻（筑摩書房刊）。同書収録、杉山平助「支那と支那人と日本」（一九三八年）

作中の馬喰うについては、「日本残酷物語」（平凡社刊）第一部中の「土佐檮原の乞食」を参考にした。

この作品は、その記録の部分は以上の資料を基にしているが、これは純然たる小説であり、構成も、主要人物も、すべて作者の創作であることを附記しておく。

ともあれ、この歴史的事件を小説に書くことができたのは、上記の資料に負うことが大きい。

「城壁」を出版するにあたって、私はつぎの諸氏にふかい感謝を捧げたい。

友人の池田岬氏は、第一稿を読んで、私をはげましてくれた。河出書房新社の「文芸」編集長竹田博氏、編集部川上和秀氏は、この作品を決断をもって取上げ、出版するまで、よく励ましてくれた。この諸氏がいなかったら、おそらくこの作品は、まだ埋もれていただろう。

今井正剛氏は、氏の書かれた記録を資料とすることを、快く許諾された。

林房雄氏は、朝日新聞の文芸時評に、この作品をとりあげ、「南京事件は黒いナゾとして、永久に残った形になっている。これはいけないことだ。日本民族の自信を喪失させ、未来への前進の可能性をはばむ暗雲は、日本人自身の手によってはらいのけるべきだ。悪は悪、罪は罪として認めなければならぬ」と書かれて、作者の意図を理解され、その立場を擁護してくださった。私としては何よりも心強い。

これらのかたがたに、私は心から感謝している。

昭和三十九年八月三十一日

榛葉英治

解説

榛葉英治の難民文学

和田敦彦

はじめに

『城壁』は、南京大虐殺事件（南京事件と以降表記）を複数の視点から描き出したばかりではなく、それをいかに歴史として残していくかを問うた最初の小説として、記憶されなくてはならない。この小説は河出書房新社の雑誌『文芸』の一九六四年八月号に掲載された。南京事件についての記述は、保守合同のなるいわゆる五五年体制のもと、六〇年代を通して教科書からも消されていた時期である。[注1] そうしたなかでこの事件に取り組んだことが発表時には新聞や雑誌で評価された。林房雄は『朝日新聞』で大きく扱い、南京事件を「日本の作家、歴史家自身によって何度も書かれなければならぬ事件である」とし、また奥野健男は次のように論じている。[注2]

この事件は堀田善衛が「時間」で中国側から扱った以外、いままで日本の文学者が避けて通ってきた。しかしこれを描くことは日本の作家の義務であり、使命であるとぼくは繰り返し述べてきたのだが、榛葉英治がついに取り組んだ。

教科書に南京事件の記述が復活し、その研究が本格化する一方で、事件を否定する言論が生まれてくるのは一九七〇年代である。しかし、『城壁』が出版された六〇年代にあっても、その発表は容易ではなかった。『城壁』著者である榛葉英治は刊行前年の日記に次のように記している。▼注[3]

> 「南京の残虐」[「城壁」を指す]の仕事に没頭した。妻の従兄元海軍士官岩渕氏の紹介で、元南京で参謀だった人から、別の元参謀に紹介してもらった。その仲介者から、中公[中央公論社]へ文句がいって、取止めとなった。作品は80枚ほど殆ど完成していた。日本の底流にある危険な勢力を知った。諦めるよりほかにはない。つまり、日本には言論の自由はないのだ。
>
> (『日記』一九六三年六月二一日)▼注[4]

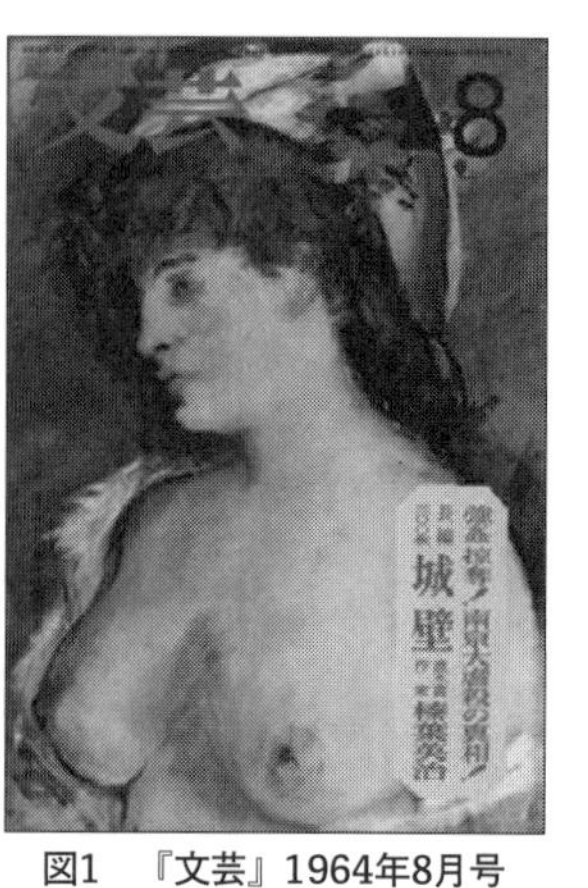

図1　『文芸』1964年8月号

最初は中央公論社で出そうとしていたが出せず、出すあてもなく書き続け、次第に原稿はふくらんで長編化していくこととなる。そして南京事件についての記憶の抑圧・忘却がすすんでいく中で刊行されたこの小説は、南京事件が新たな関心を呼び起こす七〇年代以降の読者や研究者に引き継がれることなく、置き去りにされ、忘れられてしまうことになる。

著者の榛葉英治は直木賞作家で多くの著述があり、映画化された作もあるが、現在刊行されている著書はなく、またその研究もほとんどない。▼注[5]そのため、ここではこの著者についてやや詳しい説明も加えながら、『城壁』の執筆、発表の経緯を述べておきたい。そのうえで、この小説と、執筆のもととなった南京事件の関係資料について解説することとする。また、この小説の特徴とあわせて、それが忘却されてきたことの意味についても述べておくこととした。

1　「城壁」はどのように生まれたか

榛葉英治についての資料には、「すべてが事実であり、創作はいっさいない」自伝であると自ら記した『八十年現身の記』（新潮社、一九九三年一〇月）がある。また、先に引いたが、一九四五年から一九九八年の五四年間に及ぶ『日記』三四冊が現存している他、彼は自身の旧満州（現中国東北部）からの引揚げ体験を『赤い雪』（和同出版社、一九五八年）、『極限からの脱出』（読売新聞社、一九七一年八月）、『満州国崩壊の日』（上、下巻、評伝社、一九八二年十一月）などで描いている。まず『八十年現身の記』の記述からその略伝をまとめておきたい。

榛葉英治は一九一二年静岡県の掛川で生まれ、一九三三年に早稲田大学文学部英文科に進学、在学中には同級の浜野健三郎、阿部喜三らと文芸同人誌『人間』を作っている。三六年に卒業し、叔父にあたる作曲家の村岡楽堂を頼って満州に渡った。一九三七年に関東軍の大連憲兵隊に英語通訳として採用される。アルバイトとして行っていた訳業を評価され、一九三九年に満州国外交部に職を得ることとなる。榛葉は、満州での日々とそこからの引揚げ体験を戦後、繰り返し描くことになるので、この時期について少し詳しくふれておこう。

図2　榛葉英治
（『小説新潮』1958年10月号より）

満州国外交部は、日本でいえば外務省にあたり、この外交部の次長が上村信貞、榛葉は調査二科（欧米情報担当）に属していた。二科の主席事務官が榛葉をリクルートした山本永清で、山本は一九四二年に新京（現在の長春）から南京大使館へと転出し、後に榛葉に南京事件の資料を手渡すことになる。満州国の首都であった新京に移り住んだ榛葉は、ここで『満州公論』や『満州評論』に筆をとり、満州文芸家協会にも属していた。一九四四年に、彼は中国青年の意識調査の目的で、一ヶ月の中国出張を命じられ、北京や南京を回ることとなる。南京で、山本永清から内々に南京事件についての資料を提供された榛葉は、それを実家の掛川に郵送し、これが後に『城壁』の資料となる。

彼は一九四五年二月に召集され軍務につき、敗戦を迎える。ソ連軍の捕虜となって新京の東南郊外におかれた南嶺収容所に入れられるが、脱走する。新京から翌年ソ連軍は撤退し、かわって中国共産党軍に占領され、さらに同年中共軍は撤退して街は国民党軍の管理下におかれる。その年、一九四六年七月に日本への引揚げが可能となり、長春から奉天を経て錦西（葫芦島）の港から故郷の掛川に引き揚げた。

帰国した後、一九四八年十二月、『文芸』に「渦」、翌年三月に同誌に「蔵王」を発表、文壇から高い評価を得た。河出書房で編集にあたっていたのは後に直木賞作家ともなる杉森久英である。その後、創作に専念し、一九五八年には『赤い雪』で第三九回直木賞を受賞する。一九九九年に没するまで、純文学から大衆文学まで幅広い活動を展開し、歴史物や伝記小説、趣味の釣りに関する著述も多い。

以上、略伝を自伝からまとめたが、では『城壁』はいつ、どのように構想されていったのだろうか。日記をもとに、その発表までの経緯をまずまとめてみよう。最初に出てくるのは彼が五十歳となる一九六二年で、南京事件の資料をもとに「書く意欲が沸きそうだ」（五月一六日）とある。その後、満州国外交部時代の友人を呼んで話を聞き、南京事件についての議論をしている（五月二二日）。そして冒頭に引いたように資料の収集や聞き取りにとりかかる。『八十年現身の記』ではそれをより具体的に記しており「この大量虐殺が上からの命令によるものか、兵隊の野蛮な恣意によるものかを知ろうとして、現地の大佐参謀だった人に質ねたが、はっきりした返じは得られなかった」とある。こうして執筆に力を入れてはいたが、中央公論社から掲載を断られてしまうわけである。

10日に「城壁」（218枚）を書き上げた。収入ほとんどなし。この原稿も発表の当なしだ。
（一九六三年一〇月一三日）

仕上がった「城壁」を、榛葉はひとまず河出書房新社に預けた（一〇月二一日）。そしてこの年十二月から翌年の一月末まで、彼は「城壁」の長編化に没頭、五〇〇枚に及んでいる。

これは雑誌に連作するところもなかった。そんなへたな商売をし、生活を犠牲にしながら、この長編に熱中している。人からは笑われるだろう。自分としてはどうしようもない。これを完成させなければ、つぎの仕事をする気持になれない。［中略］この「城壁」にすべてをかけている。こんな自分はいったい正しいのか。それとも誤っているのか。
（一九六四年一月三〇日）

図3　榛葉英治の日記

五月一六日、原稿六〇二枚の「城壁」が完成する。その後、河出書房新社から三〇〇枚にして『文芸』に掲載する話がまとまり（六月二二日）、原稿を整理し直し、八月号に掲載された。八月三一日の日記には再び「「城壁」完成」とあり、翌日、河出書房新社に届けている。これが再度加筆して六〇〇枚の形になった単行本版の原稿だろう。刊行は六千部、印税八％、定価四三〇円として話がまとまった（十一月五日）。そしてこの月に単行本『城壁』は刊行される。

まとめるなら、「城壁」は二一八枚の中編から、六〇二枚の長編に加筆、さらにそれが三〇〇枚に削られて『文芸』に掲載され、それを再び六〇〇枚の長編の形にして刊行したこととなる。では『文芸』に発表された初出の三〇〇枚の版に、刊行された六〇〇枚の版では何が加わっているのだろうか。

図4 『城壁』(河出書房新社)

まず第一に重要な点は、南京事件の折に避難民の保護や日本側との交渉にあたった南京安全区国際委員会側からの記述が大幅に増え、委員会から各国大使館への公信や、日記、報告書の引用などが加わっている点だ。この点が重要なのは、それによってこの小説が、南京作戦に参加する江藤小隊のみならず、安全区国際委員会の人々との双方の視点を交差させた小説の空間を構成できるからである。

また、それぞれの登場人物について、戦争前の平時の記憶や子供時代の記憶が加わっている点も重要だ。それによって、南京戦の中の兵士を特異な存在ではなく、平時に生きる普通の人と地続きの存在として描くことが可能となるし、むろん、過去を通してそれぞれの人物に作用した社会環境を書き込むこともできる。また、細かい点では将兵の階級が変更されている(寺本兵長→伍長、木村一等兵→上等兵、魚住准尉→少尉など)。

注意しておきたいのは、『城壁』が生まれるにあたって、初期の短編「鉄条網の中」(『文学者』一九四九年二月)や、『城壁』の前に刊行された『赤い雪』をはじめ、榛葉英治が生涯繰り返し描くこととなる引揚げ体験が作用していることである。日中戦争における南京攻略戦と、敗戦時の満州からの引揚げとは一見、別の事象のようにも見える。しかし、どちらも同じく首都が軍隊によって占領され、そこに流れ込んだ避難民が危機にさらされるという状況にある。暴力と略奪におびえる難民の側の視点にたつと

図5『夕日に立つ』（日経新聞社）

き、両者は地続きになる。榛葉が自らの引揚げ体験として憑かれたように反復して小説に描いているのはこの状況なのだ。また、榛葉の場合、引揚げの難民の側のみではなく、その難民のために働く組織や、そこで対外交渉にあたった高碕達之助を描く『夕日に立つ』（日経新聞社、一九七六年一月）の作があることも忘れてはなるまい。彼は引揚げ体験と南京事件とを、いわば難民文学とでもいうべき枠組みの中で、ともに忘れてはならない記憶として描いているのである。

2　『城壁』と南京事件関係資料

ここでは、『城壁』がそのもととした資料や、それにどう手を加えているのか、また、小説内の人物と実在の人物との関係についても説明しておきたい。小説に分量としてもっとも大きく用いられたのは、『マンチェスター・ガーディアン』誌の中国特派員ティンパーリー（Harold J. Timperley）の著述『戦争とは何か』であり、一九三八年に英語版で刊行された。[▼注6] 日本軍による南京占領の際に、南京に留まっていた欧米人を中心に、難民を保護する安全区が設けられるが、その設置と運営にあたった南京安全区国際委員会の人々の書簡、報告、日記などで構成されている。[▼注7] この書の簡略な紹介は、終戦後間もなく日本でなされている。[▼注8]

戦時中、中国では郭沫若の序文を付してこの本の中国語訳が作成され、発行されていた。また、同じく戦時期にこの中国語訳を日本語に訳した資料も存在しており、洞（ほら）富雄は、「おそらく当時、［日本の］軍部で訳刊し、中枢部のものにかぎり少数配布した、極秘の出版物であったと思われる」とする。[▼注9] 榛

図6　ティンバーリイ
『外国人の見た日本軍の暴行』
（訳者不詳、評伝社）

葉英治が満州外交部時代、一九四四年に南京で入手したのはこの資料、中国語訳から日本語に重訳した文書にあたる。榛葉英治のこの手持ちの資料は、後に一九八二年に評伝社から刊行されている。[注10]

注意しておくべきは、この邦訳文書の存在は、一九六四年の『城壁』発表当時はまだ知られておらず、一般には目にすることができなかったという点である。歴史学で南京事件研究の草分けでもある洞富雄がこれらの資料をもとに『南京事件』を刊行するのは一九七二年であり、『戦争とは何か』の正確な翻訳が、現存するその異本についての解説とともに刊行されるのは翌一九七三年である。[注11] なお、一九七二年には龍渓書舎がこの中国語版からの邦訳文書のリプリント版を刊行している[注12]（表1）。

『城壁』は、当時まだ知られていなかったこの邦訳資料を、読みやすくしつつも直接、大幅に引用し、構成することで作られている。南京安全区国際委員会から各国大使館宛の公信や、事件番号の付された暴行報告、書簡や日記を生かしながら、その内容にあわせて、委員らの行動を描き出し、また彼／彼女らと江藤小隊の部隊員との接点を作り出しているのである。

また、南京事件での体験を、当時『朝日新聞』南京支局員であった今井正剛（まさたけ）がつづった回想「南京城内の大量殺人」（『文藝春秋』一九五六年十二月）や、南京入城からほどなく、十二月二十七日から三十一日にかけてその南京支局を訪れ、『朝日新聞』に記事を送った評論家杉山平助『支那と支那人と日本人』（改造社、一九三八年五月）の記述も、それぞれの著者を小説に登場させる形で生かしている。[注13]

ただ、人名については小説内では別の名前があたえられている場合があるため、ここで主な固有名の変更について補足しておきたい。まず『城壁』の江藤小隊は、小説では「柳川兵団」「宇都宮第十一師団」

1938	欧米で英語版、中国で中国語訳版刊行
	中国語訳から重訳した日本語訳文書の成立
1944	榛葉が南京で日本語訳文書を入手
1945	英語版の概要が日本で紹介
1964	『城壁』が日本語訳文書を活用
1967	『近代戦史の謎』による日本語訳文書の紹介、検討
1972	日本語訳文書複製刊行（龍渓書舎）
1973	英語版の日本語訳刊行（河出書房新社）
1982	榛葉所蔵の日本語訳文書が刊行（評伝社）

表1　『戦争とは何か』の広がり方

とあるが、これは柳川平助中将を司令官とする第十軍であり、実際には宇都宮第一一四師団（末松茂治中将）にあたる。この師団は小説での設定と同じく「予備役、後備役の応召兵が大半」であった。[▼注14]

作中で南京安全区国際委員会との交渉にあたる日本大使館側の「尾崎総領事」は、岡崎勝雄総領事にあたる。「田中貞次郎書記官」は田中末雄日本大使館理事官である。また、作中でレイプしようとした日本兵を打擲（ちょうちゃく）する「白井正雄中佐」は、ティンパーリーの書では永井少佐である。そして作中のA新聞はむろん『朝日新聞』で、今井正剛にあたるのは作中の「山内静人特派員」、一緒に登場する「中村登記者」は中村正吾、また文芸評論から出発した著名な評論家として登場する「杉原荒助」が杉山平助である。

『城壁』が用いたティンパーリー『戦争とは何か』は、南京事件を扱う四つの章で構成されており、現地からの書簡や報告を引用する形をとっている。第一章ではマイナー・ベイツ（Miner S. Bate）の書簡とジョージ・フィッチ（George A. Fitch）の報告文、第二章はフィッチの日記、第三章はベイツの日記、第四章でフィッチの書簡が用いられている。ベイツは当時金陵大学歴史学教授で南京安全区国際委員会の中心メンバー、米国人宣教師のフィッチはYMCA南京支部長で委員会の運営にあたっていた。また、この書には付録として南京安全区国際委員会の名簿、委員会の作成した事件報告（事件番号と日付けを伴う）、委員会から当時各国大使館に送られた公信が収録されている。

ただし、この『戦争とは何か』では証言者への配慮もあって第一章から四章で扱っている日記や書簡の書き手は明示していない。『城壁』は、これらに見られる見聞を、南京安全区国際委員会の委員長をつとめたドイツ人のジョン・ラーベ（John H. D. Rabe）と、同じく委員会の委員で米国人宣教師プラマー・ミルズ（W. P. Mills、作中では「ミルス」）の視点から、特にミルス神父の内面に焦点をおいて創作としてふくらませながら描いている。したがって『城壁』の第七章一節と、第八章一節に出てくるラーベの日記は、実際にはフィッチの日記、第十二章三節に出てくるスマイス（Lewis S. C. Smyth、作中では「スミス」）の手紙は、フィッチの書簡にあたる。

> 　この作品は、その記録の部分は以上の資料を基にしているが、これは純然たる小説であり、構成も、主要人物も、すべて作者の創作であることを附記しておく。

本書の「あとがき」でこう記されているように、出来事やその時系列は記録にそいながら、人物の背景や出会いが創作されている。ただ、「記録の部分は以上の資料を基にしている」とあるが、実はこの小説ではこの記録の部分、『戦争とは何か』（中国語からの日本語への重訳版文書）の引用部分自体にも、榛葉英治による内容の変更や追加がある。単に読みやすくするのみならず、内容自体が変更、追加されている部分を表の形でまとめておく（表2）。

　なぜこのような資料自体の変更、追加を行ったのか。それは小説の筋立ての創造と大きく関わっていると思われる。簡単にまとめるならこれら変更によって以下のような筋立てを作ることができるためである。

・金陵女子文理学院から女性が連れ去られ、レイプされる場面で、南京安全区国際委員会の人々と、江

『城壁』	原資料（龍渓書舎版）
［事件報告引用部分　本文133-4頁］第八十六件（十二月十八日）夜、日本軍下士官の指揮する一隊は、外国人委員を含む金陵女子文理学院収容所の職員を強迫して、大門の入口に、約一時間とどめた。六名の日本兵は収容所から婦女六名を拉致し、六人はまだ還らない。	第八十六件　十二月十七日 日本兵は陸軍大学から南京青年会総幹事某君家の娘三人を虜にした。彼女達はもともと陰陽営七号に住んでゐたが、安全といふ見地から陸軍大学に移つてきたばかりであつた。日本兵は彼女達を国府路に拉致して汚辱を加へ夜半釈放した。
［事件報告引用部分　本文134頁］第九十四件（十二月十九日）日本兵はリグス宅附近の某家の娘を連れ去った。娘を国府路に拉致して汚辱を加え、翌朝、釈放した。娘はキリスト教青年会秘書某君の婚約者である。	第九十四件　十二月十七夜日本軍人指導の捜索隊は金陵女子文理学院収容所の職員を強迫して大門の入口に集め約一時間の長きに亘つた。同軍人は捜索済なることを証明する書き付けをひき裂いた。同時に日本兵は収容所に闖入して婦女十一名を拉致した。
［十二月二十三日　日記引用部分　本文164頁］今日から、各収容所でも、登記が開始された。日本軍の上級将校は、私に、「難民区には、まだ二万の敗残兵がいるので、掃蕩したい」といった。私は「せいぜい、百人足らずだろう」と答えた。/ 中国人の組織した自治委員会は、田中書記官の尽力で、昨日、正式に成立した。	［十二月二十四日の日記からの引用］
［十二月二十三日　日記引用部分　本文164頁］ミルス神父が代表となり、登録の仕事をたすけた。/ 明日のクリスマス・イヴのパーティには六人の客がくるはずである。	［なし］
［事件報告引用部分　本文213頁］第一七四件（一月一日）	第二二二件　一月三十日
［書簡引用部分　本文221-2頁］私は、現在の仕事が片づきしだい、この街を去るつもりだ。これからこの国は、ながいあいだ、戦場になるだろう。私には、戦場になる国にとどまる関心も、興味もないのだ。南京市難民区国際委員会も、遠からず閉鎖されるだろう。私たちといっしょにはたらいているミニー・ボートリン女史も、私と同行する希望をもっている。私は彼女といっしょに、本国へ還ることになるだろう。/ 私がこの手紙を書いている室の窓の外では、日本軍部隊の行進がつづいている…	［なし］
［事件報告引用部分　本文244頁］第一八六件（一月九日）午後三時頃、ラーベ、スミスの二人が、城の西南にいって、状況を視察した。たまたま、一人の女が嬰児を抱いて、日本の兵隊に犯されているのを見た。他の一名は見張りに立っていた。	第一八六件　一月九日午後三時頃ミルスとスミスの両君が城の西南に行つて状況を視察した。偶々一人の女が手に嬰児を抱いて三名の日本兵に輪姦されてゐるのに遭つた。

表2　『城壁』改変の対照表

藤小隊の接点を作り出し、双方の側からその出来事を描く。

・南京安全区国際委員会の中でスマイス（作中では「スミス」）とボートリンに恋愛関係を作り出し、米国に旅立つようにする。

・婚約者である葉雪珠をレイプされた中国人の黄士生の葛藤と新たな旅立ちを描く。

・クリスマス・イヴにラーベ宅に委員会の人々がつどい、日本と南京事件について見解を互いに述べ合う場面を作る。

これらは榛葉の創作によって作られたエピソードであり、榛葉英治による想像と事実との落差も痛感させられる部分でもある。作中で優雅なパーティが開かれるクリスマス・イヴのラーベ宅は、実際にラーベの日記を読めば静かにパーティができるような状態ではなく、六〇〇人の難民がひしめき、日本兵の侵入をたえず警戒していなくてはならない状況にあったことがわかる。▼注[15] また、金陵女子文理学院で宣教・教育に献身していたボートリン（Minnie Vautrin）にはこうした恋愛もハネムーンもむろんない。作中で彼女は二月に南京を旅立っているが、実際のボートリンの日記では二月の段階でもキャンパスには若い女性を中心に三〇〇〇人に及ぶ避難民が暮らしており、その身を案じる日々が続いていく。▼注[16] ボートリンが精神的においつめられ、米国に帰国するのは一九四〇年、そして一九五一年に自ら命を絶つこととなる。むろんこれは彼／彼女らの日記や書簡類がその後、多くの人々の努力によって公開、翻訳されてきた今日だからこそ見えてくることであり、その創造を単純に批判することはできまい。

しかし創作にあたって、実在する記録文書を、作中の引用部分で榛葉英治が改変している点については、ここで批判しておかなくてはならない。実在する記録資料を引く際に、創作だからといってその資料自体を改変して示す行為は、その資料に対する、そしてその資料が記録する膨大な死者や被害者に対する配慮と尊重を欠いていると言えないだろうか。そのうえ前述したように、この時期にはまだ榛葉の所蔵していたこの邦訳文書の存在は知られておらず、読者は参照、検証することができないのだからなおさらである。

とはいえ、こうした問題を含めて、この小説の可能性や限界、欠点自体が論じられてこなかったことが問題なのだ。その意味では、小説における記録資料の扱いや用い方自体を考え、問いかける可能性をもこの小説はもっていたと言ってもよい。だがこの小説はほとんどとりあげられることなく、半世紀を経てきた。それはなぜだろうか。

3　南京事件の描かれ方、記憶のされ方

南京事件を正面からとりあげた長編小説は多くない。いちはやく描いているのは、日中戦争のさなかに執筆、発表された石川達三『生きてゐる兵隊』である。石川達三は南京事件の翌年、一九三八年一月に南京で取材、その年三月号の『中央公論』に多くの伏せ字を伴って発表されるが発禁処分となり、彼は起訴され有罪となる。戦場での日本兵の民間人殺害や略奪、強姦を示唆する表現が処罰の対象となった。

この小説は南京事件を正面からとりあげたというよりも、作中では南京入城までの戦闘が多くを占める。戦後、国際検察局の聞き取りに対して石川は、南京城内での出来事を作中の別の戦線を描く場合に用いたりすることで小説化をしていると述べており[注17]、確かに南京事件での聞き取りをもとにはしているものの、「事件そのものを叙述しようという意図はなく、むしろそのことは回避しようとしたふしがある」との指摘もある。[注18]とはいえ、戦後、伏せ字復元版が出版され、この小説の発表の経緯を含めて、現在まで読み継がれ、研究もなされてきたという点では、『城壁』のように閑却(かんきゃく)されてきたわけではない。[注19]

南京事件そのものに取り組んだ小説ではやはり堀田善衛『時間』（新潮社、一九五五年四月）が重要だろう。

一九五三年の十一月から複数の雑誌に掲載され、五五年に長編小説『時間』として刊行された。『城壁』の十年ほど前である。この小説は、南京の海軍部で官吏として勤務する中国人の陳英諦の日記という形で、つまり南京事件の被害者となる側の視点から占領される南京を描いていく。堀田は刊行の翌年、東京裁判の記録や南京事件についての写真の入手、中国人からの聞き取りをもとにしたと語っている。[注20]

この小説における南京事件の描き方は、ちょうど『城壁』における描き方と対照的な特徴をもっている。それは『時間』[注21]が中国人側の視点、『城壁』が日本の将兵や南京安全区国際委員会の側の視点という対照のみではない。一言で言えば、南京事件を物語として描くか、物語にならないように描くか、という対照がそこにはある。榛葉英治の『城壁』の場合、南京戦の背景や全体を俯瞰しつつ、南京事件に関わる多様な人物の背景、心情を三人称で時系列にそって描き出す。一方、『時間』は日記の形で一人称で語りながら、目の前の出来事に思索や記憶が交錯し、ときに記憶の混濁、語り直し、あるいはそこからの回避を交えたモノローグの形で事件を描き出す。『時間』ではむしろ「戦争の話術、文学小説の話術で語らぬこと」、「小説的（ロマネスク）な記述を故意に拒否」しようとする語り方を選び取っている。[注22]

一方、南京事件の全体像を分かりやすく、また関わった多くの人々の視点からうかびあがらせているのが『城壁』の特徴だが、それはまたこの小説の長所でもあり、短所とも言えるだろう。南京事件における膨大な被害者や加害者一人一人の体験や内面を十全に描き出せる言葉などあろうはずもない。また、南京事件を生み出す要因にしても、個々の兵士のレベルから、現地指令部、参謀本部といったレベル、さらにはその背景となる歴史、経済的な要因を含め、広範な広がりがあり、それを言葉で具体的にイメージさせていくこともまた難しい。それを物語として語るということは、これら無数の因果関係の線を一本の太い線で上書きしていくような行為でもある。そのような安易な物語が「戦記もの」として出版ブームを迎える五〇年代に、南京事件を物語にならない物語として語る堀田善衛『時間』は重要な意味をもつとも思う。[注23]

しかし、南京事件を小説として描き出すことの困難さは、それを描こうと挑み、試みることをあきらめ、避けることの言い訳にするべきではないし、私たちがその試みに向き合って評価することを避ける理由とするべきではない。終戦後、南京事件が日本の社会で歴史認識、戦争認識として定着せず、七〇年代以降、いわゆる南京事件を否定するような言論が登場する土壌が生まれていった要因を笠原十九司は論じ、次のように述べている。

国民は南京事件はあったようだという漠然とした、あいまいな認識にとどまり、具体的な歴史イメージや南京事件像に裏打ちされた明確な記憶をもたなかったということである。▼注[24]

小説を通して具体的なイメージとして南京事件を描き出す、という試みは、それを読者が追体験し、疑似体験することでより具体的な像として記憶に定着していく力をもっている。だからこそ同時代評でも小説で描くことの重要性に関心が向けられていたのである。この点で、『城壁』は、南京事件を歴史知識にもとづきながら想像可能な物語にして広く発信していった小説としてその重要性を認める必要がある。そしてまた、その重要性にもかかわらず、今日まで顧みられなかった理由を、忘却されていった過程を、とらえ直してみる必要がある。

南京事件の歴史、記憶を忌避し、否定する言論状況はむろんこの小説の忘却の大きな要因となっていよう。南京事件についての歴史研究の成果が広く共有されることなく、七〇年代以降に事件を否定する言説が登場し、いわゆる南京事件論争がはじまっていく。八〇年代には多くの証言や資料集の刊行もなされ、事件自体を裏付けるその成果も次第に共有されてゆくことになるが、『城壁』が出版、受容されていく六〇年代半ばから七〇年代は南京事件を描いた『城壁』にとってはまさに冬の時代であったといえよう。

刊行時には「在郷軍人会とおぼしいあたりから、多少のいやがらせがあった程度」とこの時期に榛葉は書いているが、▼注[25] 伝記には「河出書房から出版された『城壁』は、どういう理由か絶版になった」と記している。同時代の評にはむろん南京事件自体を否定するような評はなく、『城壁』は第十二回小説新潮賞の候補作に選ばれる。南京事件は日本文学が取り組むべき記憶としてある程度共有されていたことがうかがえるが、この小説新潮賞の選考過程からは、六〇年代でもすでに、南京事件の記憶からの忌避、その抑圧がメディアの中で生じていたことも見えてくる。選考では主に女性の委員が『城壁』を評価しているが、男性委員側の忌避の「空気」を伝える円地文子の言葉が注目される。▼注[26]

「城壁」は力作である。その点に私は感心したが、男性委員には戦争の体験を持つ方たちが多く、この作品を否定する理由もはっきりしているので成程と思って棄権した。▼注[27]

榛葉英治の著述を忘却させていった要因にはまた、彼が引揚げ体験を描く作家であったことも作用していよう。先に述べた引揚げ体験を描いた諸作以外に、引揚げと深く関わる抑留体験にも彼は筆をとっている。▼注[28] 榛葉英治が満州で収容されていた南嶺収容所は、ソ連国内の強制労働収容所への中継地点となっていた。彼の働いていた満州国外交部は対外情報を扱っていたこともあり、多くの同僚が抑留され、それが抑留者の手記への彼の関心や著述にもつながっている。▼注[29] 引揚げ体験は膨大な手記や回想記を生み出してきた。しかし、朴裕河はこれらが、加害者としての日本を含む「植民者たちの物語」であったがゆえに、戦後の論壇や学界、さらには文壇や文学研究領域でも軽視され、忘却されてきた点に注意を促している。▼注[30] こうした「引揚げ文学」の忘却も、榛葉英治の著述が見過ごされてきた要因ともなっていよう。ただ、引揚げ体験を描いた彼の小説群と『城壁』とをともにすくいあげ、光をあてるために、難民文学という枠組みでここではとらえておきたい。

南京事件を描いた小説であるがゆえの忌避、忘却、そして、引揚げ体験を描いた文学に対する忘却に加え、この小説、そして作家の忘却のもう一つ重要な要因・責任は、私を含め近代文学研究者にあることは言うまでもない。日本の近代文学の研究は、著名な純文学作家やその作品を扱う慣習を、半ば暗黙の了解のように引き継いできたのだから。そしてまたそのことが現実の歴史や政治を、文学性や芸術性といった漠然としたヴェールの向こうに押しやってきたこともいなめない。

むろん、榛葉英治のすべての小説が評価されるべきだとは私は考えていない。榛葉英治は、かつては性や恋愛に焦点をあてた小説で読者を獲得してきたが、それらの小説に男性中心的で硬直した性意識や女性蔑視がいたるところに見られるのも確かである。『城壁』にしても、登場人物の多くはかなり典型化されており、苦悩する知識人（江藤少尉）と苦悩しない職業軍人（倉田軍曹）といった『生きてゐる兵隊』と共通する図式化についても批判が必要だろう。[注31] ただ、小説はごく少数の文芸評論家や、文学通の研究者のためにのみ存在しているのではない。中間小説や大衆小説という枠組みで看過されてきた表現が、広く読者に対してどう作用し、どういう意味を持ち得たのかをも考え、評価することが必要だ。

『城壁』は、南京事件を具体的なイメージとして、当時手に入る記録や資料をベースに多方向からその出来事をうかびあがらせる物語とした点で重要な可能性をもっている。また、その小説がなぜ、どのようにして忘却されてきたかを探っていくうえでも、やはり貴重な意味をもっている。それに加えて、最後にもう一つ、この小説の大事な特徴にふれておこう。それはこの小説が、南京事件をいかに記録し、記憶するかという問いをはっきりと組み込んでいることである。

この小説は南京事件を描きつつ、この事件を言葉にする新聞記者や評論家を、あるいは日記や書簡、報告書として書き付けるその行為を描いた小説でもある。南京事件を前に、『城壁』では、ラーベに「人類共通の問題として、のちの時代につたえたい」と語らせ、ミルス神父に「あなたがこの南京で経験したことを一生、忘れることができないでしょう」と江藤少尉に向けて語らせている。あるいは「この南京占領は、歴史にどう書かれるだろう？　ここで日本軍隊が何をやったかということを、国民も、後世の人も知らずにすぎるだろうか」と記者に語らせる。南京事件をどういう立場から、どういう言葉で残し、記憶していくのか。この後、半世紀にわたって続く論争に先だって、読者にこの問いを投げかけているこの小説の意味は大きい。『城壁』は、南京事件を複数の視点から描き出したばかりではなく、それをいかに歴史として残していくかを問うた最初の小説として、記憶されなくてはならない。冒頭にこう記したのはそれゆえである。

注

［1］笠原十九司・吉田裕編『現代歴史学と南京事件』（柏書房、二〇〇六年三月）。

［2］林房雄「文芸時評」上（『朝日新聞』朝刊、一九六四年七月二八日）。奥野健男「八月号の文芸誌」（『東京タイムズ』一九六四年七月三〇日）。林の評は『城壁』刊行時の帯に用いられることともなるが、当時「大東亜戦争肯定論」（『中央公論』一九六三年六月〜一九六四年九月）を連載していた林の推賛は、むしろこの小説のミスリードを招くものであったかもしれない。同時代評には他に河上徹太郎「「文芸時評」上」（『読売新聞』夕刊、七月七日付）、高橋和巳「文芸時評」（『日本読書新聞』一九六七年七月二七日）などがある。

［3］『榛葉英治日記』は未刊行資料で早稲田大学図書館が所蔵している。二〇一七年からその資料の共同研究が継続して行われている。詳細はリテラシー史研究会「『榛葉日記』調査経過」（『リテラシー史研究』十三号、二〇二〇年一月）を参照。

［4］榛葉英治はティンバーリイ『外国人の見た日本軍の暴行』（訳者不詳、評伝社、一九八二年十一月）「解説」では「旧軍人の団体から、編集部宛に、掲載中止の申し入れがあり、これは実行された」と記している。

［5］近年の研究では陳童君「南京虐殺事件の戦後日本文学表現史」（『中国研究月報』二〇一八年十二月）が、『城壁』を『生きてゐる兵隊』、『時間』を継承した作としてとらえ、その多元的な視点で南京事件を描いた

構成を高く評価している点が注目される。

［6］Timperley, Harold J., *What War Means : The Japanese Terror in China*, London : V. Gollancz, ltd., 1938.

［7］ティンパーリーと南京安全区国際委員会側との間で、この資料の作成についてなされたやりとりは南京事件調査研究会『南京事件資料集　一　アメリカ関係資料編』（青木書店、一九九二年一〇月）に収められている。

［8］「天皇の軍隊　H. J. Timperley　What War Means: Japanese Terror in China」（『人民評論』一九四六年三月）。

［9］洞富雄編『日中戦争南京大残虐事件資料集　二　英文資料編』（青木書店、一八八五年十一月）。なお、洞は『近代戦史の謎』（人物往来社、一九六七年十月）や『南京事件』（同、一九七二年四月）で『城壁』がティンパーリーの著書の日本語訳を用いたことにも言及している。

［10］ティンバーリイ『外国人の見た日本軍の暴行』（前掲）。原資料を現代仮名遣いに改め、読みやすくレイアウトし直されている。

［11］洞富雄編『日中戦争史資料　9　南京事件2』（河出書房新社、一九七三年十一月）。

［12］ティン・バーリイ『復刻版　外国人の見た日本軍の暴行』（龍溪書舎、一九七二年二月）。ただ、この復刻版には使用原本などの書誌的な説明や解説は付されていない。

［13］「あとがき」にもあるとおり、榛葉英治は鶴見俊輔他『日本の百年　3　果てしなき戦線』（筑摩書房、一九六二年三月）の引用部分を参照しており、引用部分以外のこの書からの影響も見られる。

［14］南京戦史編集委員会『南京戦史』（偕行社、一九八九年十一月）。ちなみにこの師団の歩兵第六十六連隊第一大隊『戦闘詳報』には「旅団命令」による捕虜銃殺の連隊長命令が記録されている。

［15］エルヴィン・ヴィッケルト『南京の真実』（平野卿子訳、講談社、一九九七年一〇月）。

［16］ミニー・ヴォートリン『南京事件の日々』（岡田良之助・伊原陽子訳、大月書店、一九九九年十一月）。

［17］粟谷憲太郎・吉田裕編『国際検察局（IPS）尋問調書』（第五〇巻、日本図書センター、一九九三年八月）。

［18］笠原十九司「日本の文学作品に見る南京虐殺の記憶」（都留文科大学比較文化学科編『記憶の比較文化論』

（柏書房、二〇〇三年二月）所収）。

[19]『生きてゐる兵隊』の検閲や流通の過程については近年でも牧義之『伏字の文化史』（森話社、二〇一四年十二月）や河原理子『戦争と検閲』（岩波書店、二〇一五年六月）で、その描き方については五味渕典嗣『プロパガンダの文学』（共和国、二〇一八年五月）でも関心が向けられている。

[20] 堀田善衛・佐々木基一「創作対談　日本・革命・人間」（『新日本文学』一九五五年六月）。

[21] 陳童君（前掲論）は、中国人側の視点が描かれていることも評価しているが、日本人将兵、南京安全区国際委員会側と拮抗するほどの視点構成になっているとは言いがたい。

[22]『時間』の引用は『堀田善衛全集』（筑摩書房、一九九三年六月）による。

[23] 戦記ブームとこの時期の戦争観については、吉田裕『日本人の戦争観』（岩波書店、一九九五年七月）を参照。

[24] 笠原十九司『増補　南京事件論争史』（平凡社、二〇一八年十二月）。

[25] 榛葉英治「伏字と発禁」（『ドリンクス』一九七三年三月）。

[26]「小説新潮賞」は「中間小説」を対象とする賞で、この年の選考委員は石坂洋次郎、平林たい子、井上友一郎、広津和郎、井上靖、円地文子、丹羽文雄、今日出海、船橋聖一で、受賞作は芝木好子「夜の鶴」となった。

[27] 円地文子「小説新潮賞選後評」（『小説新潮』一九四六年二月）。

[28] 引揚げや抑留体験の描かれ方やその変化については成田龍一『「戦争経験」の戦後史』（岩波書店、二〇一〇年二月）が詳しい。

[29] 榛葉英治は抑留から生還した人々で構成された朔北会によって編まれた手記『朔北の道草』（朔北会、一九七七年二月）に衝撃をうけ、『ソ連強制収容所』（評伝社、一九八一年十二月）を出している。

[30] 朴裕河『引揚げ文学論序説』（人文書院、二〇一六年十一月）。

[31] こうした点は、すでに同時代評で、河上徹太郎（前掲）や平林たい子（「小説新潮賞選後評」前掲）が批判している。

本書は、一九六四年刊、榛葉英治『城壁』（河出書房新社、十一月二十五日初版）を底本に復刊するものである。

復刊にあたって、明らかな誤記・誤植と思われるものは訂正し、一部の漢字に適宜新たに振り仮名を付した。

著者

棒葉英治（しんば・えいじ）

1912年、静岡県掛川町生まれ。1936年、早稲田大学文学部英文科を卒業、旧満州（現中国東北部）に渡り、1937年、関東軍の大連憲兵隊に英語通訳として勤務。1939年、満州国外交部に職を得る。1945年召集され、満州で終戦を迎える。1946年、日本に引揚げ。帰国後、「渦」（『文芸』1948年12月）や「蔵王」（同、1949年3月）の作で注目される。1958年、『赤い雪』（和同出版社）で第39回直木賞を受賞。同年刊行の『乾いた湖』は映画化（篠田正浩監督、松竹、1960年）されている。自身の引揚げ、抑留体験をもとにした『極限からの脱出』（読売新聞社、1971年）、『満州国崩壊の日』（上、下、評伝社、1982年）や、『大いなる落日』（時事通信社、1974年）にはじまる歴史物の他、純文学から大衆向けの小説、エッセイまで幅広く執筆。釣りについてのエッセイやルポルタージュの草分けでもあり、『釣魚礼賛』（東京書房、1971年）は版をかえて長く読みつがれた。1993年、自伝『八十年現身の記』（新潮社）を刊行。1999年、死去、86歳。

解説

和田敦彦（わだ・あつひこ）

1965年、高知県生まれ。1996年、信州大学人文学部助教授、2007年、早稲田大学教育・総合科学学術院准教授、2008年、同教授。専門は日本近代文学研究、及び出版・読書史研究。著書に『読むということ』（ひつじ書房、1997年）、『メディアの中の読者』（ひつじ書房、2002年）、『書物の日米関係』（新曜社、2007年）、『越境する書物』（新曜社、2011年）、『読書の歴史を問う』（笠間書院、2014年）がある。2020年6月に『読書の歴史を問う』（改訂増補版）を文学通信より刊行予定。

城壁

2020（令和2）年6月20日　第1版第1刷発行

ISBN978-4-909658-30-2　C0095　©

発行所　株式会社 文学通信

〒170-0002　東京都豊島区巣鴨1-35-6-201

電話 03-5939-9027　Fax 03-5939-9094

メール info@bungaku-report.com

ウェブ https://bungaku-report.com

発行人　岡田圭介

印刷・製本　モリモト印刷

ご意見・ご感想はこちらからも送れます。上記のQRコードを読み取ってください。

※乱丁・落丁本はお取り替えいたしますので、ご一報ください。書影は自由にお使いください。